御楯の露

原口正雄

展転社

令和三年五月十三日　自衛隊定年退官

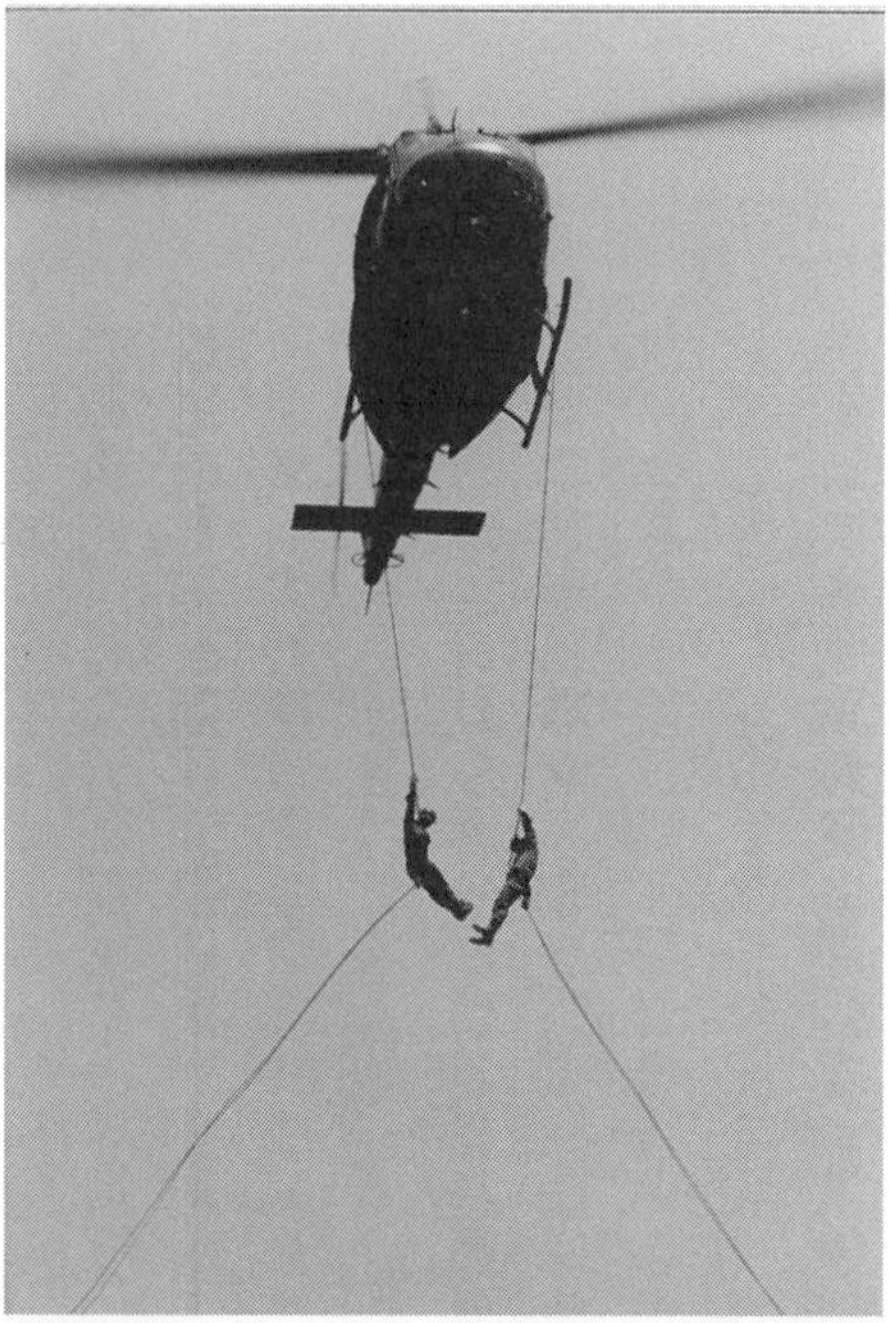

昭和六十一年七月、レンジャー教育履修
朝霞訓練場にて空路潜入訓練

山中湖にて水路潜入訓練

三ツ峠にて山地潜入訓練
敬禮をする四番の隊員が著者

鹿沼岩山にて登攀訓練

昭和六十一年、比國大統領來日に伴ふ堵列（於迎賓館）
寫眞中央・昭和天皇出御
隊列右から三番目の日本の國旗を捧持する隊員が著者

昭和六十二年八月十五日、第一回靖國神社部隊參拜
中央の國旗を捧持する隊員が著者

對戰車火器の實射訓練（於北富士演習場）

レンジャー教育の助教として二十粁走を指導する著者

平成三年九月、岩手縣種山ケ原で開催された
小野田自然塾に参加
右は元陸軍少尉・小野田寛郎氏

平成七年八月　國學院大學神職課程に於ける神宮實習（於神宮道場）
二列目右から三番目が著者　十番目に福永武氏

平成十一年十二月、「みたま奉仕會」發足當初の隊員たちと共に

平成十五年　桃の會の歌會
前列右が著者　その右隣に中澤伸弘氏
右から四番目・山川京子先生　左・石田圭介先生

平成二十五年十二月二十三日　天長節
日の丸小旗配布奉仕の前に訓示する著者

日の丸小旗配布奉仕（参加隊員二十一名）

平成二十六年、新年参賀を了へて靖國神社に参拝
右・次女さくら、左・長女さやか

平成二十八年八月十五日、靖國神社部隊参拝後に
會議室にて演說する著者（参加者七十二名）

市街地戦闘訓練場にて至近距離射撃術を指導

豫備自衛官招集訓練の教官として精神教育をする著者

平成二十九年十一月二十五日　憂國忌
「歌鉾乃會」發足四周年記念歌會
前列右から二番目・著者、中央・西川泰彦氏

平成三十一年三月十一日、「みたま奉仕會」
發足二十周年記念奉仕（參加者六十名）

「みたま奉仕會」發足二十周年記念會場にて挨拶する著者

靖國會館前にて記念撮影
中央の隊員が持つのは「尊皇絶對」の記念手拭ひ

令和三年五月八日、「みたま奉仕會」代表として
定年退官奉告参拝の折、山口宮司より感謝状を賜る

神門前にて記念撮影
前列右から四番目が著者　その右・妻和紅

兜の緒を締めよ

自墮落に暮す太平の逸民とは對極に在る、それが原口正雄さんでせう。其の眞摯な生き方に、又、詠まれた歌に小生如き者があれこれ言ふのは忸怩たる思ひでありますが折角の御指名ゆゑ一筆。

平成二十九年十一月二十五日小生は歌鉾乃會發足四周年記念歌會に招かれ大宮の駐屯地に赴きました。其の折最も印象に殘つたのが某氏の「得意技はありません。」の一語でした。其れはかうです。

其の方は敵との銃器以外（つまり銃器を用ゐない）での格闘を想定した訓錬をしてをられる由でしたので、小生は「あなたが得手とするのは日本刀かナイフか、或は柔道か剣道か空手か」と云ふやうな問ひをした譯です。其の答へが「得意な技も武器もありません。」「手近に有る物全てが武器であり、無ければ無いで對處します。」とあつさりとした答へでした。剣道五段、日本刀の試し斬りも多少は心得る小生は正直申しまして脳天を一撃される思ひでした。さうだ「日本刀でなければ、鐵砲でなければ。」ではないのです。勿論優秀な武器が有れば良いが、「假令素手であつても敵を斃す。」其れは至難の技でせう。併し其の爲の訓錬を積んでゐる人が現に居るのです。其のやうな仲間をも交へて勵んでをられるのが原口さんなのです。原口さんは正に歌鉾一如、剣魂歌心の道を邁進してをられるのです。

國防の歌、憂國慨世の歌、戀の歌、家庭の歌等々、これ等の歌の數々に心打たれ且つ洗はれます。

軍務での御奉公はをへられましたが「軍の場にたつもたたぬも」御奉公の道に二つはありません。敢て期待します「軍務をへて、なほなほ兜の緒を締めよ」と。

令和三年八月下浣

越中の艸莽　西川　泰彦

原口正雄兄の歌集『御楯の露』によせて

原口正雄兄の歌集がここになる。まづは御祝ひを申しあげる。兄は明治神宮外苑近くにある國學院高等學校の卒業生である。私も同じ高校を母校とするので、その意味では同窓生である。しかもわが恩師宮川悌二郎先生の教へを受けたといふので同門の繋がりとなり、宮川先生の御導きで影山正治大人に繋がつたといふ、是亦同じ御縁をかしこむのである。兄は國學院高校卒業後、その實直な氣性やむことなく、皇國を護る醜の御楯として自衛隊に志願し、十八歳といふ若さで入隊して、大君のへにこそ死なめと日々をいそはき、三十六年餘をただに直向に滅私奉公に勤めてきた益荒武雄である。

しかしながら入隊して兄が見、體驗した自衛隊なるものは、嘗て自らの思ひ描くところの「皇軍」とは程遠い別の一機關であつた。既にこのことは三島烈士の義擧にて判然としてゐた事で、軍隊に闖入せる者を掃蕩する能はぬ一事からも、軍にして軍になかつたと知れるのである。憲法との矛盾に生じる障碍などなど、その不自然な體はもとより兄の許すところではなかつた。嘗て敵として戰ひたる米軍との共同と言ふ名ならぬ配下の組織、英靈を祀る靖國神社に對し奉りての無關心と忌避となど、戰後の安穩とした體制の中における自己自立の根本的な護國の精神を缺いた組織であつた。兄の落膽は大きいものであつたが、されど兄は諦めなかつた。諦めるどころかその鬪志は更に燃え立ち、近衛のみさき守として吹上の御苑の下草ともなるべしとのたゆまざる努力を惜しまぬ毎日へとなつたのである。
兄は眞直ぐで退くことを知らない。この愚直さは軍人の鑑とや言はむ。そしてまたおのれに忠實であつた。そしてその信念へと繋がる熱き思ひを靖國神社の英靈に置くのであつた。天皇陛下への歸一、英靈祭祀への尊崇、兄の生き方はここを全ての源とし、それが爲におのれの身を高め、清め、技と心を磨く修練に努めた。友と同志と語り、上官と謂へその誤れるを徹底的に糺し、おのが地位や名譽は一切構はなかつたのである。その至誠まことにひとすぢの道に貫かれてゐるを知るのである。

折しも世は擧げて自國を貶めて顧ないといふ惡しき嵐が吹き荒び、中共や南鮮が無禮な内政干渉に口を出し、北鮮は同胞を拉致すとも何ぞ手立てのなく毅然とした姿勢を示すことなき渾沌たる政治狀況の中を、兄は敢然として怯むこともなく、おのれが正しいと信じた道を堂々と闊歩したのである。我は自衞隊の隊員にあらず、皇軍の軍人なりとの堅き信念は、畏くも明治天皇建軍の大御心に遡り、その精神に立返り、ついで皇國に殉じたあまたの兵士の慰靈顯彰といふ熱き思ひへ昇華せずにやまなかつたのである。われもまた大君の御楯となり、死して護國の英靈として祀られることを本懷とする崇高な彼の理念が彼の行動の源の全てであつた。その姿勢は靖國神社の清掃奉仕を幾十度とも繰り返し、參道の石疊を默々と拭ふといふその姿となり、それらはまさにその思念の實踐、顯はれであつた。

また根氣強く何度も部隊を說得しては自衞隊の有志同憂を集め、かの八月十五日の部隊參拜を、樣々の妨害をものかはとせずに怯まず怖ぢず每年繼續したのである。私はかの日、少人數ながらも整然と隊伍を組んで進むその勇姿を、人多き參道の隅から拜して、それを見た多くの參拜者と共に淚したのであつた。それは彼のみが爲し得る神聖そのものの姿であつたからである。ただその蔭には表には見えぬ弛まざる努力と悔しさの淚數行がたびたびあつた。

益荒武雄は大いなる悲しみと悔しさを知るのである。またその熱き淚と深き情はみやびを戀ふ思ひにつながるのである。兄は影山正治大人の著書を通して大東塾不二歌道會に繫がり、山川弘至氏の書を通して桃の會に學んだのである。何れも歿後の門下生である。ここで更に多くの友を、先達を得てまたおのが信念の誤れる事なきを確信したのである。私はかかる緣を導き給うたおぎろなき神のちはひをかしこむのである。兄はそこで歌學びをはじめ、三十一文字の調べに乘せて歌の言の葉を摘むことをはじめたのであつた。

兄はまた篤學の士であつた。かかる先學先師のみ敎へに接しいよよ益々努めたものの、なほ飽かぬものがあつた。思へば高校を出て、はやる心を抑へがたく身を軍務に置いたものの、今や神ながらの道を學ばずして何ぞ國柄を知れるやと思ふに至つたのである。そこで國學院大學神道學科の夜間課程に入學したのである。誰もがおのれの學びの不足をかこつは安きものの、嚴しく辛い日々の軍務の終へた後にまで大學へ通ひ學ぶことは至難の業といふものであつた。それも五年といふ長い年月をかけざるを得なかつたのである。だが兄は挫けなかつた。學ぶことに樂しみを感じたがゆゑである。

このころから兄の歌はまた大いに心の中を詠む調べへとややも變化していつた。怒りの情の無骨なる表れであつた彼の歌に、一度おのれを内省し、その深みに達した思ひを情として表現するゆとりが生じたのであらうか。嚴しい訓錬の後の毎日を澁谷の國學院の夜間の學びの庭に志を同じくする者と、神ノ道をひたすら謙虚に學ぶことが彼の心を研ぎ澄ませたとも言へるかもしれぬ。

もののふの歌は萬葉の昔の防人歌からはじめ數多くあるが、ただいたづらに猛きのみではない。衣川の掛け合はせや忠度の風流、實朝の調べや道灌の風雅を愛する歌などいづれもまた堂々たる氣風にあはれの情とそのみやびに裏付けられたものがあるのだ。勿論原口兄の口吻にはこれに習ふものがあり、それに通じる調べをも見出すこともあるが、兄の歌には、更にまたおのが身を禊ぎ窮めて神の道に徹するといふ志があることも、忘れてはならないのである。

かくも神ながらの道と歌の道とに一つの求道を得た兄を、私は山川京子先生のもとへ誘つた。歌の浪漫による昭和の文藝復興をなさんと志したものの、防人として南海に果てた山川弘至命の思ひに繫げようと考へたのである。この考へはおほけなきものではあつたが、兄はまたここに道を得、さらにおのが志を強くしたのである。

兄が山川先生の歌の指導を受けること十年にして、先生は神上がりましましたが、勤務による不參の折も歌を出すことを怠らず研鑽相努めたのであつた。この頃から兄の歌に安心とゆとりの調べが釀されるやうになつてきたのである。洗練された格調とまでは言へないものの大きな變化が齎されたことは事實であらう。

さて、歌を評するに、ただ具にその歌をみれば係り結びの多用による、強めにのみ走り、さて歌の本意はいづこにあらんと思ふ歌が目立つ上に、歌が勢ひから入るものの情をこらへきれずにうまくまとまらないで凋むといふ作がまた多い。甲すれば乙といふ說明的な歌や、甲であれども乙といふ逆說のこれまた說明的な歌が散見されるのが惜しい。さらに完了存續の助動詞の「り」、完了の助動詞「ぬ」を以て歌を止めむとするがために大いに調べを缺く歌もあつて、歌の意とするところは汲むことができるとしても、讀み手にやや違ふ受け取り方をなされる缺點を含んでゐるのである。これらの點は本人の諒解を得てわたしのさかしらではあるがここに直した。ただ新年の詠進歌は既に陛下に奉つたものであるから、それに手をいれることは當然しなかつた。

原口兄は護身の名刀を佩く武人であり、その歌の調べは剛そのものである。だが日本刀は剛と柔とを兼ね備へてゐる。斬るには硬いこと言ふまでもないが、硬いだけでは折れる。そこで撓ぐ柔らかさが必要となる。刀鍛冶はこの剛柔二つの鐵をよい鹽梅に鍛錬して見事な日本刀を打つ。歌もこれと同じで剛柔の二つ、卽ち志と情がなければならない。歌は情より入り志を歌ふものである。志は漢語でも述べられるが情は大和言葉が相應しい。その點をよく考へてみる必要があらう。

いまこれらの多くの歌全てに目を通して思ふことは、兄の一貫した姿勢である。そして己に嘘をつかずその信念に生きるといふことの素晴らしさと、難しさを知るのである。何度も悔しい思ひをしてもその節を枉げない生き方は、己にも他人にも嚴しいが、いづれ人の信頼を生むこととなる。その輪は次第に廣がり、世を正していく底力となる。人の一世はあまりにも短いが、その蒔いた種は長い長い年月を經ていづれ芽を出し、大きく成長するものであると確信する。原口兄の實踐は後に語り傳へられ、必ずその信が世に稱賛される時が來ると強く信じるのであり、私もそのことに頗る共感してやまないのである。ただ忘れてはならないことはこの嚴格なる彼に眞向かひ、彼を支へ、また彼に支へられた家族がゐたと言ふことである。

ただ正直申して原口兄の歌の調べには變化がない。年を經ればややに調べが變はり翁さびすることが普通であるが、さうではない。そこは逆に「常若」であることに溌溂とした精神に貫かれてゐることを知るのである。これは何であるのかと深く考へたときに、御門を守り奉らねばならぬといふ大いなる責務に裏打ちされた信念によるものだと悟つたのである。兄は老いてなどゐられぬのである。おのれ一人で重い背嚢を背負ひ大宮の駐屯地から皇居へ徒歩で行く訓錬の、荒川を泳ぎ渡る折の武勇談を聞いた昔を今も鮮やかに思ひ出すのである。私はここに古武士の精神を見た。

原口兄にはこの後も歌を詠むことを續けてほしいと切に願ふのであるが、その爲には一つの苦言といふか提言をしたいのである。この歌集を通讀すれば、そこからは熱烈たる原口兄の思ひが傳はつてくるのだがこれはこれでよしとしても、讀み進めれば進めるほど物足りなさを感じるのである。新年の詠進歌は別にして、參賀、節分、清掃奉仕、部隊參拜、新嘗祭に天長節、そしてその折々に富士の演習場や災害派遣の歌がある。毎年同じやうに繰り返されていくこれらの歌とともに、それが同じ詠み口で、しかも同じ調べであることに讀む者は何か物足らず飽きるのである。讀む者に以前にもこれと同じのものがあつたやうな氣がすると思はせてしまふと、その歌の價値は半減してしまふのである。せつかくの思ひを込めて思案したその時の歌なのであらうが、讀む側がどう受け取るかといふことを考へて作歌していただきたい。

多くの人に感動を與へるためにいま一つの工夫が必要であり、とは言へそこに奇を衒ふ必要もない。要は材料を澤山用意することではなからうか。同じ參賀の歌でもお濠の松や皇居の自然、當日の日の射し方風の吹き方、周圍の人の樣子などに目を向ければ自づと違ふ詠み口が見えてくるのではなからうか。さうなれば原口兄の歌はまた一段と飛躍するはずであり、私はそれを密かに期待してゐるのである。

　歌は神代からの悠久の歴史をもつ我が國の大いなる文藝である。この獨自の文藝に親しみ執着したこの國民性とは何なのであらうか、私は常にこのことを考へてゐる。殊に徳川の時代に上下の多くの國民が歌をあれほど詠んだのは、また驚くべきことであつた。幕末危急の折にも、古今による景樹の派は多くを數へ、新古今による鈴屋の流れも絶えず、萬葉による元義、雅澄あり。また萬葉の英風を言擧げた諸平もゐたが、曙覽をはじめ志士の叫びもまた歌に魂をとどめた。そのやうな中で兄はまた志士を學び、萬葉を慕ひ、もののふの歌を詠んだ。私はひとり言道の調べを親しむのである。

　この度原口兄はこれらの歌を纏めて一巻きとし、『御楯の露』と名付けた。醜拂ふ戰の場に竝み立てた楯に置く露は、儚く淡きものではあるが、これが九重近き守りの心情を示す言擧げなのである。これは兄の歩みであり、生き方そのものである。雄々しく猛き憤りの歌と我が國のくらしに根差す文化を綯交ぜに詠んでは、兄はなほ飽くことがない。そしてこれはまだ續く敷島の道の入り口に過ぎないのである。

かかる㒒良武雄が平成の御代にあつたその事實を後世にまで語り傳へまほしく、ここに賴まれるままに筆を執つたのである。

令和四年　はじめの干支に還るはつ春

柿之舍にふみよむ　六十一翁　中澤の伸弘しるす

歌集『御楯の露』に寄せて

本歌集刊行の企畫を原口氏よりお聞きしたのは、令和二年十一月八日、「立皇嗣の禮」奉祝活動のため同志道友が赤坂御所正門前に參集したその砌であつた。自衞隊の定年退官を翌年に控へられ、三十六年に亙る御奉公の總括として、従來の詠草を一本に纏めて置きたいと、頰にやゝ含羞の色を浮かべつゝ語られる氏の表情は何時になく穩やかであつた。

武人中の武人たる原口氏が、更に敷島の道をも究めむと、長年、歌道の精進に努め、自衞隊内に於ては歌會を自ら主宰、多くの兵《つはもの》達に指南を施され、日々その道念を深化されるお姿と、毎月「不二歌壇」にお寄せいただく詠歌の數々に接して來た私にとつて、この度の歌集刊行の御決意には心躍るものがあつた。そして後日、本歌集に寄せる一文の御依頼と共に送られて來た夥しい歌群を拜見し、改めて氏の嚴しい道行きの、當に〝戰史〟とも申すべき半生に觸れ、自づから身を正さざるを得なかつた。

影山正治大東塾塾長を祖師とする我が不二歌道會一統の標榜するところは、一言で申せば「劍魂歌心」であり、粗暴、文弱に墮することなく、日常坐臥、心身の錬磨に努めむとするものであるが、將にこの不二歌道會精神の權化の如く、原口氏が眞丈夫の道を生き貫いて來られたことは、我々一統の良く知るところであり、氏は全國同志道友の等しく敬仰して已まない存在である。

時系列に整然と餘すところなく纏められたお歌の數々には、憂國激情の迸りを三十一文字に留めた檄文調もあれば、愛娘への溢れんばかりの愛情に滿ちた實に微笑ましい生活雜歌も多く、天衣無縫、赤裸々な氏の眞情に觸れ、改めてその人品が偲ばれ、幾度も目頭に熱きものを覺えた。一首たりとも疎かな歌はなく、平穩な日常を詠まれたお歌の中にも、どこか常にピンと張詰めたものを感ずるのは、やゝ踏み込んで申せば、氏のお歌には其處此處に〝死への覺悟〟が潛んでをり、これが讀む者をして肅然とさせられる所以であらうと思ふ。

惰眠を貪り假初の平和を謳歌する戰後日本の、その甦りの尖兵たるは自衛隊にありとして、自ら市ヶ谷へ乘り込んで行つた三島由紀夫の悲願は、一人の自衛官の存在により辛うじて隊内に保持され得たことを、氏の來し方を知らずにこの歌集を繙く者は初めて感得することであらう。嘗て氏が砂袋の詰まつた背嚢十貫餘を背負ひ、大東塾を訪問された日のことは今も鮮明である。餘暇を利用した大宮駐屯地からの單獨行軍であることそれのみを告げられ、鈴木正男代表、神屋二郎同人と親しく言葉を交はし、颯爽と去つて行かれた氏のその行軍が何を意味するのか、塾のお二人は良く解つてをられた。そして、この度の歌集を繙き、その眞意を改めて知ることとなつたのである。平成十二年六月廿七日の一連のお歌がそれである。氏が如何に自衛隊内の維新に孤軍奮闘し、皇居防衛に切齒腐心して來られたか。本歌集は氏の戰ひの歴史を具に傳へると共に、國軍、皇軍たり得ぬ自衛隊の根本的な問題に迫る警世の書でもある。

本書が、自衛隊内の同志や後進を導く〝勵志の書〟として、長く讀み繼がれて行くであらうことを思へば、本歌集刊行の意義はまた極めて大きいのであるが、不撓不屈の精神に貫かれた氏の詠草全てを讀み終へた今、本書は、氏の戰ひの記念碑であると共に、新たなる戰場への〝出陣の烽火〟なのであると私は確信してゐる。

不二歌道會代表　福永　武

目次

歌評一覧

装幀　古村奈々＋Zapping Studio
カバー絵　出典：国立文化財機構所蔵品統合検索システム
(https://colbase.nich.go.jp/)
「桔梗にとんぼ」葛飾北斎筆

御楯の露

平成四年

大東塾夏期講習會

ただ〳〵にすめらみことのいやさかを祈りまつらむひとすぢの道

平成五年

奉祝　皇太子殿下御成婚

古《いにしへ》の神の調べのそのままに日の皇子《みこ》の御婚儀壽《ことほ》ぎまつる

遙かにも富士の原野の此方《こなた》より祝ひまつらむ今日の佳き日を

忽《たちま》ちに霽《は》れわたりたる不思議さよ神のみわざのいともかしこし

平成六年

國學院大學神職課程履修のため、山城國一宮

賀茂別雷《かもわけいかづち》神社における神社實習に參加

宮川の瀬に身を清めひたすらに祈りまつるは皇國のこと
神山《かうやま》を拝《をろが》むこころ今になほ脈々とあり上賀茂《かみがも》のみやしろに

大田神社御内儀祈願祭に參列
いにしへの神の調べのそのままに聖壽無窮を祈りまつらむ

平成七年

妹背を契る
益荒雄《ますらを》の十年《ととせ》の片戀《かたこひ》叶へます神幾許《そきだく》もおぎろなきかも
いよいよに皇御軍《すめらみくさ》の再建を祈りて鍛へ勵まむと思ふ

自衛隊に在りて
自衛隊月給取りに墮するとも武人の魂吾は忘れじ
烈々と鍛へたる身を皇國のために盡さむただ一すぢに
飢ゑ渇き不眠不休の挺身も御國《みくに》のためと思へば樂し

萌え出づる緑の原のただ中に日本のしるし富士の聳ゆる

小學校教諭　内田ゆか先輩に

歌は「君が代」旗は「日の丸」と言ふ君のそのすなほなる心尊し

神職課程履修のため神宮實習に參加

朝明けの清き流れに身を清めただに祈らむ御代《みよ》安かれと

神風や伊勢の宮居《みやゐ》の神司《かむづかさ》皇神《すめかみ》祀る心たふとし

荘嚴なる杉の木立に鳴り渡る太太神樂《だいだいかぐら》の笙《しやう》の音《ね》清《すが》し

參詣の人の心を和まする笑《ゑ》み顔くはしき舞姫のあり

八月十五日

戰《いくさ》やみて五十年《いそとせ》經《へ》たる今日の日に英靈の慟哭今なほ聞こゆ

國學院大學級友　野上千鶴君に

乙女ゆゑ惱めることも多きものを君ゑみゑみと吾らを勵ます

みやしろの家に生まれし君いよよ磨き磨けや神随《かむながら》の道

第廿五回　國學院大學戰歿先輩學徒慰靈祭

筆放ち銃《つつ》執り殉ぜし英靈の御前《みまへ》に誓ふつひの戰勝

戰ひはこれからなりとふ鈴木大人《うし》の聲を心に吾奮ひ起つ

平成八年

宮中歌會始勅題「苗」詠進歌

父祖たちが祈りつゝ植ゑし檜苗《ひのきなへ》神路《かみぢ》の御杣《みそま》に繁く生《お》ひたり

仲　春

朝な夕な鍛へたる身を皇國のために捧げむ危ふき秋《とき》に

自衛隊沈淪せるとも吾ひとり御楯《みたて》となりて大君《きみ》を守らむ

孟　夏

賤《しづ》が身を鋼《はがね》と鍛へ皇御孫《すめみま》を護る使命を果たさむ吾は
雨風に打たれ地を這《は》ふ訓錬も力湧き來る天皇《すめらぎ》を念《も》へば

水無月の晦日の大祓

古の神のまにまに身を委ね吾が身清むる水無月《みなづき》の晦日《つごもり》
幾十度《いくそたび》祓の詞《ことば》うち唱へ祭仕へて心清《すが》しも

内田ゆか先輩の御長男誕生

萌え渡る富士の原野を驅けめぐる吾に嬉しき便り屆きぬ
青み出づる若草のごと初聲《うぶごゑ》をあげたる男《を》の子の行くすゑ祈る
學び舍の少女《をとめ》ははやも賴母しき男《を》の子女《め》の子の母となりたり
勵ましの手紙を讀めば吾が内に泉のごとく力湧き來る

憤りの歌

いかにぞや部隊惑はす上官に率ゐられしか悲しかりけり

夜を徹し困憊きはむる若きらをな惑はしそ犬上官め

八月十五日　靖國神社部隊參拜

吾ら五人小なりと雖《いへど》も靖國の宮居《みやゐ》にまゐる魁《さきがけ》部隊
年毎に約し集ひてまゐりたる同志《とも》のむすびの確かなるべし
歩調とる聲高らかに堂々と威容示して吾らは進む
心無き上官の批難打ち砕き吾らをろがむ靖國の宮
英靈の誠まごころ受け繼ぎて吾も皇國《みくに》にこの身捧げむ
國護る大和魂今もなほ鎮まりましぬこのみ社に

國學院大學級友　本多曉子君に

日の本の夜明けを祈り文讀みて多きを學ぶ神子《みこ》頼もしき
靖國の宮に仕ふる吾が友のひたのこころに神ましましぬ

醜の御楯

益荒雄《ますらを》が三十一文字《みそひともじ》に決意込め歌へる歌はみ國護《も》る歌

部下率ゐ歩武《ほぶ》踏みしめて峰越えて初年の頃を懐かしみ思ふ
肅々《しゆくしゆく》と月なき夜を進みゆき獣《けもの》のごとく耳目《じもく》冴えたり
敵陣に潜《ひそ》みて三日飢ゑきはみ眼鋭くなりにけるかも
「天皇《すめらみこと》」ただ繰り返し唱ふれば困憊の吾に闘志みなぎる
體力に限りはあれど若きらよ不屈の精神ゆめ忘るなよ
降り頻る雨にも負けず夜を徹し任務にあたる部下頼もしき
皇國《すめくに》にひとたび緩急ある秋《とき》ぞ醜《しこ》の御楯《みたて》となりて護らむ

自衛隊観閲式

いかにぞや歴史歪める亡國の大臣《おとど》に捧ぐか部隊榮譽禮
四十年《よそとせ》餘《あま》り平和に馴れたる自衛隊國護《も》る精神《こころ》忘れたるかな

第廿六回　國學院大學戰歿先輩學徒慰靈祭

警蹕《けいひつ》に眼《まなこ》を閉ぢて平れ伏せばかの碑《いしぶみ》に神降りましぬ
西川兄福永兄らがひた努め仕へるみ祭尊かりけり

神風連蹶起の日に

演習に密かに携《たづさ》ふる「神風連・血史」今宵に讀めば胸せまりくる

神富士に向かひて偲びまつるなり水筒の水獻《たてまつ》りつつ

國體《こくたい》を護るうけひの戰ひに果てし神風連は吾が内にあり

風間敏明先輩に

民族のいのちの叫び傳へむとけふも熱辯振るふ君かな

夷《えみし》らに侵蝕せられし今の世に剣を抜きて起ち向かふ君

民族の正氣をもちて忌まはしき自虐史観と君は戰ふ

新嘗祭

民族のいのちの糧《かて》の豊穰に感謝しまつるけふのみ祭

新嘗《にひなへ》のまつりに獻《ささ》ぐる神饌を調ふる妹《いも》の清《すが》しき顔《かんばせ》

み祭に妹背《いもせ》揃ひて仕ふるは尊きこととしみじみ思ふ

追悼　角田きの刀自之命

勵ましの聲に應へて祖母《おほはは》は見えぬ眼《まなこ》に涙流せり
祖母《おほはは》のやさしき胸に抱かれし幼きころを想ひて泣きぬ
言葉にはならぬも孫らにもの言ひておほはは靜かに逝きたまひけり
この苑《その》にひとり靜かに逝く人もありとし聞けば胸せまりくる

妻懷妊

みごもりて眼潤ほす吾妹子《わぎもこ》の肩を抱きて共に歡ぶ
ふた月のちひさき生命《いのち》の寫眞《うつしゑ》をみればいよいよよろこび増しぬ

妻を思ふ

眞夜《まよ》深く雪しんしんと降りくれば身重《みおも》なる妻しのに思ほゆ
遙かにも駿河國《するがのくに》に我あれば身籠《みごも》れる妻況《ま》して偲はゆ

平成九年

宮中歌會始勅題「姿」詠進歌

皇國《みくに》護る吾をたすけてまめやかに家守《も》る妹《いも》が姿愛《かな》しも

歳旦

東の方《ひむがしかた》にかゝれる八重雲《やへぐも》を別きて現はる初日をろがむ

東天に昇る朝日にただ伏して聖壽の無窮を熱禱しまつる

差し昇る朝日をろがみ民族の血潮滾《たぎ》らす益良雄《ますらを》吾は

差し昇る朝日を見入る人びとに本《もと》つ心の甦《よみがへ》るらむ

パール・下中彌三郎記念館拝觀

箱根山雪踏みゆけばみ戰《いくさ》の正義傳ふる館《やかた》ありけり

紀元節

聲高《こわだか》に「雲に聳ゆる」唱ひつゝ神富士仰ぐ今宵樂しも

五月十七日、調査學校入校中の有志
廿名と共に靖國神社に昇殿參拜せり

堂々と制服纏《まと》ふ同志《とも》たちと歩調とりゆく九段の宮居
大鳥居潜《くぐ》りて忽《たちま》ち畏《かしこ》まる友が眞心尊かりけり
英靈の御前《みまへ》に座してをろがめば友ら忽ち眼《まなこ》潤ほへり
顯世《うつしよ》の自虐史觀を如何に如何に詫ぶべきものか英靈《みたま》のみ前
英靈のみ前に伏して眼閉ぢ國護《も》る決意誓ひまつりぬ
幾十度《いくそたび》拜み觀《み》るも肝に染むまごころ傳ふる遊就館はも
出撃前の寫眞《うつしゑ》拜し驚きぬ勇みあふるゝ面魂《つらだましひ》に
國のため殉ぜし軍人《ひと》の遺したる文讀み眼潤ほす友よ（林由佳子君）
靖國の宮にまゐりて戰人《いくさびと》の遺書《ふみ》讀み眼潤ほす友はも（石子一美君）
先人の道受け繼ぎて吾もまた皇國《みくに》護りの使命果たさむ
年ごとにこの宮まゐる隊員の増しつゝあるを嬉しとぞ思ふ

調査學校英語課程の學びの友に

ゑみゑみと友が持て來る赤白の薔薇《さうび》目に映ゆ皐月《さつき》の朝明《あさけ》（林由佳子君）

汝《な》が父は黄泉路《よみぢ》をゆきて歸らざるか友をし想へば胸せまりくる

外《と》つ國の言葉頻りに學べども日本言《やまと》の葉疎《おろそ》かにすな

（笹野直惠君）

八月十五日靖國神社部隊參拜に對する
上層部の妨害工作甚だ遺憾なり

呼びかくれば全國の同志《とも》ら次々に名告《の》りをあげて三十人《みそたり》集ふ

靖國の御靈禮《みたまゐや》びぬ犬上官妨害工作展開したり

靖國に同志《とも》ら擧《こぞ》りて參るをばなど妨ぐる人の多かる

ぬけぬけと自虐史觀に漬く輩聖戰《ひじりのみわざ》を侵略と言ふ

同志《とも》からの辭退《じたい》の電話受くるたび唇噛みて涙こらへつ

忍ぶれど歎き極まりうち震ひ拳握りて聲あげ哭きぬ

吾が努力未だ足らずと省みて鎮守の杜《もり》にひと刻《とき》を座す

皇居前廣場にて

炎天下宮居《みやゐ》の庭に草をとる翁《おきな》し見れば力湧き來る

汗こらなりて草刈る人々の姿見習ひ勵まむと思ふ
幾十度《いくそたび》辛酸嘗《な》めて愈々に誓へる心堅くなるべし

臨月を迎へたる妻に

明くる月子の安らかに生まれねとただに祈れり君思ひつつ
君の内に育ちゆく子の安らかに生まれ出でなむ神の隨《まにま》に

第廿六期レンジャー集合訓錬修了を讃ふ

かゝる世に氣魄迫りて武を錬らむ益荒猛雄《ますらたけを》のいや增すを慾《ほ》る
つはものが結び固むる同志《とも》なれば斃《たふ》るゝまでも共にしあらむ

吾子誕生

產土《うぶすな》の神の宮居《みやゐ》に額《ぬか》づきて守り給へとただに祈りぬ
吾が妻に身代はることも叶はずてひとり廊下を徘徊《たもとほ》りたり
神々の恩賴《みたまのふゆ》を賜はりて吾子《あこ》安らかに誕生したり
產聲を上ぐる愛子《まなご》の將來《ゆくさき》を幸《さきは》へ給へと祈りまつりぬ

諸々の遠つ御祖《みおや》に守られて妻は安けく子を産みなせり

頼母しや激しき痛みにうち堪へて子をば産みたる愛しき妻はも

生みをへて子に眞向かへば思ほへず涙こぼれつと妻は語りぬ

初《うひ》の子を抱ける妻のさやかなる面《おもて》を見れば眼潤ほふ

命名「さやか」

日の本の民の正道《まさみち》まさやかに踏み行けと子に「さやか」と名づく

かゝる世にあぐる産聲さやかなるみ國の子とて育てと思ふ

八月十五日　靖國神社部隊參拝

出産を間近に控へ吾が妻の縫ひたる褌《ふんどし》締めてまゐらむ

小なりといへども五人が隊組みてこの日に詣る靖國の宮

靖國の宮に仕ふる神職《はふり》らと暫し語れば胸の熱しも

この宮に初の參拝叶へたる同志《とも》深々と頭《かうべ》下げたり

授乳

大き聲あげて乳慾《ほ》るみどり兒《こ》のいのちを生きる力を思ふ
乳足《ちた》らひて寢《い》ぬる愛子《まなご》の清《さや》かなる面《おも》を見入りて吾ら微笑む
みどり兒の乳足りて寢《い》ぬる愛《いと》しさを妻とかみしめ喜びあふも
ひと月を勵み勵みてみどり兒を育つる妻を頼母しく思ふ

長期演習參加

みな産婦《ひと》は里にやすむを吾が妻はひとり勵むを神守り給へ
吾のみを頼りに思ふ吾が妻を置きて發《た》つこそあはれなりけれ
患へどひとりつとむる吾が妻に添はれぬ日々を切なくぞ思ふ
みどり兒は吾のゐぬ間もすくすくと妻に抱かれ育ちゆくらむ

妙高なる關山演習場に勵む

國護る勤めしなれば畏《かしこ》みて如何な嚴しき錬磨耐ゆべし
ずつしりと肩に食ひ込む背嚢《はいなう》を任の重みと思ひて勵む
三夜四日不眠不休の挺身の最中《さなか》にも思ふ君が彌榮《いやさか》

君がためただ君のため武を錬りて賤《しづ》が身の吾つとめ果たさむ
山里に百姓《おほみたから》の稲刈るを見れば尚々勵まむと思ふ

遙かなる越後國《ゑちごのくに》より妻を思ふ

戀妻の思ひに寝《ぬ》ればゐみがほを夢《いめ》に見出でて嬉しかりけり
山々の秋の彩り美《うる》はしくひと葉拾ひて妻に贈らむ
家守る妻を思ひて歌を詠むはやはや届け秋風のまま

日米共同實動訓錬

原爆を投下せし罪今もなほ知らぬとぞいふなど共同するか
米軍に諂《へつら》ふままの上官は民族の誇りを失ひぬべし
誰彼も海兵隊に諂へど民族の正氣もて威容示さむ
硫黄島《いわうたう》の戰士の御靈《みたま》に恥づまじと夷《えみし》と競ひて奮鬪したり
米兵を譽め讃へては部下なじる上官己《おの》が怠惰なるぞや
我が軍は天皇《すめらぎ》守護こそ任なれと眉あげ夷に宣言したり
海兵隊精鋭無比を自負すれど麻薬に溺れ軍規亂れる

「海兵隊恐るるに足らず」と聲高《こわだか》に若きら集め吾告げにけり

日米共同實動訓錬より歸還

ひと月の任務を遂げて歸りてば吾子《あこ》ひとまはり大きく成りぬ

御食初め

產土《うぶすな》の神の杜《もり》より賜はりし細《さざ》れ石をば記念となさむ

愛し兒の百日目《ごももか》迎ふる食初めの祝ひの膳をかくみ歡ぶ

月曜研究會歲末懇親會

全自衛隊を指揮するていの氣魄持てと道の師吾に鞭打ちたまふ（西川泰彥氏）

靖國のみ社守る大人《うし》熱く國護る吾に力賜へり（大山晋吾氏）

教育の荒廢なほもやまぬとも大人がいませば心强しも（中澤伸弘氏）

天皇《すめらぎ》の赤子にあれば懇《ねんご》ろに汝《な》が子育てよと聲高《こわだか》に告《の》る（高森明勅氏）

各界に奮鬪をする道兄《とも》たちの在《いま》すを知りて力漲《みなぎ》る

母刀自の還暦を祝ふ

六十路《むそぢ》をば迎ふる母は孫《うまご》らの世話に負はれて歡びにけり

吾子抱き子守歌《うた》うたひたる母見れば昔のことを想ひ起こしぬ

平成十年

宮中歌會始勅題「道」詠進歌

賤《しづ》が身もみ國護《も》らるる喜びを山かひの道行きつゝ嚙み締む

歳　旦

みどり兒《こ》を背負ひて神饌調ふる妻と仕ふる歳旦のみ祭

新玉の年の初めに謹書せり「聖壽萬歳・滅私報國」

西川泰彦氏より銘刀「包清《かねきよ》」を賜はる

皇國《すめくに》を護る汝《なれ》にぞこの太刀を授けむときびしく師《し》はのたまひぬ

憂ふれど堪へて汝こそ自衛隊に斷じて居れと師は告りましぬ

賜はりし太刀をし佩《は》けば神風連の哀しき祈り思ほゆるかも

劍太刀吾が手に取ればしみじみと日本《やまと》の國風《くにぶり》感ぜられたり

二月七日　靖國神社部隊參拜

幹部一名曹士廿四名打ち揃ひこの宮まゐるけふぞうれしき
去年《こぞ》よりは五名を増して英靈のみ前に感謝の誠捧げぬ
遊就館を初めて訪《と》へる若き隊員《とも》遺書《ふみ》を讀みつゝ涙流せり
國が爲斃《たふ》れし人のいさをしを神職《はふり》の友は熱く語れり（大山晋吾氏）

教育履修のため單身赴任

ひと月を病める妻子を置きしまま朝な夕なに心許《もと》なし
みどり兒《こ》を抱きて守る頼母《たのも》しも受話器の聲は震へたるかも
吾もまた君をし思《も》へばこの夜もかたじけなさに涙こぼるる

拔刀

賜はりし佩刀《はかせ》取るたび吾が内に皇國《すめくに》護るちから漲《みなぎ》る
「包清《かねきよ》」は飾りの刀にあらざるや天皇《すめらぎ》守護のためにこそあれ
すめらぎに仇なす奴の醜奴《しこやつこ》包清拔きて斬り殺すべし
寝られざる夜は小太刀《こだち》を身に佩《は》きてひとり外《と》に出で空《くう》を斬るなり
闇の世をただに斬るなり満身の力を込めて白刃《はくじん》を振る

帯刀の風儀《てぶり》こそ我が日の本の國風《くにぶり》なれと頻《し》く頻《し》く思ほゆ

春の日に

賤《しづ》の家《や》に眞玉《またま》なすみ子授かりてゐまひの滿つる生活《たつき》樂しも

九段櫻

櫻花ほのと薫るを樂しべどかなしくもあるかうつせみの世は

新隊員教育係拜命

かゝる世に國護らむと奮ひ起つ益荒男《ますらを》此處《ここ》に百人《ももたり》集ふ
若きらを鍛へ鍛へて龍《たつ》の馬《ま》に育て上ぐるは吾が任務《つとめ》なり
入隊ゆ日増しに眼《まなこ》輝きて歩調數ふる聲頼もしも
「鬼軍曹」などと嘲《あざけ》る人もあり大君のため鬼ともなるべし

新隊員の初俸給受領

若きらが初の俸給賜はりて父母に送るを尊く思ふ

金額に多尠はあれど若きらが感謝のしるし父母に送るも

影山正治塾長十九年祭

繰り返し繰り返しまた繰り返し辭世二首をば唱《とな》へ噛み締む

何をもて皇國《みくに》がために爲《な》し得むやただこの身をば鍛ふるのみぞ

靖國神社創立記念祭獻詠　兼題「焔」

賤《しづ》が身は豈《あに》英魂に恥づまじと護國の焔《ほむら》内に燃やせり

新隊員教育に沒頭

地に頬を擦《す》りつゝなほも腹這ひてはやはや進め若きつはもの

勝鬨《かちどき》を今に定むるは突撃ぞ吾に續けよ敵滅ぼさむ

けふもまた家《へ》に歸らえず國がため若きら鍛ふるよろこびの中

「頑張ってね」と吾を勵ます吾妹子《わぎもこ》の受話器の聲は掠《かす》れて聞こゆ

病みゐたる妻子《めこ》は安寢《やすい》の寢《ね》らえずか夜も更けゆけばもとな思ほゆ

吾子の成長

みどり兒の瞳さやかに輝きて賤《しづ》の家《や》照らす光のごとし
けふははや斯《か》くしたりとて吾妹子《わぎもこ》がゑみて語るを聞くは樂しも
愛し子の尻にもありな蒙古《もうこ》斑《はん》亞細亞《あじあ》を想ふ心やまずも
はや歩めはやに育てと願へどもこのままにあれとも思ふこのごろ

添ひ寝

額《ぬか》あはせ兩手《もろて》つなぎて今宵寝《ぬ》る似たる母子の寝顔いとほし
寝《ぬ》る妻子《めこ》の呼吸《いき》の調ふをかしさに笑ひを堪へて部屋を出で來つ

追悼　川田貞一大人之命

任遂げて家に歸れば魂消《たまぎ》えつ「不二」の哀しき報せ眞事《まこと》か
今更に夏期講習會に賜はりし師《きみ》のみ教へ身にしみてをり
大事なる役目にあれば汝《な》が身體《からだ》いたはり勵めと師はのたまひぬ
吾が拙詠《うた》を師がよろしよとのたまひしかの日ゆ吾は歌を詠み來つ

八月十五日の靖國神社部隊參拜を期して

去年《こぞ》よりも數いや增すを祈りつゝ案内《あない》の書狀《ふみ》を全國に送れり

北護る婦人自衞官二名から參加の報せ受けて嬉しも

腰拔けの上官どもが吾が行く手阻まむとするは愚かなるべし

映畫「プライド」を觀る

萬度《よろづたび》の具申叶ひて「プライド」を訓錬とて觀《み》つ若きらと共に

觀をはりてあなくやしやと若きらは眉つりあげて口々に告ぐ

八月十五日　靖國神社部隊參拜

制服を纏《まと》ふ吾らの部隊なり九段まゐりをなど妨ぐる

中曾根の參らぬゆゑに吾らこそ參るべけれと續けて來たり

壓力に屈せず吾もまゐらむと駿河《するが》の同志《とも》も加はれるなり

呼びかけに應へて同志三名が北海道より驅けつけ來たり

百五十通の案内《あない》の書狀《ふみ》に應へたる同志十一名この日に集ふ

婦人自衞官二名を加へ勢ひも增してまゐらむ九段の宮居

各々の部隊の友が相集ひ九段へまゐるは尊かりけり
「自衛隊頑張れ」の聲に勵まされ胸張りてゆく靖國の宮居
玉串を捧げまつりて殉國の英靈たちを禮《ゐやま》ふ今日はも
今に見よ百人《ももたり》千人《ちたり》と輪を擴《ひろ》げ大部隊參拜實現せむぞ

明治神宮至誠館開設廿五周年奉告祭
時恰も和氣清麻呂《わけのきよまろ》公千二百年祭の日なり

闇の世を斬り祓はむと館長は太刀を揮《ふ》るひて演武しませり（稲葉稔氏）
皇統を護りたまひし和氣公を仰ぎて白刃《しらは》振れる大人《うし》はや
吾が佩《は》ける太刀「包清《かねきよ》」は唯々に國體護持のためにこそあれ

元陸軍少尉　小野田寛郎氏記念講演

ルパングの戰ひのさま聽けばなほ護國の炎燃え上ぐるかな
天皇《すめらぎ》のみこともちとて三十年《みそとせ》をみことかしこみ戰ひしとぞ

自衛隊観閲式

靖國の御靈《みたま》蔑《なみ》する總理らになど「捧げ銃《つつ》」なすべきか嗚呼《ああ》
榮譽禮を亡國大臣《おとど》に捧ぐるを九段の神は許したまふか
軍人にあれば直ちに天皇《すめらぎ》に仕へ奉ると唇を噛む

逃亡兵に告訴せらる

逃亡して身重の妻や父母泣かす隊員捕へて頬をば叩く
規律こそ部隊の生命《いのち》然《さ》れば吾遵《したが》はざるを嚴しく叱る
愚かなる奴は除隊ゆ六月《むつき》經《へ》て逆恨みとぞ國告訴せり
是《こ》れ總《すべ》て指導の範疇と言ひやるも聯隊長は私的制裁と言ふ
舊軍は暴力横行自衛隊は暴力絶無と師團長はほざく
懲戒に處せられ批難受けたるも吾は正義ぞいざ戰はな

平成十一年

宮中歌會始勅題「青」詠進歌

山々の青やかなるこそ樂しけれ一世《ひとよ》をかけてみ國護らむ

歳旦

あらたまの年のはじめに仰ぎみる國のみ旗ぞまこと淸《すが》しき

皇居參賀

熱きものこみあげ來たり日の丸を妻娘《めこ》と揃ひてうち振るうちに

畏《かしこ》みて玉のみ聲を賜はればかたじけなさに思ひぞ滿つる

吾よりも萬歳の聲ひときはに大き益荒男《ますらを》と見れば高森氏

梅香

くれなゐの梅の花咲く遊歩道妻子《めこ》と揃ひてゆくは樂しも

第一回　靖國神社早朝清掃奉仕

明けしらむ春日《はるひ》の朝を隊組みて九段の宮に急ぎてゆくも
けふ初の清掃奉仕なればこそ同志《とも》らの顔は溌溂《はつらつ》とせり
掌《てのひら》に肉刺《まめ》つくりてもひたすらに落葉塵掃く友ぞたふとき
報恩の誠捧げてみやしろの落葉掃くこそ樂しかりけれ
訓錬前の僅かばかりの時間《とき》にして感謝込めつゝ仕へまつらむ
英靈に感謝の誠捧ぐるが國を護るの基《もとゐ》と思ふ
九段なる神に己の魂を堅く結びて戰闘力《ちから》を増さむ

しづかなる夜に

苦しびも喜びもなほ共にして魂《たま》の結びを結びてゆかむ

吾子の成長

愛犬の手綱《たづな》握りて歩けりと笑《ゑ》みて子のさま語る妻はも
この頃は手に負はれずと吾妹子《わぎもこ》の語るを聴きて笑ひ堪へぬ
この頃は年上の子に付き纏《まと》ひ眼を輝かせ眞似をするとふ

雄叫《をたけ》びをあげつゝ暴れ走りゆく姿はあはれ吾の血筋か
ゆくすゑは男《を》の子蹴散《けち》らし吾が道をゆくかこの娘《こ》はあな恐ろしや
女《め》の子とは侮《あなづ》る勿れこの娘《こ》には猛き血潮の流れをるなり

家庭のまつり

神まつる吾の手ぶりを子は眞似て拜《はい》と拍手を繰り返しせり
歸宅して先づ神前に額《ぬか》づけば隣に來たりて吾子《あこ》も拜しぬ

靖國神社清掃奉仕（春季例大祭當日）

この春のみ祭の朝參道を掃き清むるはうれしかりけり
遲咲きの櫻も已《すで》に散りすぎて若葉まばゆき九段の朝は
新《あら》たしき同志《とも》も加はりこの月の清掃奉仕を謹みてせり
立ち止まり宮居《みやゐ》にむかひて御辭儀する通學途中の女學生はも
はにかみて吾にも會釋《ゑしやく》してくるる少女《をとめ》に擧手の禮《ゐや》もて應ふ

西川泰彦氏より書翰を賜はり大東塾を訪ふ

勵ましの手紙を讀めば滾々《こんこん》と眞清水《ましみづ》のごと力湧き來る

激勵の厚志賜はり吾妹子《わぎもこ》と感泣したり師《きみ》偲びつつ

ひとすぢのすめらみたみの道標《しる》す歌の隨《まにま》にいざいざ征かむ

久々に塾訪《おとな》へば神屋氏の凜といますに力漲《みなぎ》る

無學なる吾をも救ひ懇ろに導き給ふ西川大人《うし》はや

いざてふ秋《とき》助け合ふのが同志ぞと師の勿體なき言の葉かみしむ

訪《おとな》ひて高話拝聽するたびに道定まりてゆくぞうれしき

師の御佩刀《みはかし》執ればいよいよ血は騒ぎ賊臣討つの心やまずも

白山神社の櫻

この春に妻子《めこ》と樂しむ櫻狩り思ひ出のまた一つ増えたり

母の日に

たらちねの母となりしゆ二年の妻を勞ひ花を贈りぬ

一輪の薔薇《さうび》掌《て》にして眼《まなこ》をば潤ほす妻の肩を抱きぬ

己が誕生の日に

狂へりと他人《ひと》は言ふとも吾が爲《な》すはたゞにみ國を思ふゆゑなり

靖國神社創立記念祭獻詠　兼題「祭」

皇戰《みいくさ》を戰ひ貫《ぬ》かれし英靈《みたま》をば祭る宮にぞ額《ぬか》づく吾は

第六回　靖國神社清掃奉仕

杖突きて遺族の媼《おうな》幾度も禮《ゐや》のたまふに最敬禮す

わが夫《つま》が鎭《しづ》まり坐《ま》すと參りたる媼の背中《せな》を吾はをろがむ

吾ら自衛官英靈《みたま》の精神《こころ》承け繼ぎて國護らむと媼に誓ふ

この月は半日かけてみ社の境内《には》を掃きたり感謝込めつつ

八月十五日の靖國神社部隊參拜を期して

呼びかけの書狀《ふみ》は二百五十餘り九段の神よ導き給へ

斷食三日ただに捧げてかの宮にまゐる同志の數增すを禱《の》る

全自衛官は英靈《みたま》のみ前に額《ぬか》づきて護國の誓ひを立つべきにこそ

『櫻之舎川田貞一歌集』精讀

かの大人《うし》が獄舎《ひとや》に詠みし狂へりの歌こそ我の心射抜けれ

背嚢《はいなう》に納《い》れて密かに持て來しを蠟燈《ともしび》のもと今宵讀みつぐ

戀闕《れんけつ》の歌に心の洗はれて吾が念ひこそなほ深みゆく

八月十五日　靖國神社部隊參拜

妨害の嵐吹く中正道《まさみち》と吾ら八名貫き行かむ

自虐史觀唯一色の上官を蹴散《けち》らしてゆく九段の宮居

玉串を捧げまつりて英靈に皇國護持の決意を誓ふ

去年《こぞ》共に參りし婦人自衛官《とも》は身重ゆゑ玉串料を獻《ささ》げまつりぬ

この日にぞ英靈《みたま》に禮《ゐや》をつくさむと北海道ゆ同志《とも》參り來ぬ

妻子と遊就館拜觀

飮み物を慾《ほ》る子を妻は抱き締めてあれを御覽と遺影《うつしゑ》を指す

饑渇《きかつ》に耐へ戰ひましゝ軍人《ひと》ありて今は我慢と子を諭す妻

熱海伊豆山なる「興亜観音」竝に「七士の碑」參拜

野中奴の英霊《め》瀆《けが》す暴言を聽けば怒りにうち震へたり
曉に發《た》ちて向かふは伊豆山の中腹《なか》に建つてふ興亜観音
輝ける觀音像のその下《もと》に祀る御遺灰玉串捧ぐ
「七士の碑」仰げば胸の塞《ふた》がりて我も友らも涙に濡れぬ
雨の中草を拔きつゝ御靈らの哀しき聲に耳を澄ませり
同志《とも》たちが銘々持て來し酒煙草慰靈の花を獻《ささ》げまつりぬ

パール・下中彌三郎記念館拜観

四年前吾が覺えたる感慨を同志《とも》ら今こそ無量に思へ
罪無きの判決の書に署名せし山吹色の萬年筆はも
闇の世を照らす光と仰がれて殉難七士は逝きたまひしか

多摩御陵竝びに武藏野御陵參拜

すめらぎの御陵《みささぎ》かしこし熟《つく》くと大前にこそをろがみまつれ
額《ぬか》づきて朝な夕なに今上《きんじやう》の御身《おんみ》を守り給へと白《まを》せり

奉祝　天皇陛下御即位十年

御位《みくらゐ》に即《つ》かせ給ひて今上の御代《みよ》平らけく十年《ととせ》經《へ》にけり
大御稜威《おほみいつ》輝き坐《ま》して平成の御代安らけく年重ねたり
おほみうた拜しまつりてすめらぎの深き祈りを畏みまつる
大君の御即位十年壽《ことほ》きて寶祚無窮《ほうそむきゆう》を乞《こ》ひ祈《の》みまつる
日の本の臣《おみ》の男《を》の子の正道《まさみち》を直《ただ》に征かむと誓ひまつりぬ

青梅なる今井の里を訪ふ

石段《きざはし》をひとりしづかにまゐのぼり仰ぐ碑《いしぶみ》胸高鳴るも
影山の大人《うし》の自刃《はて》なるみ跡をば拜みまつりて暫《しま》したたずむ

西川登茂彦兄結婚式（於大東神社）

くはしめを妻まぐ兄が青梅なるこのみ社に妹背《いもせ》契るも
妹背をば契る誓ひを宣《の》りをへてうつ拍手《かしはで》の音清《さや》かなり
父と子が神のみ前に相和して念誦しまつる姿たふとし
御祖《みおや》らのお蔭なくしてけふの日は豈《あに》あらざると尊父のたまふ

川田貞一訓育班長まし丶ゆゑ登茂彦成れりと繰り返し宣《の》る

靖國神社清掃奉仕

おのづから月の奉仕の數增してけふも始發にゆられゆくかな
御創建百三十年のみ祭の朝に謹み參道を掃く
靖國の神をば祀る神職《はふり》らと笑みて交はせる挨拶うれし

悪しきチユーインガム

米兵の傳へし悪《あ》しきチユーインガム吐き棄てられて境内《には》を穢《けが》せり
參道に吐き棄てられたるガム數多《あまた》篦《へら》に削れどいとど手強し
固まれる米式ガムを剥《は》がさむとうち震ひつゝ篦に削れり

明治祭

けふの日は明治の大帝《みかど》偲びつゝこのみ社の境内《には》を掃きたり

第二回　不二歌道會武道稽古會

大君の醜《しこ》の御楯《みたて》と起つがため猛き武を錬る武道稽古會
青梅なるこの道場に立ちをれば今《いま》は坐さぬ師《きみ》し偲はゆ（川田訓育班長）
眼の前に立てる巻藁睨《にら》まへて布都《ふつ》と打ち斷つ仇敵《あだがたき》とて
師の佩《は》ける太刀の手柄《たがみ》を握《とりしば》り御稜威《みいつ》のもとに仇叩き斬る
道場の床に殘せる刀疵《きず》錬り足らざるを切に思ふも
道場の床に殘せる刀疵明年こそはしつかと斬らむ
師の佩《は》ける二尺四寸に越中《ゑつちゆう》の刀が鍛冶《かぢ》の魂籠《たまこも》りたり
日本刀《たち》とれば神風連のいや清く哀しき祈り思ほゆるかも

元航空自衛官　森岡精八大人

いざてふ秋《とき》ゲリラとなりて最期まで戰ふべしと大人のたまへり
秋《とき》來らば民兵となり仇敵《あだがたき》撃ち滅ぼさむと眉上げのたまふ

靖國神社清掃奉仕

豫科錬の兄弟《あにおと》逝きしは今日なりと翁《おきな》は泣きて禮《ゐや》のたまひき
吾らこそ禮をまをさめ殉國の英靈《みたま》に捧ぐる清掃奉仕

第廿八回靖國神社清掃奉仕に海上自衛官・畠亞津子君を迎へて

海陸の隔てを越えて横須賀ゆ同志《とも》の來たりて境内《には》を掃きたり

休むなく友のひたすら掃くあとにたゞのひとつの塵も無きかな

民草《たみくさ》も共に爲《な》さむと箒取り姉の奈津子も忠實《まめ》やかに掃く

姉妹《あねいも》が揃ひて夙《つと》にこの境内《には》を掃き清むるはたふとかりけり

人間魚雷「囘天」追體驗乘船

許されて人間魚雷「囘天《くわいてん》」に入れば忽ち涙零るる

靴も脱ぎ素足となりて乘り込めるつつしみ深き艦乘りの友

ハツチ閉ぢ御靈《みたま》が勲偲ぶにもあはれ涙の溢れ落ちたり

英靈《みたま》らの切《せち》なるいさを《いさを》を學びつゝ友となみだを倶《とも》に流しぬ

國憂ふやまとをみなの淸らなる心九段の神知ろしめせ

天長節宮城參賀

大君の生まれ給ひし佳き日をば同志《とも》と祝ふはまこと嬉しも

臣吾《おみ》ら拝みまつりて現津神《あきつかみ》すめらみことの御言葉《みこと》賜《た》ばりぬ
天皇《すめらぎ》の玉のみ聲を賜はりて臣の亞津子はたゞ泣きにけり
天皇の御言葉《みこと》畏み賜はれば臣われらこそたゞ泣きにけれ
平れ伏せる君が眼ゆほろほろと落つる涙はみ庭に染みぬ
天皇の大前にこそ「君が代」を共に歌へば心熱しも
夙《つと》に起き妻の作れるおにぎりを參賀をへて食《は》むはうれしも

昭和殉難「七士之碑」參拜並びに清掃奉仕

御靈《みたま》らを祀る齋庭《ゆには》の塵落葉手弱《たよわ》き手もて拾ふ友かな
さらさらにみたま奉仕の熱籠り殉難七士の魂《たま》鎮まりぬ
年毎に參り來べしと歸り路に宣《の》りたる友を頼もしく思ふ
防人と身を立てしから愈々に友ら磨けよやまと魂

月

月夜見《つくよみ》は波をも立たぬわたつみの上《へ》にまさやかに照りにけるかも
わたつみの上《へ》にいと明《さや》に月夜見は輝き坐《ま》しぬけふの佳き日に

海の上に浮かぶ望月いと明《さや》に日の御影《みかげ》をばかがふりて照る

がめ煮

夜なべして「がめ煮」と稱《よ》べる故郷《ふるさと》のお節料理を拵《こしら》へる妻

出來たての「がめ煮」勸めて如何かと頻《しき》りに問へる妻愛《いと》しらし

平成十二年

宮中歌會始勅題「時」詠進歌

御稜威《みいつ》こそ時の古今《ここん》を貫きて別かずよろづに照り輝けれ

歳　旦

すめくにの臣《おみ》と生まるるさきはひを年のはじめにかみしめ思ふ

輝ける二千六百六十年この御年《おんとし》をしつかと生きむ

宮城參賀

吾が叫ぶ天皇陛下萬歳に妻娘《めこ》相和して唱ふ萬歳

大君から預かりまつるこの子はや二歳となりて萬歳を言ふ

襟正し聲高らかに「君が代」を大御前《おほみまへ》に歌ひまつりぬ

いかばかり悲しみ深きものならむ日の皇子《みこ》ゐみて御手《みて》振り給ふ

（皇太子妃殿下御不例）

靖國神社清掃奉仕

鳩の糞ガム吸殻の一切を怒り堪《こら》へて浄《きよ》め取り去る

參道の石疊をば魂《たま》籠めて拭ひ清むる如月《きさらぎ》の朝

躓《つまづ》ける老婆《おうな》に添ひて詣づれば痛き呟《つぶや》き「兄さん」を聴く

嗚呼《ああ》などかこのみ社を輕んずる奴《やつこ》輩多かる自衛隊には

紀元節

遠つ御代《みよ》國建てまし、橿原《かしはら》の千早振《ちはやぶ》る神畏きろかも

聲高く「雲に聳ゆる」歌ひつ、國肇《はじ》めまし神を仰ぐも

日の丸を見ると「ばんじやい、ばんじやい」と頻《しき》りに叫ぶ吾子《あこ》の愛しらし

みたま奉仕會機關誌「瑞穗」第一號發行

海原の水漬《みづ》く屍《かばね》とならむともいざゆかむとふ決意文《ふみ》つづる友

國體の本義を示す神勅に消《あや》れる名の「瑞穗《みづほ》」いま成る

草莽舍・井頭克彦氏の「みどりの日

改稱運動は不忠行爲なり」とふ主張
一文を拜讀

天皇《すめらぎ》の坐《ま》しますゆゑに拙きもありとふ文の心に沁みぬ

部隊移駐

浮薄なる防衛廳の愚計《くはだて》に端を發せり部隊移駐は

宮城《おほみや》の近き衞《まも》りにつとむべき實動部隊は帝都《みやこ》を離《さか》る

天皇《すめらぎ》と國とを離し國防を語る上官猿だにも似ず

千早振《ちはやぶ》る神畏れざる禽獸が部隊長とはあな口惜しや

宮城を十里離るも事しあらば仇を討たむと馳せまゐるなり

事しあらばいの一番に參のぼり守りまつらむ現《あき》つ御神《みかみ》を

山下正憲兄に

愚かなる君が心を正さむと涙かみつゝ拳揮へり

拳握り頬をい毆《う》てば涙さへこみ上げ來たり同志《とも》なればなり

嚴《いか》めしく君が頬をば叩きつゝ思へば我は心に咽ぶ

敬神を叫びて尊皇言擧《ことあ》げば身をつつしみてひた道を征け
目に見えぬ神にむかひて恥ぢざるの大御歌《おほみうた》をば千度《ちたび》唱へよ
一年をただ一點の妥協なく身禊ぎ祓ひて黄泉《よみ》がへれいざ
今こそが自《おの》が維新の時なるぞ豈《あに》な忘れそ敬神尊皇

禽獸に取り圍まれて

人間《ひと》として生まれしからは禽獸に豈《あに》な劣りそ豈な劣りそ
あなかしこ誰彼總《な》べて大君の大御稜威《おほみいつ》をば賜はりてをり

草

富草《とみくさ》の垂《た》り穗に滿つる實りこそ神の賜ひし命なりけれ
草莽《さうまう》の道に斃《たふ》れし先人《まめびと》の辭世讀《うた》みつげば胸せまりくる

逆賊聯隊長

千兵を率《ゐ》る聯隊の長《をさ》なるも昭和の大帝《みかど》を侮《あなづ》りやめず
逆賊の暴言聽くも隊員總《ひとな》べて怒りさへなし疑ふもなし

ふた度に天皇陛下《すめらみこと》の御事を瀆《けが》しまつらば縊《くび》り殺さむ
不忠なる聯隊の長《をさ》醜奴《しこやつこ》叩き殺さむ御國《みくに》にのために

靖國神社清掃奉仕一周年

發足ゆひと年卅一回の回重ねたり同志《とも》の増えざる
漸《やうや》くに友の増ゆれどやがて去り未だ四人《よたり》と哀しかりけり
早朝に起くるは難し休日は休みたしとて集ふ隊員《もの》なし
怠らず逸らず焦らず默《もだ》をりて續けてゆけとの師の言尊《ことたふと》
至誠通神たゞに信じて靖國の清掃奉仕を續けてゆかむ

増田剛兄に

跪《ひざまづ》きあからさまにも英靈に臀《しり》向けなかれと參道を拭く
吾が友の四つん這ひとなり參道を拭きゐる姿《さま》の頼もしきかな

緒方誠二郎兄に

吾が友が假名《かな》も正して編みあげし軍歌撰集まことよろしも

天皇《すめらぎ》に神を見たりと記す友感想文《ふみ》は國體自覺の證左
凛然と皇朝護持の自覺をば宣言したる緒方兄はも
軍命を賜はり春に聯隊を去らむと聞けばいとも口惜し（轉屬内示）
何ごともいや高光《たかひか》る大君の大御爲《おほみため》とて諾《うべな》ひ奉れ
駿河武藏處《ところ》たがふも臣吾ら魂《たま》はひとつと堅く思へよ
神州が第一峰に恥づるなく君をさをさと務むるを祈る
嬉しきは何憚《はばか》らず天皇の彌榮《いやさか》叫ぶ同志《とも》の在ること

春の夜に
五年《いつとせ》を努め努むる我妹子《わぎもこ》の手を把《と》りて夜半《よは》に語りたるかも

妻懷妊
大君の宣《の》らせ給へるおほみことその隨《まま》に妹《いも》は身籠《みごも》れるかな
（年頭「佳き年を迎へられよ」との大御言を賜はりて）
祝ふべきこの御年《おんとし》に新たしきいのち賜ふる我の喜び
（皇紀二六六〇年）

櫻花

敵艦《あだぶね》に體當《たいあた》りせし純忠の「櫻花」が記錄讀めば悲しも
雲を裂く雷神のごと敵艦を碎《くだ》き沈めし「櫻花」かしこし
躬《みづか》らを爆彈となし敵艦に突つ込み碎く凄まじさ嗚呼《ああ》
特攻の千萬分の一さへも勤めざる身をたゞ顧みぬ
爛漫と咲きの盛りの九段櫻觀ればおのづと涙零るる
散り敷けるさくら花びら掃き寄せて英靈《みたま》偲べば涙こぼれつ

岩本典三郎大人遺詠『旌忠歌集』

敷島の道の學びの師と仰ぐ大人《うし》またひとり神去りましき
旌忠《せいちゆう》の歌集賜はりかの大人の心の叫び謹みて聽く
戀闕《れんけつ》の歌はつたなき防人我の血を滾《たぎ》らかし力たまふも

森喜朗首相の所謂「神の國」發言と陳謝

辯解《べんかい》の「主權在民」無道なり占領憲法破棄の日はいつ
肇國《はつくに》ゆ君臣の分《ぶん》定れり「主權在民」道にし非ず

天《あめ》の下しろしめします天皇《すめらぎ》の御地位確《みくらゐしか》と不動なるべし

我が國は神の國なり天皇《すめらぎ》のしろしめします瑞穗《みづほ》の國ぞ

論ふ奴《やつこ》ことごと言やめよ大日本は神の國なり

靖國神社清掃奉仕

新たしき友を迎へてこの宮の境内《には》をひた掃く今日の朝明《あさけ》に（關口英樹兄）

立川なる阿豆佐味《あづさみ》天神社參拜

畏くも宮居の上空《うへ》を轟々と飛ぶを睨《にら》みぬあはれ自衛隊機

影山正治塾長廿一年祭の日に

塾長の果てまし丶跡の碑《いしぶみ》を遙かに今日はをろがみにけり

顯世《うつしよ》を何と覽《み》まさむ影山の大人《うし》が嘆きの聲し聽こゆる

遺詠遺稿《うたふみ》を繙き夜半《よは》に讀みつげば大人が悲しき祈りに泣くも

天皇皇后兩陛下の御渡歐御安泰を祈り奉る

恙《つつが》なく障《さや》ることなき行幸啓《いでまし》を富士山麓ゆ禱《いの》りまつるも
畏くも外《と》つ國々に御稜威《みいつ》をば照り輝かし君巡り坐《ま》す
ひたぶるに禱りまつるは安らけく外國《とつくに》巡りて還りますこと

川田貞一大人之命二年祭

かの大人《うし》は神の隨《まにま》に逝きたまひこの現《うつ》し世を何と見まさむ

奉悼　皇太后陛下崩御

演習のさ中妻より報せあり悲しきかもよ聴きて泣き入る
夕霞なくも霞みて神富士のそのみ姿は見えず隱るる
隊離れひむかしの方《かた》遙かにも拜みまつりて忍び泣きをり
皇太后陛下《おほきさき》神去りましゝゆふべこそ銃《つつ》とる手にも力入らざれ
この夕は大みめぐみを賜はりし昭和大御代《おほみよ》いとど偲ばる

痛　憤

けふの日は謹むべきを愚人《おろかびと》などか浮かれて高笑ひする

いにしへゆ馬鹿には付くる藥なし爲《な》す術《すべ》もなく馬鹿は馬鹿なり

愚上官敵より恐《こは》しと古ゆ言ひ傳へ來つはまことなるかな

佐久良東雄・高山彦九郎兩大人がみ祭の日
六月廿七日を期して、第一回「皇居參上強
行軍」を實施せり

皇城を決して守るの誓ひをば現《うつつ》にせむと事ぞ始むる

彦九郎《ひこくらう》東雄《あづまを》大人《うし》が忠烈に果てしこの日を選び始めむ

彦九郎東雄大人の祭日を選び定めて今ぞ出で發《た》つ

拙くも皇孫防護《みかどまもり》の使命《みこと》をば畏みまつりて行軍をする

止むことなき熱き思ひを拙くも現はさむとて宮居に向かふ

大君を直《ぢか》にお背負ひ申せよの庄平翁がみ教へ踐《ふ》まむ

十里餘を十貫になひ逸早くまゐのぼらむと足早にゆく

荒川の支流本流ものかはと泳ぎ渡れる泳力《ちから》有《も》たばや

彦九郎東雄大人が朝霜のひとすぢ道に通はむとゆく

軍律なき自衛隊は戰はじされば吾こそ君を守らめ

御濠邊《みほりべ》に到りてひとり皇居《おほみや》を拜みまつれば心清《すが》しも

ひと月にひと度なれど宮城をめざしてゆかむ歩武《ほぶ》ふみしめて

夜半《よは》に發《た》ち都めざしてひた歩く「皇居參上行軍」樂し

重装に耐へてひたすらまゐのぼる吾が行軍に休息はなし

靖國神社創立記念祭獻詠　兼題「坂」

血の涙かみつゝ何がな爲《な》すべしと坂まゐのぼり境内《には》を掃き初《そ》む

靖國神社清掃奉仕

清掃を終へて同志《とも》らとまゐ昇り聲高らかに國歌うたふも

靖國の境内《には》掃き清め拜殿に國歌唱ふを例《ため》しとなせり

長女三歳の誕生日

愛し娘の笑《ゑ》まひ見たしと遊園地に身重の妻は無理押して行く

この先は寂しき日々も多からむせめて今日はと妻は氣遣ふ

八月十五日

神前に座して今日こそ「終戰の大詔《おほみことのり》」讀み奉るなり
み社のうへを覆へる忌はしき暗雲《くも》祓はむと隊なしてゆく
野中めの「靖國法案」無道なり神罰鐵鎚《てつつい》いつか下らむ
五月蠅《さばへ》なす騒ぐ上官悉く蔑《さげす》まるべし誅せらるべし
拜殿に英靈《みたま》が許《もと》に屆くがに聲高くして國歌唱ふも

叱る

叱られて泣き上ぐるともなほ母の許《もと》に寄り來る子のいぢらしさ
叱らずによかりしものを叱れりと妻語りをり涙ぐみつつ

大東塾十四烈士自刃の日に

記錄《ふみ》讀みて果てしみ跡の寫眞《うつしゑ》を見ればおのづと涙こぼれつ
けふの日に自刃現場のうつしゑをただに見入ればば涙こぼれつ

み命を清く捧げし先人《まめびと》の共同遺書は胸に迫るも

立川から大宮に轉居

幾度か住居《すまひ》移りし身なれども住み慣れたる街去るは寂しも

明日からは卽動態勢萬全なり部隊隣りの官舎《すまひ》よろしも

中秋の名月

庭先に出でてはやはや霽《は》れなむと妻子《めこ》と語りて待つは樂しも

流れゆく雲の間《あはひ》に現はるるいとも清《さや》けき仲秋《あき》の望月

生

不忠なる奴輩《やつこ》多かる顯世《うつしよ》に耐へて生くるはいとど苦しも

禽獸《きんじう》に劣る奴《やつ》らと顯世に共に生くるは堪へ難きかな

憂憤

國體の本義を識《し》らで徒《いたづ》らに「國を護る」と言擧《ことあ》ぐるかな

逆賊の創價學會退けで國護るとは何《なん》でふ事ぞ

不二歌道會千葉縣支部　抜穂祭

上總《かづさ》なる山武《さんぶ》の里の齋田《いはひだ》に御稲《みしね》刈り取るけふぞうれしき
齋主《いはひぬし》中澤大人が祝詞詞別《のりとごとことわき》別《わ》きて血を滾《たぎ》らすも
誰彼も雨降るらしと想ひしをあな畏きや佳き日となりぬ
み祭に用ふる榊忌竹《いみたけ》も庭に調ふ加瀬家豊《ゆた》けし
黒米《くろごめ》をうましうましと食《は》みきとふ古人《いにしへびと》の生活《たつき》偲ばゆ
いにしへの米まづきゆゑ稲作の技術《わざ》展《の》びたりと大人はのたまふ

増輪愛子君に

海原を護る父御《ててご》の雄々しさを繼げる乙女子《をとめご》あな勇ましや
乳の實《み》の父の背中を見て育ち斯《か》くなりたりと友は語りぬ
吾が太刀の手柄《たがみ》をしかと握《とりしば》り揮《ふる》へる友の姿頼もし
軟弱の現代《いま》が男兒に乙女子の汝《いまし》は甚《いた》く憤るかな
汝《なれ》はまた齢長《よはひちやう》ずる男兒らに檄《げき》を飛ばしぬ聲高くして

一線に張りし綱の上《へ》眉あげて渡る兵士《つはもの》増輪《ますわ》愛子《あいこ》よ
綱橋を手解《てほど》く儘に猿のごと見事渡れり女兵士は
むらさきの大き痣《あざ》にはなりたりと子めかしくわが素足を見する
誂《あつら》へし赤胴着けて打ち込みの稽古に勵む友ぞ清《すが》しき

出産のため里歸りせる妻に

蟲の聲聽こゆる秋の夜長にはただに身重の妻し偲ばゆ

國旗掲揚時の隊員の態《すがた》に痛憤せり

日の御旗《みはた》掲げまつれるその時に禽獸《とりけもの》らは五月蠅《さばへ》なすかな

靖國神社清掃奉仕

手水舍の太き柱の本《もと》つ邊《へ》に空蟬《うつせみ》のあり暫《しば》し休みぬ
爪たてゝ柱になほも遺りたる空蟬《うつせみ》見ればいのち思ほゆ
神域に投げ捨てられし吸殼の廿五本は憤《いきどほ》ろしも
英靈を祀る宮居《みやゐ》のこの境内《には》に吸殼拾ふこの悲しさは

脱　穀

刈りとりし御稲《みしね》ひと束賜はりて家と部隊の神に獻《ささ》ぐも
あら樂し豐けき秋の稔りをばいとにぎはしく妻子と語るは
脫穀の機械もあらず術《すべ》知らずまづは兩手《もろて》で穗から籾《もみ》とる
籾米《もみごめ》を一升瓶につめこみて棒で突《つつ》くはなにかうれしき
底の邊《へ》に籾のとれたる米つぶを見つくるほどにうれしさの增す
突くほどにうまき米にぞなるべしと聞けばひたすら棒で突きたり

太刀ケ嶺歌會の發足に寄せて

先帝の大御歌《おほみうた》こそ「太刀ケ嶺《たちがね》」の名の故由《ゆゑよし》と知りて畏む

山川京子先生より歌誌「桃」を賜はる

桃の名のゆゑよし知れば拙きも敎へ乞はむと心逸《はや》るも
しこえみしよろこぶ世こそ桃の實《み》の力いよいよ照り輝かめ
ひとすぢにやまと國風《くにぶり》守りゐる桃の心にこころ惹《ひ》かるる

『山川弘至書簡集』拝讀

涙なく讀まれざるかなされどまた勇氣を賜ふ書簡集はも

防人の歌の數々偲ばしき山川弘至書簡集はや

歌集『やまかは』竝に『新月』拝讀

歌讀みてすゝり泣きをる吾を見て妻は隣りに貰ひ泣きする

相聞《さうもん》の調べ哀しく賤《しづ》が身に沁みてしづかに朝を迎へぬ

神風連蹶起の日に

劍太刀佩《は》く國風《くにぶり》を護らむと神の隨《まにま》に起ちにけるかも

日の本の國風毀《やぶ》る廢刀令そに憤り戰ひにけり

國風を毀《やぶ》る令《おきて》に憤《ふつ》くみて神風連は起ちましにけり

劍太刀護るうけひの戰ひに命捧げし人ぞかしこき

いや清くいや哀しかる人びとの祈り思ほゆしづかなる夜に

神前に座してしづかに繙《ひもと》くは神風連が血涙史なり

遺されし詠《うた》の數々讀むごとに熱き涙の頰をつたひぬ

愛刀の包清《かねきよ》抜きて闇の世を斬るがに揮《ふる》ふ夜更けなりけり
襷《たすき》掛け手柄《たがみ》をしかと握《とりしば》り空《くう》を斬りたるかの日思ひぬ
帶刀は國體護持の手段《すべ》ならず皇國體の一つにぞあり
太刀佩《は》くは神代固有の風儀にて皇國體の實質ぞこれ
穢《きたな》きを祓ふ神具ぞ劍太刀豈《あに》ゆるがせにすべからずなほ
大君に命捧げて悔ゆるなしいよよ磨《と》がばや大和魂

次女誕生　命名「さくら」

神は本現《もとうつつ》は末《すゑ》とのたまひし櫻園《あうゑん》大人《うし》の一字賜《た》ばりぬ
劍太刀佩《は》くの國風《くにぶり》護らむと起ちし人らの大人の名賜ふ
さくらなる名こそ東雄《あづまを》 櫻 園鈴屋《さくらぞのすずのや》大人の道にし通へ
宣長《のりなが》大人の諡號《おくりな》まさに秋津彦美津櫻根に通ふさくらよ
幕粟《ばくぞく》を食《は》まずと宣《の》りて獄中に斃《たふ》れし志士《ひと》ぞ佐久良東雄《さくらあづまを》
將來《ゆくさき》に道をあやまる時あらば名の故由《ゆゑよし》をつらつら思へ
日の本の國のしるしのさくら花清く正しくうるはしくあれ
靖國のさくらさやかに花開くよき日よき季《とき》子らとまゐらむ

ひとり

朝夕に飯を炊《かし》ぎて拍手《かしはで》をひとり打つ身に思ふ侘《わ》びしさ

たゞひとり夕べ静かに飯食《は》めば獨樂吟《どくらくぎん》の一首偲はゆ

しづかなる秋の夜長に書《ふみ》讀むも里に歸れる吾妻《あづま》偲ばし

次女さくら

乳足《ちた》らひて安けく寝《い》ぬるみどり兒《こ》の顔をし見れば疲れふき飛ぶ

母親の顔判るかも抱かれてにつこと笑《ゑ》まふ子のいとしさよ

諒闇

諒闇《りやうあん》のときをばいかに過ぐべきか古典《ふるきふみ》讀み道を尋ぬも

諒闇のときなればこそこの春はなべて國民《くにたみ》つつしむべけれ

大祓

次々と國内《くぬち》に起こる禍事《まがごと》をうち祓ふがに天《あま》つ風吹く

平成十三年

宮中歌會始勅題「草」詠進歌

富草《とみくさ》の垂《た》り穂に滿つる命こそたふとけれとて吾子《あこ》に授くも

歳　旦

天《あま》つ風昨夜《きぞ》ゆ吹き捲《ま》き一點の雲なく霽《は》るる年明けの朝
新玉の年の初めに筆とりて聖壽無窮と太く書きたり
皇城を守りまつるとちはやぶる神に向かひて堅く誓ふも

皇紀二千六百六十一年

新世紀新世紀とて五月蠅《さばへ》なす騷ぐ聲こそ聞きたくなけれ
新たしき世紀始むと騷々《さわさわ》に言擧《ことあ》げをする人愚かなり
新世紀よろこぶ人の多《さは》に滿ち年明けたるも何か侘びしき
西洋の暦《こよみ》の何がめでたきか我が日の本の皇紀忘るな
神武帝郎《つ》かせ給ひしその時ゆ嗚呼《ああ》二千六百六十一年

昭和天皇祭の日に

大いなる先《さき》つ帝《みかど》の御陵《みささぎ》を遙かに伏してをろがみまつる

柿之舍の大人が桃の香めでたれば教へ乞はむとけふの日に訪《と》ふ

京長野八千代浦和ゆ月ごとに通ひ來ますぞたふとかりける

敷島の道守りぬく人びとの三十一文字《みそひともじ》のこころ豐《ゆた》けし

しこえみしよろこぶ世にとなりたるを桃は國風《くにぶり》守りつらぬく

いや深き神の縁《えにし》によりてこそ賤《しづ》が身もまた桃に寄らるれ

國體の本義をいよよ究めねばまことの戰闘力《ちから》揮《ふる》ふことなし

源實朝讚へ櫻井の訣別うたふ聲ぞさやけき（中澤仲弘氏）

降り出せるみ雪の中に行《ゆ》き別《あか》れまたを約して家路につくも

降る雪のいやしけ吉事《よごと》家持《やかもち》の歌し思ほゆ降り積もる中

七草の粥を炊ぎて待ちゐたる妻に愉しきけふを語るも

賜はりし干支《えと》の御守上の子の好む手提げに括りつけたり

桃の會新年歌會　席題「波」

波たたぬ世を切々に祈《の》りたまふ我が大君のみことかしこむ

雪の降りたる翌日に

道の邊《べ》に殘りたる雪踏みたしと子ろはしきりに妻の手をひく
軒先に大き雪室《ゆきむろ》見つくれば吾子はにかみて妻の手をひく

日進公園に遊ぶ

滑り臺鞦韆《ぶらんこ》自轉車砂遊び子らと樂しく一日《ひとひ》過ごしぬ
公園を處狹《ところせま》しと驅《か》けまはる子ろのまにまにひだりみぎりに

靖國神社清掃奉仕

あかときに雪降り出でてうすらかに境内清め掃くも惜《を》しかり

橘曙覧全歌集

蠟燭《らふそく》の炎《ほむら》たよりにつらつらと曙覽《あけみ》の歌をよむはたのしも
好ましき歌の載りたる頁折り繰り返し誦《よ》む大人偲《うし》びつつ
今し吾嘆けることをそのまゝに詠みたまふ歌泣かしむるかな
誦《よ》むほどになほ心ばへゆかしくて曙覽の歌にしるし多かり

勤皇の歌のよみびと惜しきかな維新の果てを知らで逝きしも

御歌會始の御製を拝し奉る

先つ帝《みかど》先つ后《きさい》を偲び給ふ大御歌《おほみうた》をし恐れ畏む

新玉《あらたま》の年の始めの大御歌諒闇正月かなしみの増す

紀元節

吾が持てる國の御旗《みはた》をばんざいの旗と頻《しきり》に呼ぶ子愛《かな》しも

演習歸還

眠き目をこすりて吾の歸りをば待てるも寝《い》ぬる子ろぞ愛《かな》しき

朝ごとにいつ歸るかと母に問ひ吾を待てると聞けばうれしも

やうやくに手に入りたる書讀《ふみ》みたきも明日の休みは子ろと遊ばむ

公園に着けばたちまち驅け出だし先づは好みの滑り臺かな

山盛りによそひてくるる砂の碗飯事《ままごと》なれど手を拍ちて食《は》む

親の心知らで高値の果物を欲《ほ》しと指さす子ろ愛《いと》しらし

配膳の手傳ひせむと盆かかへ厨《くりや》と居間を行き來する子は

偶《たま》にしかをらざる吾に叱られて泣きやまざるに心痛むも

言葉には言へぬ苦勞の絶えざらむ妻のつとめをありがたく思ふ

靖國神社神門に卑しき落書を見つく

み柱に卑しき言《こと》の書かれたるをふと見つけたり胸の裂けなむ

神門の太き柱に刻まるる落書き見るに胸こそ痛め

何ゆゑにこのみ社を訪《おとな》ひてガム吐き棄てて落書するや

かくまでも英靈《みたま》を瀆《けが》すしわざなす奴《やつこ》見つけて八つ裂きにせむ

長女風邪をひく

高熱の出でて寢込める子を置きて朝《あした》發《た》つべしまだ添ひたきを

藥など飲まさぬ主義の吾が妻は添ひ寢をしつゝ勵ましてをり

演習より歸宅せし日に

今日今日と吾の歸りを待つ子らと久方ぶりに會ふぞうれしき

演習ゆ歸れる時の幼兒《をさなご》のよろこびのさま疲れを癒す
名を呼べば手足頻りに動かして聲立て笑ふ吾子の愛《かな》しも
添ひ寢して頭《かしら》かき撫《な》で公園に明日行かむと指切りしたり

滑り臺

公園に到れば先づは好ましき滑り臺へと子は驅けてゆく
輕《かろ》らかに梯子《はしご》八段驅けのぼり雄叫《をたけ》びあげて滑る娘よ
飽くるなく昇りて滑るその姿《さま》に昔の我の偲ばるるかな

上の子

妹の母に抱かれ乳飲むを淋しげに見る姉とはかなし
上の子のさだめなるかも乳子《ちご》あやす母がゐまひを侘しらに見る
東雄の歌集つらつら讀みたくも吾に纏《まつ》はる上の子のあり
あさましき外つ國の風斥《しりぞ》けて中朝事實の繪本を與《あた》ふ
あな不思議かくも似たるか姉妹とは竝《なら》べる寢顏見るぞうれしき

禊

朝なさな神の御手振《みてぶ》り神習《かむなら》ひ禊ぎみそぎて十年《ととせ》經《へ》にけり
筑紫《つくし》なる朝日直射《たださ》す海邊《うみべた》に禊ぎたまひしみ業に習ふ
たまさかに深山《みやま》にあれば眞清水《ましみづ》を兩手《もろて》にうけて禊ぎ祓ひぬ
演習のさ中にあれば水筒の水に清まり神不二を祈る
意地張りて風邪ひきたるに水かづき熱上がりたるかの日懷かし
春立つも水の冷たさ身にしみて怠け心と今朝も闘ふ
浴室に水かづきつゝ幾十度《いくそたび》祓詞を唱へ奉りぬ
唯々に神の御手振り神習ひ己がいのちを清めてゆかむ
水かづき膝折り伏せて大御代《おほみよ》の彌榮《いやさか》切に祈る朝々

本居宣長大人歿後二百年の年なれば
鈴の屋の愛でましゝ花朝光《あさかげ》ににほひて春の色をたのしぶ

九段櫻
咲き滿つるさくら千本《ちもと》に一本《ひともと》のま緋《あか》き櫻あざやかに映ゆ

出づる日の光《かげ》に耀《かがよ》ふさくら花しばし現《うつつ》の時忘れさす

朝光《あさかげ》に艶《いろ》ふさくらのゆかしくて今しほのかに歌心湧く

南《みんなみ》の空に陸路《くがぢ》に海原《うなばら》に斃《たふ》れし人のここに咲くらし

靖國の春のこずゑに咲きましゝ英靈《みたま》幾萬何語らはむ

國穢《けが》すやつこ蔓延《はびこ》る今の世を何と覧《み》ますか九段の神は

咲き滿つる九段櫻を賞《め》でたれど現《うつ》し世思へば哀しくもあるか

今年またさやけく花の咲き滿つるこのみ社を妻子《めこ》とをろがむ

散る花を雪とよろこぶ幼兒《をさない》の直《なほ》き言の葉歌となるらむ

防御訓鍊に際し硫黄島を想ふ

硫黄島《いわうたう》の戰ひのさま思ふかな鶴嘴《つるはし》にぎる手に力増す

灼熱の中にひたすら陣築き敵止《とど》めむと戰ひしとふ

えみしらに死闘を強《し》ふる皇軍《みいくさ》の固き防御《まもり》に神習ふべし

若きらよ弱音な吐きそ硫黄島の戰士が魂《たま》に恥づるなかれぞ

四月廿九日
時移り忘らゆなかれ先帝の御徳《おほみいさをし》思ふ今日かな

奥秩父　山地機動訓錬
餡玉を口にふくみての行軍は千里踏むとも虚しきものを
あな見悪《みにく》十里に充たぬ行軍に顎で蠅追ふ上官のあり
飢ゑ渴き病に堪へてなほ征きしインパール戰ただに思ほゆ

五月五日
民族の道統尙武の精神に立ちかへらむと菖蒲《しやうぶ》湯に入る
賤《しづ》の家《や》の娘ふたりも菖蒲湯に入りていよいよ逞しくあれ

子馬を象りし遊具より長女轉落
樂しげに子馬に乘りて遊べるをふと轉び落ち泣き叫びをり
肘打ちて痛しとふ子ろ抱きかかへ心切なく家路を急ぐ
動かなくなりはせぬかと夜もすがら妻は右肘冷やしたるとふ

露營

らふそくの灯りたよりて古き歌讀むはたのしも露營の夜に

朝なさな雲に聳ゆる神不二ををろがみ勵む露營たのしも

母

妻《め》子《こ》連れて久に會はざる母刀自《とじ》の顔を見むとて故郷に歸る

妻子連れて列車乗り繼ぎふるさとの家に歸れば母はゑみ足る

さやかさくらかはるがはるに抱きたる母の姿に昔を懷《おも》ふ

老ゆ母の孫《うまご》抱きて歌ひます子守歌なり懷かしく聴く

防人の道に進むを歡びて母は九段の宮に詣でし

出で立ちの朝にこやかに吾が手とる母の瞼の腫《は》れしを偲ぶ

たらちねの母が賜ひし靖國の御守今も肌身離さず

六十路《むそぢ》越え吾がたらちねの健やかにあるをしみじみ思ふこのごろ

故郷《ふるさと》に歸ることなき今の身を悔いて手を振る夕べ哀しも

藤の花

むらさきの藤の花ぶさ山里の萌ゆる青葉に映えて美し

菖　蒲

夏草の繁き裾野に咲き匂ふ菖蒲《あやめ》の花に心和《な》ぐかな

諒闇の明けたる朝に

諒闇の明くる朝《あした》に差し昇る旭日《あさひ》あまねく國照らします
忌み明けの朝《あした》に出づる日の光《かげ》に耀《かがよ》ふ不二はまこと清《さや》けし

雨

國思ひ寝らえざる夜に雨音をたゞに聴くこそ悲しかりけれ
寝らえずて窗邊《まどべ》にひとり雨降るを眺《なが》むる夜半《よは》は悲しさ募る

靖國神社創立記念祭獻詠　兼題「波」

仇波《あだなみ》の寄らばみ國の防人は神習ひてぞ立ちてゆくべき

神富士

富士の嶺《ね》の雪消《ゆきげ》近みてやうやうに裾野が原は萌葱《もえぎ》に装《よそ》ふ
梅雨の間の霽《は》るる朝こそ樂しけれ富士のみ姿顯《あらは》れにけり
澄みわたる空に雄々しく聳えたる富士の傾斜《なぞへ》のいとど美し
見上ぐれば富士の傾斜《なぞへ》に月夜見《つくよみ》のいとどさやけくかゝりをるかな
山小屋に燈點《あかりとも》りて今年また山開きする季《とき》となるかな
雲別きて昇る朝日は山中の湖《うみ》の水面《みなも》に映えて言絶《ことた》ゆ
神富士の雄々しき姿に恥づるなく我益荒男の道をし行かむ

八月十五日の靖國神社部隊參拜を期して

中曾根の參拜拒否ゆ十五年なほも續くか異常事態は
無禮《いなめ》なる支那《しな》が内政干渉に豈《あに》な屈せそ小泉總理
呼びかくる文認《したた》めて全國の隊友《とも》に通へと宛名書きつぐ
陸海空隔てる壁を取り去りて隊伍整へいざやまゐらむ
各々の小異うち棄てあひ集ひ九段の神を稱《たた》へまつらむ
蔓延《はびこ》れる自虐史觀に惑はずて同志《とも》ら集へよ九段の宮に

靖國の英靈《かみ》を蔑《なみ》する奴《やつこ》らに防人たるの資格こそなし
國護る基《もとゐ》は吾ら防人の英靈《かみ》に額《ぬか》づき神習《かむなら》ふこと
食斷ちてたゞに祈らむ隊友《とも》たちの多《さは》に集ふをたゞに祈らむ

靖國神社參拜の是非を論ふ

あさましき現し世に憤みて

靖國に憂ひは深しと詠みましし大《おほ》御《み》嘆《なげき》を知らで騷ぐか
國營の墓地つくるとふ謀略《たくらみ》を日の本の神許し給はず
英靈を蔑《なみ》し奉るは何國の民のなせるや壁にもの言ふ

苛立ちて

たわいなきことに苛《いら》だち叱れるを悔いて寝《ぬ》る子の頭《かしら》撫でたり

靖國神社部隊參拜辭退の報

ひとたびは參加の返事屆きたれなどか辭退の電話相次ぐ
まゐらむと思ふ心を挫かれて辭退する友多《さは》にありけり

吾が祈り努力足らざる報いかも參加隊員次々に減る

婦人自衛官の友

參拜をせぬがよろしの隊風に負けずゆくとふ婦人自衛官《さきもり》の友
腰拔けの男兒まゐらぬ口惜《くちを》しさ吹き飛ばすがに友參りくる
闇の夜を照らす光と思ほゆる防人の同志《とも》小枝暢子《こえだのぶこ》よ
この日こそ參るべけれと受話器から聽こゆる聲の頼母しき哉
母にして防人の友範垂れて若人たちを導きたまへ

八月十五日前後

小泉の不敬極むる參拜の唯《ただ》一禮の憤ろしも
國營の墓地つくるとふ企《たくら》みを匂はす談話怪しみて聽く
侵略と植民地なる言《こと》もちて御靈《みたま》がいさを穢《けが》し奉るか
かくまでも御靈侮《あなづ》り國穢《けが》す今の現《うつつ》をいかに覽《み》ますらむ
呼びかけの文に應ふる同志《とも》たちと隊伍整へ九段に向かふ
小なりと雖も吾ら部隊なり感謝の誠捧げまつらむ

稱讃に終らず精神《こころ》承け繼ぎてゆくが眞《まこと》の慰靈と思ふ

英靈のみもとにしかと屆かなむ國歌君が代唱ひ奉りぬ

神前に大臣《おとど》獻《ささ》げし花あれどまゐることなき十五日かな

かしはでの音も清《さや》かに防人の同志《とも》をろがむ十五日なり

語らへば憂ひ同じき防人の君が眼《まなこ》居《ゐ》忘れかねつも

道求め繰り返しまた繰り返し大　詔《おほみことのり》　讀み奉るかな

天皇《すめらぎ》の命《よさし》に應へ奉るこそ防人我の民の道なり

大東塾十四烈士五十六年祭　獻詠

天地《あめつち》の始發《はじめ》の時とゆきましゝ君が祈りの深さを思ふ

天皇《すめらぎ》の彌榮祈り果てましゝ十四柱の御靈あふぐも

安らぎ

現《うつ》せみに憤ろしきこと多《さは》にあれ妻子が笑まひに安らぎ得たり

次女さくら

誰彼も妻に似たりと言ひけるも居ざる姿は吾《わ》に瓜二つ

名を呼べば手を拍ち鳴らしゑみゑみて尻を擦りつゝさくら寄り來る

興味ひく物を目敏《めざと》に見つけてははやりて居ざる子ろぞ愛《かな》しき

大方の子供は這《は》ひて立つものをただひと度も這ふ姿見ず

手を添へて支へたき心抑へつゝつかまり立つをただに見守る

下の娘《こ》の居ざる姿を母上に今し告げむと電話かけたり

這はずして居ざりの吾の幼き日語る受話器の聲はづみたり

部屋中を居ざりて塵を悉《ことごと》く集めて進む掃除屋父娘

母刀自《とじ》を日頃訪《おとな》ふことなきを悔いて受話器を置くゆふべかな

九月十一日、米國同時多發テロ事件

米國の正義唱ふる愚かしき日の本の民目を醒ませ今

原爆を投下し無辜《むこ》を殺したる米國大罪豈《あに》忘るまじ

祝『ひむがし』創刊六十周年

神詠を承け繼ぎまつるひむがしの精神《こころ》つらぬく不二たふとしも

影山の大人が讃《たた》へし人麿《ひとまろ》の歌しみじみと誦《よ》む夜更けかな

一すぢに劍魂歌心つらぬける道の師の歌讀めば熱しも

戀闕《れんけつ》の悲しき心詠みまし、三十一文字《みそひともじ》に吾泣きにけり

憂憤

皇軍にあらざる今の自衛隊皇國《みくに》護るの心はいづこ

唇を噛みて拳を打ちつけて苦しき日々をたゞ耐へて來つ

娘の成長に思ふ

嫁にゆく日など來るなと思ひたり四つになる子の髪洗ひつ、

中秋の名月

いにしへの人も愛《め》でけむ望月のさやかに照るを祝ふ宵かな

桃誌にて山川京子先生から

勵ましのお言葉を賜はる

ひと歩みまたひと歩み敷島の道をいゆかむ勉めつとめて

自衛隊に在りて

觀閲式中止の命《めい》に手を拍ちてよろこぶ隊員愚かしきかな

最新の兵器具するもみ國護る心無ければたゞにむなしき

みいくさの使命を説くも氣狂《きちが》ひがまたもの言ふと嘲る奴ら

隊内に眞《まこと》の友のあらざるを心切なく咽ぶ夜もあり

皇軍《みいくさ》の再び建たむその日までたゞに信じてつとむるのみぞ

本居宣長翁を偲ぶ

望月のさやかにありて鈴屋《すずのや》のつひの月見を偲ぶ宵かも

淀《よど》みなく記傳《きでん》讀むこと能《あた》はずて辭書を引きつゝ讀みつぐ我は

讀むほどに識《し》らざることの多くして恥づかしながらも嬉しく思ふ

今の世にやまとごころの知らるゝは君が御蔭と深くかみしむ

蘇《そ》我《が》北條《ほうでう》足利《あしかが》なべてつみびとと歌ひたまひし玉鉾《たまほこ》百首

東照《あづまて》る神と家康讃へしは本より君が心ならずや

吾が慕ふ曙覽《あけみ》光平《みつひら》　東雄《あづまを》もそのみなもとは鈴屋の大人
神風連の生みの親なる櫻園《あうゑん》も眞幸《まさき》にかよふ鈴屋の門　（長瀬眞幸《ながせまさき》）
大いなる鈴屋翁がみ教へのままに數多《あまた》の志士奮ひたり
秋津《あきつ》彦《ひこ》美津《みつ》　櫻根《さくらね》と書き清めしづかに祀るこの秋の夜に

契沖阿闍梨三百年忌
本居宣長翁二百年祭

ふることのふみのつたへを繙きていよゝ磨かむ本つ心を

追悼　鈴木正男大人之命

人傳《ひとづて》に君の自決を知りにけり噫《ああ》胸塞がりて言の葉もなし
身罷《みまか》れる君がうつしゑ見つむれば在りし世のことしのに思ほゆ
戰ひはこれからなりとをりをりにのたまひし大人などて逝きしか
訪《おとな》へば大人忙《せは》しきも筆止めて嘆きを聽きてたまはりしかな
靖國の部隊參拜案内《あない》する拙文《ふみ》を直してたまはりし大人
影山の大人が遺せる辭世《うた》のまに御代を祈りて大人は逝きしか

神命のまにまに大人は逝きましてなほし皇國《みくに》を護りたまはむ
弔ひて歸るさに讀む「道の友」大人を偲ぶの文に泣きたり
神屋氏の凜といまして福永兄のいと忠實《まめ》やかに勵むは嬉し

幹部自衛官九名が靖國神社に昇殿參拜、
次いで遊就館を拜觀せるを甚く歡びて

教へ子が幹部となりて八人の同志募りてまゐるはうれし
熱籠めて神職《はふり》の君がみいくさのまこと傳《つた》ふる姿かしこし（野田安平氏）
閉館の時過ぐるとも君はなほみいくさのさま熱く語るや（仝）

靖國神社清掃奉仕

付添ひの人なく杖をたよりつゝまゐる媼《おうな》の背《せな》の哀しき
石段《きざはし》を降るる媼の手をとりて戰《いくさ》のあとの日月偲ばる
はろばろに電車乗り繼ぎ來たりとふ詰襟姿の十七歳は
震ふ手にみづ玉串をたてまつる若きの念ひ神知ろしめさむ
朝なさなまゐる翁とこのごろは親しく語る仲となりたり

落葉掃くひと掃きごとに魂《たま》籠めて仕へ奉らむ九段の宮に
國のため命捧げし人びとに恥ぢざるつとめ果たさむと思ふ

秋の夜長に

打ち解けて語らふ友のあらぬ身の嘆きの歌の多き日々かも
み軍のみの字失《う》せたる自衛隊本つ姿にいつかかへらむ

鈴木正男大人之命大東塾塾葬

老の身を捧げし君のいや深き祈りおもひて吾泣きにけり

東宮妃殿下の御安産を祈り奉る

國擧《あ》げて祝《ほ》ぎまつる日の近づけばいよよますます神に祈るも
いよいよに御子《みこ》天降《あも》りますとき近くひた祈るなり心つくして

奉祝　内親王殿下御降誕

あなめでた民草《たみくさ》なべて待ち待ちしけふのしらせを謹みて聴く

日嗣《ひつぎ》の皇子《みこ》の御子生《あ》れまして忽ちに大和島根は慶びに湧く
國擧げて慶び祝ふけふの日を神酒《みき》たまはりて踊りたるかな

緒方誠二郎兄に

聲あげて哭きたる友の思ひ今屆かせたまへ彷徨《さまよ》ふ友に
な哭きそと增田の君に告げたるも涙やまざる夜更けなりけり
奥多摩の山路ゆくとふますらをの生くる力をたゞに信じて
今し君生きてゐるてふ報せをば聽けばたちまち涙あふるる
健やかに新宮《にひみや》様の生《あ》れませるこの日奇《く》しくも君歸るとは
けふほどに神ましませる御事《おんこと》をしみじみ念ふときぞなかりし
吾が友を生かせ給へる日の本の神幾許《そきだく》もおぎろなきかも
一たびに同志《とも》と誓ひし仲なれば荊《いばら》の道も共にい征かむ

學舍の友

久しくも皇國《みくに》學びの學舍の友と旨酒《うまさけ》飲むはたのしも
それぞれの宮に仕ふる吾が友の苦勞ばなしを聽くぞたのしき

思ほえば友の助けのありてこそ學び徹《とほ》せる吾と知るなり
思ほえず富士の露營に届けるは友の記せし講義録なり
神祭る手ぶり修めえぬ吾と知り友懇ろに導きしかな
記者となりいよよ劍筆ふるふてふ勵める友を頼もしく思ふ
時となく糧《かて》おろそかにすなと子に諭してゆかし母なる友は
手に足に障りをもてる人びとを介くる友の心に泣きぬ
靖國のみたまなごめのためにこそたゞつとめむと潤む友かも
神ながらの道を歩める友なれば心許して語らるるなり

星を望みて

見上ぐれば六連星《むつらぼし》かもきらめきて心和まる星月夜かな
ひときはに輝く星を望みつゝ旨酒《うまさけ》慾《ほ》りし夜更けなりけり
眞夜《まよ》深く星の宿りのゆかしくてしましやすけき心知るかも
明けしらむ空になごりの星ひとつ時のたつまに露と消えゆく
ひむがしに光る明星《あかぼし》うつくしく明けゆく空をうらめしく思ふ

皇孫内親王殿下の御命名「愛子」
新宮《にひみや》の御名《おんな》を聴けば南洲の「敬天愛人」しのに思ほゆ

初戀の人

いとも淺き吾が憂國の思ひさへ稱へてくれし初戀の人
吾が戀ふる人の生まれたる日を祝ひ齡《よはひ》の數の薔薇《さうび》求めき
赴きて花束渡す勇氣なく宅急便を頼みとしたり
卒業が別れとなりて逢はざるも薔薇の花束送り續けし
年ごとに贈る花束數增して二十五本になりにけるかも
片戀《かたこひ》を嘆きつづけて幾星霜心固めて文したためき
十年を戀ひつらぬきし益荒男《ますらを》の心を神は知ろしめしたり
十年の時は經つれど吾が戀ふる心褪《あ》せずとつひに告げにき
今年また三十五本を初戀の人に贈らむ愛しき妻に

平成十四年

宮中歌會始勅題「春」詠進歌
安らけく御子《みこ》生《あ》れますをひた祈る春の宮こそゑまひ滿つらし

歳旦祭
年明けの朝に身禊《みそ》ぎて皇國《すめくに》の彌榮《いやさか》たゞに祈りまつるも
幼兒《をさなご》が手長《てなが》となりて三方《さんぱう》に米餅みかん載せて運びき
神祭る吾の背を見て神まつるてぶり習へよふたりの娘

國旗掲揚
新玉《あらたま》の年の始めと吾が立てる國の御旗《みはた》に春の風吹く
ひむがしに昇る朝日を象《かたど》りし皇國《くに》の御旗は尊かりけり

書初め
新たしき筆もて強くまた太く書き初めしたり聖壽萬歳

宮城參賀

高光るわが大君のいでましぬ聲を帆《ほ》に擧《あ》げ萬歳叫びぬ
いかならむ世にもひたすら天皇《すめらぎ》の大《おほ》御《み》爲《ため》とぞ勤めつとめむ

靖國神社參拜

靖國の御靈にまづは額《ぬか》づきて戰ひぬくと誓ひまつりぬ（一月二日）
かしはでの音もさやかに幼兒のをろがむ姿《さま》を嬉しく思ふ（一月四日）
惡《あ》しきらを懲《こ》らしめし神この宮に鎭まりますと子らに傳ふる

桃の會新年歌會　席題「風」

日の本の正しき國の風を守《も》る桃にひかれてひと年たちぬ

新年宴會

國風《くにぶり》をただひとすぢに守りぬく桃の宴は樂しからずや

七草粥

去年《こぞ》はまだ乳飲むばかりの下の娘《こ》も七草の粥よく食《は》みにけり

來宮神社參拜

熱海なる梅の園生《そのふ》に咲き初めし白梅の香に心醉ひつつ

節　分

年男なればいざいざ鉢巻きを締めて戸口に睨み立ちたり
蔓延《はびこ》れる憂き世の鬼を祓ふがに勢ひつけて豆撒きにけり
鬼遣《や》らふ聲もやうやう高まりて子らと豆撒く夕べたのしも

休　日

幼兒《をさなご》が寄り來て顔をのぞきたりいとも愛《かな》しく書《ふみ》を閉づるも

紀元節

橿原《かしはら》の宮居遙かにをろがみて國を肇《はじ》めし神を仰ぎぬ

草も木も靡《なび》き伏しけむ大御代に思ひ馳すれば心燃え立つ

神倭伊波禮比古《かむやまといはれびこ》の天皇《すめらぎ》の大御稜威《おほみいつ》こそ畏みまつれ

伏《まつろ》はぬ荒ぶる神を言向《ことむ》けて天津日嗣《あまつひつぎ》と知ろしめしけり

あなかしこ神武の帝立ちまして二千六百六十二年

唯々に肇國《はつくに》知らす天皇《すめらぎ》の御代をはるかに偲ぶ今日かな

會場に四方《よも》にとどろけ御民《みたみ》らの天皇陛下萬歳の聲

建國を祝ふ集ひに列《つら》なれる同志《とも》と旨酒飲むは愉しも（片庭友和兄）

先人の護り繼ぎ來しこの國を一世《ひとよ》をかけて守らむと思ふ

流感に臥《ふ》せる妻子《めこ》らに紅白の大福購《もと》め家路急ぐも

正岡子規晩年の隨筆

『墨汁一滴』を拝讀

讀むほどに己《おの》が嘆きの果敢《はかな》さをいよいよ知りぬ墨汁一滴

感冒により妻寝込む

病む妻に代はりて夕食《ゆふげ》つくらむと厨《くりや》立つ間に出前を取りぬ

子育て

七年の歳月經《へ》たり吾今し誓ひの詞《ことば》讀み反《かへ》しをり
手力《たぢから》の力あはせて愛《は》し妻と心一つに子ら育まむ

櫻に寄せて

さくらなる名をしおひたる吾子なれば心清らに育てと願ふ

子は國の寶

子は國の寶なりけり手力《たぢから》のちから合はせて育てゆかばや

櫻

昨日《きぞ》はまだ蕾のままと見たる間に今朝の朝明《あさけ》に花咲きにけり
半時もせぬ間にいよよ花開き春のこずゐは賑はひてをり
朝光《あさかげ》に彩《いろ》ふ櫻のゆかしくてしまし安けき心となりぬ
春の陽に照り映えてなほ輝ける富士の櫻は今盛りなり
咲き滿てる大和櫻は霽《は》れわたるみ空に映えてなほもゆかしき

枝振りの別きてよろしき樹の本に立ちて眺むる今宵たのしも

九重《ここのへ》の櫻今しは咲くらむと思ひ寄せつゝ山路をゆきぬ

妙高《めうかう》の山邊《やまべ》に咲けるひと本の山さくら花清らなるかも

人知れず咲ける花こそ清らなれ三頭山《さんとうざん》の山さくらはも

靖國神社清掃奉仕（三周年記念奉仕）

「三周年記念奉仕」と銘うちて呼びかけの書翰《ふみ》二百を送る

慕はしき一佐の君も令閨《れいけい》と朝を早くに仕へ奉れり（荒谷卓氏）

妻も子も夙《つと》に起き出で小雨降る九段の宮を共に掃くかな

背丈よりはるかに長き竹箒抱へて吾子も參道を掃く

參加者は僅かなりとも國憂ふまことの友と仕ふる嬉しさ

雨風の强き日もありたゞひとり掃く日もありき三年《みとせ》の間

何時《いつ》の間か雨止みにけり朝光《あさかげ》の照らす宮居は清らなるかも

占領憲法制定の日に

外《と》つ國が作りし法《のり》をよろこびていまだ正せず國廢《すた》れゆく

蒲公英

たんぽぽの綿毛飛ばして幼な兒が無邪氣に遊ぶ姿《さま》に安らぐ

言の葉

言の葉の亂れは魂《たま》の亂れにて國の亂れを齎《もたら》すものを
虹の上を歩きたしとふ幼な兒が願ふ言の葉すなほなるかも

靖國神社創立記念祭獻詠　兼題「土」

忌まはしき謀りごとこそ迦具土《かぐつち》の神の火風《ほかぜ》に燒き拂へなむ

歌

忙しきゆゑに詠めずとふ言ひ譯に滿てる我が身の愚かさを恥づ
戰ひの中にありとも詠みましし弘至命しのに思ほゆ（山川弘至命）
歌の道は神のひらきし道にして心盡くして詠むべきものを
指折りて初めて詠みし我が歌は大君《きみ》の彌榮祈る歌なり
寢られざる夜には東雄《あづまを》光平《みつひら》の歌のかずかず誦しまつるも

歌てふは奇《く》しびなるかも讀む人の心に沁みて勇氣を賜ふ

萬葉のおもひをのぶる歌にふれ我が歌屑をたゞ顧みる

遙かなる時をし超えて言靈《ことだま》の調べは今に生き生きてをり

言靈の風雅《みやび》と宣《の》りし雅澄《まさずみ》の言の葉の意を覺《さと》り初《はじ》むる

國風《くにぶり》を學びて子らに傳ふるは親のつとめと奮ひ起たばや

書讀みて歌を學びて知るほどに國守る心いよよ燃え立つ

自衛隊に在りて　一

み軍《いくさ》の精神《こころ》を繼がぬ自衛隊まことに國を守らるるかは

賢《さか》しらに國の守りを說く人に君を思ふの心なきかな

言擧《ことあ》げて近衛《このゑ》を語る士官らに皇居《みあらか》守るまめごころなし

大君の大みめぐみをかがふりて生けるよろこび知らで蔑《なみ》すか

寢られざる夜には愛刀包清《かねきよ》を拔きてひた振り心鎮めつ

いきどほる心鎮めてひたすらに夷《えみし》を討つの技磨くべし

吾ひとり近衛《ちかきまもり》のつはものと鍛へ鍛へて備ふるのみぞ

自衛隊に在りて　二

君思ふ心なくして技のみを頻りに錬るはいと愚かしも
米軍を神と仰ぎて疑はぬめでたき奴ら猿眞似したり
舊軍を蔑《なみ》してやまず米軍を手本と習ふ愚かしさ嗚呼
米製の自衛隊こそ悲しけれ主體性なく猿眞似ばかり
宮城を死守し奉るの氣概もて技磨かずは虚しきものを
民族の本つ精神《こころ》に基づかぬ軍《いくさ》にあればうち毀《こほ》つべし
軍隊は一日《ひとひ》に成らざるものなりと唇かみてたゞ勵みをり
繰り返し軍人勅諭讀み奉り皇御軍《すめらみくさ》と吾は起たばや
皇國《すめくに》に牙をむくのは何奴か縱《よ》しや來たらば討ちて粉《こ》にせむ

八月十五日の靖國神社部隊參拜を期して

國のため命捧げし人びとを無《な》みし奉るか國營施設
忌まはしき企てあるてふ秋《とき》なればいよよ有志を募りてゆかむ
靖國の宮に擧《こぞ》りてまゐらむと呼びかけの文魂《たま》籠めて書く
呼びかけの文認《したた》めて全國の諸隊に勵む友に送らむ

せめてせめて友の宛名は手書きにと硯《すずり》に向かふ文月の夜
夜なべして宛名書きをり有志らの多《さは》に集ふを切に祈りつ
諸々の部隊の友が靖國の宮に集ふをたゞ祈《の》りまつる
夏季休暇のさ中にあれば海山に競ひて行くや極樂蜻蛉《とんぼ》
けふけふと郵便受をのぞけども返事はあらず溜め息つけり
參不參その意を示す葉書すら碌に返らぬ口惜しさかな
呼びかけの書狀《ふみ》に應ふる友どちの尠《すく》なかりしを口惜しく思ふ
思はぬにちらしの中に參るとふ葉書見つけてよろこびにけり
ひと度は參加の葉書屆きしを相次ぎ來たる斷りの電
諸々の隊の上官愚かしく行くな止めよと騒ぎ立てたり
靖國の宮にまゐるを善しとせぬ風に負けずて來るを祈れり
小なりと雖《いへど》も吾ら部隊とていざやまゐらむ九段の宮に
胸張りて現《うつつ》の闇を祓ふがに歩武堂々と九段にゆかむ

桃誌八月號の御歌「茫々」を謹讀

箭《や》も楯《たて》もたまらず文を認《したた》めぬ師《きみ》安かれとひた祈りつゝ

茫々《ばうばう》のお歌讀みつゝ師の君の上を思ひてただに祈りぬ

八月十五日

靖國の神禮《ゐや》びずて海山に競ひて行くか極樂蜻蛉め
けふの日に制服纏ふ自衛官《つはもの》の稀《まれ》なる現實《うつつ》まこと哀しも
この日にぞ同志募りてまゐるなり大御嘆《おおみなげき》を偲びまつるも
忌まはしき謀りごとをば祓ふがに歩武堂々と我らゆくなり
はろばろに北海道《えぞ》ゆ來たれる友どちの眼澄みをり心のままに
故郷《ふるさと》の出羽《では》に歸りて休めるをこの日こそはと君し來たりぬ（北村米吉二尉）
堂々の制服姿目にしるく幹部の君も共にまゐりぬ（村上義二尉）
一同が心ひとつにかしはでをうちて祈れる十五日かな
小なりと雖《いへど》も我ら部隊とて九段の神に誠捧ぐる
英靈の遺志承け繼ぎておのおのがいよよ勵むを誓ひまつりぬ
夷《えみし》らの無禮極むる恫喝に負けてまゐらぬ腰抜け大臣《おとど》
支那高麗《しなこま》に怖れ抱きてけふの日に大臣《おとど》まゐらぬ口惜しさかな

八月十五日の靖國神社參拜の折、同社
參集殿にて洵に凛々しき制服姿の幹部
自衛官・横山尚子二尉と邂逅せり

身を守る腑《ふぬ》抜け男兒《をのこ》の口惜しさ吹き飛ばすがにまゐる婦人《ひと》自衛官あり

山川京子先生の御快癒により九月に
歌會を再開すると聞くも任務のため
欽席を餘儀なくされて

いかならむことのありてもこの月は行きたきものを叶はざりけり

靖國神社清掃奉仕

英靈の言の葉胸に幹部なる友もまゐりて參道を掃く（横山二尉）

言の葉

生命《いのち》より大切なるものそは何か弘至命の詩《うた》に學びぬ

御祖《みおや》より承け繼ぎしかと子孫《うみのこ》に傳へまほしも國の言の葉

今の世をとやかく言はで自らの言葉正せと師《きみ》はのたまふ（山川京子先生）

言の葉は神のものなりつつしみの心もちつヽ言《こと》に出でたし

はつとして氣づくも遲し子らははや悪しき吾が言《こと》眞似《あ》て言ひをり

正しきを教ふるはずを幼な兒に教へられたる恥づかしさかな

言の葉の亂れは國の亂れをば齎《もたら》すものと心留《と》むべし

ひらがなを覺えし子ろは吾が遣ふゐの字ゑの字をあやしみて見る

新假名《かな》の矛盾をいかに傳へむか惱みつヽ今日を子らと學びぬ

北朝鮮による邦人拉致事件（十月六日）

國擧《あ》げて拉致の同胞《はらから》たすくべき時と思ふにもどかしきかな

鈴木正男大人之命一年祭　獻詠

ひと年の歳月《としつき》ふりてさらさらに君が祈りの深きを思ふ

靖國のみやしろ護る戰ひはこれからなりと御言《みこと》聞こゆも

鈴木正男大人之命一年祭當日の夜に

み祭にさぶらふことの叶はずて今宵しづかに大人を偲びぬ
逝きましゝ鈴木の君を偲びつゝ吾がゆく道を省みるかな
月ごとに『不二』巻頭の檄文を膝を打ちつゝ讀みにけるかも
みはふりゆ月日に添ひて益荒男の大人が心を知りて畏む
戀闕《れんけつ》の念ひ籠れる『御巡幸』『おほみうた』をばまた開き見る
遺されし文を熟《つくづ》く讀むほどに吾が愚かしき歩みを恥ぢぬ
日頃から酌まぬ身なるも一合の神酒《みき》賜はりぬ大人を偲びて
褌《ふんどし》の紐しめ直し日の本の臣の正道《まさみち》吾もい征かむ

自轉車

特訓をせよと補助具を取り外し子を勵まして戰場に行く
補助輪も親の助けも借らずして五間《けん》ばかりを吾子は漕ぎたり

長女の運動會

行進の姿凛々しく目に映えて子の成長を嬉しく思ふ
ひときはに背筋伸ばして腕振るは吾の仕込めるさやかに違《たが》はず

一等を夢見て走る吾子なれど玉と砕《くだ》けて四位にをはる

北朝鮮工作員により拉致されし同胞中五人が、廿四年ぶりに歸國したるテレビ生中繼を觀て（十月十五日）

日の本の國の御旗をうち振りて迎ふる中に今し降り立つ
この日をばたゞに信じて待ち待ちし老ゆる父母泣き濡《そほ》つかな
空白の廿四年を埋めるがに親族《うから》はらから抱きあひたり
なにゆゑか心の内を語らぬも涙の雨にすべて知らるる
攫《さら》はれて名も言の葉も奪はれぬ如何ばかりにか辛かりけむを
愛し子の歸りを待たで逝きしとふ母の無念に胸塞《ふた》がりぬ
嬉しけれど未だ還らぬ同胞《はらから》の上を思へば胸せまりくる
泣き濡れて抱きあふさま觀るほどに北への怒り込み上げて來ぬ
戰ひはこれからなるぞ易々と北の手口にな乗りそ大臣《おとど》
戎夷《えみし》らに負けぬ力を備へむとひた勵むなり今忍びつゝ

富士の嶺

空澄みて今朝の朝明《あさけ》に遙かなる富士の嶺《ね》近く見ゆる嬉しさ

子らと

柿の實の甘きを食《は》みつゝ千代紙に鶴《たづ》折りあそぶ夕《ゆふべ》たのしも

神風連蹶起の日に

命捧げ神のまにまに國體の風儀守ると蹶《た》ちし人びと
遺されし詠《うた》の數々讀むほどに哀しき祈り思ほゆるかも
劍太刀《つるぎたち》佩《は》かざる世にぞいよいよに心の劍研《と》ぎ澄ますべき

人間魚雷「回天」追體驗乗船

乗船の許し給はり回天《くわいてん》に入りていよいよ思ひの燃ゆる
敵艦《あだぶね》を撃ち砕かむとこの艇《ふね》に乗り込み果てしもののふあはれ
國のため命捧げし人々のまことごころをしづかに思ふ
事しあらば我も皇國《みくに》のもののふと神習《かむなら》ひてぞ命捧げむ

自衛隊に在りて

君思ふ心もあらで賢《さか》しらに國の守りを說く人悲し
國のため命捧ぐる奉公を仕事と呼ぶはいとも口惜し

冷雨降る夜に

益荒男は歎《なげ》くまいとは思ふにも聲あげて哭く夜こそありけれ

北富士演習場彈着地清掃の折に

北富士の枯れの萱野《かやの》に人知れず咲くりんだうの花の色はも

自　省

みづからの學び足らぬに賢《さか》しだつ卑しき心恥ぢて書讀《ふみ》む

家庭のまつり

神まつる吾のてぶりを日ごと見て幼きさくらも小《ちひ》さ手を拍《う》つ
朝なさな水獻《ささ》ぐるは五つ歳のさやかの役といつしかなりぬ

叱られて泣きたるあとに俯《うつぶ》きて神のみ前に子は坐してをり

神饌と獻ぐるものを妻子らと八百屋に選ぶ夕《ゆふべ》たのしも

月次《つきなみ》のみ祭のをり君が代の御歌《みうた》を唱《うた》ふ例《ため》しとなりぬ

上の子が作りし四手《しで》を眞榊《まさかき》につけてぞ祭る明治祭はも

躓《つまづ》きて床に御鹽《みしほ》を散らしゝに涙ぐむ子を抱き勵ます

御下がりの林檎有りの實《み》柿などを賜はる時の樂しからずや

新嘗《にひなへ》のみ祭近き休日に子らと新米《にひよね》買ひに行くなり

神敬《ゐやま》ひみ祖《おや》尊ぶ日の本のまことまごころかたく守らむ

米軍に倣ふこと勿れ

守るべきものの元より違《たが》ひしを亞米利加《あめりか》軍に何學ぶかも

米軍に魅せられし人多《さは》にゐて日ごと騷《そめ》くはいとど疎《うと》まし

敵潛む部屋に突入せむ時に兵をば楯《たて》にするが米式

指揮官が死なば任務は果たせぬと言ひ譯《わ》け部下に續くはをかし

兵卒は消耗品てふ米軍のあさましき風豈《あに》な倣《なら》ひそ

皇國《すめくに》を守護しまつるのみ軍《いくさ》に亞流兵法學ぶ要なし

志士の歌を讀む

小夜中《さよなか》に吾と同じの齢《よはひ》にて果てにし人の歌讀みかへす

篤胤《あつたね》の敎のままに國賊を討たむとつひに蹶《た》ちし君はも（生田《いくた》萬《よろづ》）

日の本はわが大君の國なりと詠みし益荒男尊きろかも（仝）

斷ちがたき古里棄ててひとすぢに都に向かふ祈り深しも（關鐵之助《せきてつのすけ》）

朝廷邊《みかどべ》に死すべきいのちながらへて歸る旅路の歌泣かしむる（有馬新七《ありましんしち》）

吾が慕ふ志士歌人たる國臣《くにおみ》の無窮の祈り沁みわたるかも（平野國臣《ひらのくにおみ》）

國臣の歌のかずかず繰り返し繰り返し讀む胸熱くして（仝）

賊名の解かれぬままに彥齋《げんさい》の名は今の世に傳へられたり（河上彥齋《かはかみげんさい》）

夷《えみし》らを攘《はら》はむ心彥齋の名を忘るるとともに失《う》せしか（仝）

志士たちの歌讀みつげば恥づかしと思ふ心のいやましにけり

大祓祭

切麻《きりぬさ》を身にふりかけて罪穢《けが》れ祓へるわざに子らははしやぎぬ

集めてはまたふりかけてはしやぎたる子らをば神は許したまふも

年越し

がめ煮てふ母の味なる筑前の煮物食《は》みつゝ年越しにけり

平成十五年

宮中歌會始勅題「町」詠進歌

町並みの變はらぬさまに安まりてちちははのまつ古屋に急ぐ

歳　旦

新玉の年の始めに筆とりて皇位無窮と太く書き初む

皇居參賀

病みませる御身《おんみ》ながらにほほゑみてわが大君は御手《みて》振りたまふ

七度もお立ちになりて大君はみ民われらに御手振りたまふ

ほほゑみて御手振りたまふ大君の御身おもへば涙に噎《む》せびぬ

魂《たま》籠めてすめらみことといやさかを誦《しょう》し奉りぬ聲嗄《か》るるまで

前立腺癌御手術の恙無きを祈り奉る

ちはやぶる神にまをさむ言の葉を選みて綴る夜更けなりけり

千羽にはなほ遠けれど子が折りし八羽の鶴を神に捧げぬ

御手術恙《つつが》なくをへ大君は穏《おだ》しく坐《ま》すと聴きて息つく

餅搗き

たらちねの親から娘《こ》へと繼《つ》がれ來し手ぶりを今し孫《うまご》習ひぬ

搗きたての餅をほどよき大きさに手早く千切るわざに見蕩《みと》れつ

搗きたての餅を食《は》みつゝ語らひし春べの一日《ひとひ》忘れかねつも

自衛隊に在りて

君思ふ心もあらで徒《いたづ》らに技のみ磨く戰後自衛隊

憤る心やまずも體制の中に在る身を恥づかしく思ふ

益荒雄は歎かぬものと誓へども悔し涙に噎《むせ》ぶ日もあり

神前にひとり泣きをる我を見てしきりに背中《せな》を撫づる子ろはも

軍隊は一日《ひとひ》にならざるものなりと皇國《すめくに》守る心說き續ぐ

冷雨《ひさめ》降る夜はそぞろに哀しくてひとり默《もだ》して國を思ふも

富良野なる北の大地に降り續く雪に耐へゐる樹々のいのちよ

やがて來む春を夢見て酷寒の中に耐へゐる山さくらかな

交響曲「海道東征」を聴く

皇紀二千六百年を壽ぎて作られしとふ「海道東征」
天地《あめつち》の初發《はじめ》の時のありさまを語る調べに我聴き惚れぬ
日の皇子《みこ》の御船《みふね》いでますその時の旋律深く心に響く
紀元節の近き今日こそ繰り返し「海道東征」我聴きにけれ

雛祭り

いにしへは身の罪穢《けが》れ祓ひしをただ雛飾る例しとなりぬ

靖國神社清掃奉仕四周年（六十七回）

御創建百三十年の年にこそ旗揚げせめと掃き初《そ》めにけり
一人減りひとり加はりまた去りぬ寄せては返す波のごとくに
明けやらぬ中に侘しく參道を掃く日もありき友あらざれば
三年をただにつとめし甲斐ありや新たなる友次々増しぬ

一佐から士長に至るもののふが寄りてぞ神にまこと捧げし
はろばろに越前《ゑちぜん》播磨《はりま》駿河《するが》より來たれる友の眼澄みをり
月ごとに必ずも來ていそしめる友の姿に勵まされつつ（片庭友和兄）
眞夏日も凍てつく朝もをさをさにこの一年を妻子も勵みぬ

別れ

あな切な逢ふが別れの始めとは聞けど離れてゆくが悲しき
睦まじき友と離るる悲しさに五歳の子は思ひ萎《な》えたり
一の友「沙枝ちゃん」の名は必ずも日に一度は聞かれしものを
悉《ことごと》く性《さが》の異なる子らふたりなどか寄り合ひ共に遊びき
吾もまた送り送られ友どちと別るるつらさ知りて育ちぬ
はにかみて吾に寶《たから》の繪本をばくれし女《め》の子を懷かしく思ふ
いや遠き街にゆくとふ吾が友に自慢の戰車贈りけるかも
慰めの言の葉いかにかけむかと茶を啜りつゝ妻と語りぬ
けふの日に子らは小さき胸痛め人と別るる悲しさを知る
一年を日に異《け》に睦び遊べるを思ひ置かねと背中《せな》を撫でつゝ

九段櫻

國立の追悼施設つくるてふ非道憎みて今日もまゐりぬ
爛漫と咲ける櫻を賞《め》でつゝも現思《うつつ》へば哀しかりけり
民族の覺醒《めざめ》のときをはやはやに來たらせませと神祈《かむの》りまつる
昨降《きぞ》りし雨を清めといよいよに朝日に匂ふさくら花かな
靖國の春のこずゑに咲き滿てる花のこころを心となさむ

作　歌

推《お》し敲《たた》く惱めるままに夜もふけて床につけども寢らえずにをり

亞米利加奴

亞米利加《あめりか》は自由平和を言ひつつも侵略の歴史繰り返しをり
世界制覇の夢捨て切れず亞米利加はまたも異國に攻め込みにけり
八紘《はつくわう》の民族がため亞米利加を抹殺すべきときとおもふに
安保なるものは再び皇軍を建つる日までの假《か》りの掟《おきて》ぞ

國立追悼施設の建設を斷乎反對す

日の本の祭祀侮《あなづ》る大臣《おとど》らは神を畏《おそ》れず何を建つるか

靖國の宮居に代はる施設などあらざるべきを血迷ひしかな

いかにしてこの企てをうち砕《くだ》かむしづかに小太刀《こだち》見澄ます我は

英靈を蔑《な》みし奉れる大臣らに神罰下るとき近みかも

四月廿九日「みどりの日」に
先帝陛下を偲び奉る

雑草とはなしとふみ諭し偲びつゝ道邊《みちべ》に生《お》ふる草を見澄ます

歸　省

久々にちちのみの父と旨酒《うまさけ》を酌みて語らひ軍歌唱ひぬ

五月五日、端午の節句に
子らと菖蒲湯に入る

軒に差し風呂に入るると昔より傳はるまにま今日振る舞ひぬ

やうやうに子らも大きくなりたればいよよ狹しや官舍の風呂は
子ら二人あがりしあとにゆるゆると湯船につかり葉の香たのしむ
廢《すた》れつゝあればなほなほ民族の尙武《しやうぶ》の精神《こころ》子にぞ傳へむ

露營の夜に

湊川戰死の條を誦しつゝ露營の夜に楠公偲ぶ

長女の遠足前夜

明日雨と聞くも望みの斷ちがたくてるてる坊主子ろと作りぬ

草津行

久々の旅ともなれば妻も子もいとうれしげに仕度をしたり
草津なる溫泉《いでゆ》の里に三日ばかり家族《うから》そろひて過ごさむと發つ
湯畑に湯氣もうもうと立ちこめて硫黃の香り漂ひてをり
その昔與謝野晶子も愛でしとふ數寄屋造りの宿に泊まりぬ
數々の志士文豪もおとなひし上州草津の出で湯豐けし

湯疲れを知らぬか子らは幾度《いくたび》も湯に入りたしと頻《しき》りにせがむ
白旗の湯とふ共同浴場に世間話の花咲きにけり
眞夜《まよ》深く湯畑に向かふ細道にからんころんと下駄の音響く
夙《つと》に起き日本　武　尊《やまとたけるのみこと》をば祀る宮居にひとりまゐりぬ（白根神社）
褌《ふんどし》の紐締め直しいよいよに醜《しこ》の御楯《みたて》と勵みてゆかむ

富士の禽獸

敵陣の中に潛みて三日あまり鶯《うぐひす》の啼《な》く聲になごみぬ
稀《まれ》にしか見られぬ鹿の群れ今し眼の前にゐて固唾《かたづ》を飲みぬ
ひときはに大き角《つの》もつ雄鹿こそ群れの長《をさ》かとたゞに見入るも
眼の前にゐるは鼬《いたち》か野鼠《のねずみ》か思ふ間もなく姿を消しぬ
足元に潛みてゐしか忽ちに兔現はれ逃げにけるかも
朝靄《あさもや》の立ち籠むる中郭公《くわくこう》の聲こだましていとど長閑《のど》けし
山中に十日過ごして種々《くさぐさ》の獸らに遭ふたのしみ増しぬ
さみどりの若葉一夜《ひとよ》に喰ひつくすアメリカ産の毛蟲憎しも
羆《ひぐま》にも敵《てむか》ふ力備へむと富士の原野にひた勵むなり

全自衛官は遺書を認むべし

安らけき世にしあるとものゝふは何時《いつ》にまさかも死を見つむべし
父母《ちちはは》を姉を思ひて入隊の前夜ひそかに遺書認《したた》めき
皇國に命捧ぐと決意をば綴りし時ゆはや十八年
海陸《うみくが》に空に勤《いそ》しむもののふは自らの死を覺悟したるや
死を覺悟したる證《あか》しに筆執りておのが心を書き澄ますべし
眞夜《まよ》深く我が亡きあとの事々を書きにけるかも妹背契《いもせちぎ》れば
大君に忠義盡《つ》くすが孝なりと子らにし宛てて書き加へたり
幾度《いくたび》か書き改めてつひに成る我が言靈の文し藏《をさ》めぬ
東雄《あづまを》が子にぞ遺しゝ言の葉の隨《まにま》にゆかな我も我が子も
今の閒《ま》も無駄にな生きそ大君のために我らは生きて死ぬべし

皇居防衛構想なき自衛隊

參謀にただの一人も皇城を守らむとする人なく虛し
具體的防衛構想あらざれば攻め込む敵を禦《ふせ》がれぬものを
皇居《おほみや》を守る手立てを考へぬ幹部の「幹」を「患」と代ふべき

地位階級本より望まぬ我なるも下士官の身の無力さ切なし

敵陣に一人踠《もが》きて苦しめる心地さへする昨日今日なり

自衛隊に皇居防衛構想の無きこそ國家の機密なりけれ

全隊員が背を向くるとも我一人この身を楯《たて》と護るのみなり

五月廿六日に發生せし宮城縣沖
地震より一月經りて

みちのくの大き地震ゆひと月餘り恙なきかと桃誌開きぬ

靖國神社創立記念祭獻詠　兼題「紙」

激《たぎ》る血は紙の面《おもて》にほとばしり大臣《おとど》諫むる文《ふみ》となりぬる

轉屬命令下る

六年を募集業務に徹せよと俄《にはか》に命《めい》の下りたるかな

十八年歩兵部隊の前衛と勤めし吾に何てふ仕打ちか

戰ひに用ゐる装具悉《ことごと》く取り上げらるる空しさよ嗚呼《ああ》

遣《や》り場なき怒り鎮むる術《すべ》もなく拳震はせ地に打ちつけぬ

如何ならむ思惑あるも軍命は絶對なりと唇噛みぬ

やうやうに轉屬《てんぞく》の日の近づきていよよ切なさ募る日々かも

丸刈りに制服こそが廣報の役に相應し吾が様を見よ

大君に命捧げて悔いなしと思ふ若子《わくご》ら募りてゆかむ

神命と拜し奉りてひたすらに勵むほかなし悔しけれども

銃《つつ》執りてつとめらるるも今日までと聲嗄《か》るるまで若子鍛へぬ

轉屬命令解除

思はぬに轉屬の命《めい》解くといふ知らせを聞きて驚きにけり

二日三日休めと長《をさ》は宣《の》りたれど今夕《こんゆふ》發つとふ隊に加はりぬ

しばらくは使はざらむと仕舞ひたる装具出だして急ぎ立つかな

再びを頼みとならむ銃《つつ》執りて的《まと》を睨《にら》まへ狙ひ定めぬ

我去ると聴きて喜ぶ若子らよ氣の毒なれや我戻り來つ

僅かなる糸の解《ほつ》れも見逃さぬ服装點檢《てんけん》なほ續くべし

體力の他には何の取柄なき我は本より尖兵《せんぺい》なるぞ

梅雨明け

長梅雨のあけてかがやく天つ日に百《もも》の木草も勢ひ増せり

日進七夕まつり

金魚掬《すく》ひ腕前見せむと挑めどもはかなく紙の破《や》れにけるかも

歸省

山ほどに作りて給びし牡丹餅《ぼたもち》を子らと頬張る夏の一日

晩酌の量も減りつとこのごろの父を語れる母も老いたり

八月十五日

例年のこの日は常に晴れなるを今年ばかりは雨となりぬる

誰彼《たれかれ》もこの日の雨を英靈の涙の雨と思はざらむや

現《うつ》し世を歎きたまへる英靈の涙の雨かなほ降りやまず

忌まはしきかの企てを進めたる大臣《おとど》ら雨に打たれて醒《さ》めよ

靖國にゆかば人事に障《さは》らむと若きら脅す隊長もあり

制服を着ざる人らを咎《とが》めずて着るを責むるは沙汰《さた》のほかなり

呼びかけの文三百に應へしは七人なれど胸張りてゆく

十八年續けし甲斐ありはろばろに來たれる幹部隊を指揮する（村上義二尉）

指揮とるを拒む幹部の多けれど我に續けと勇み立つ友

指揮をとる幹部の君の雄々しさを九段の神はみそなはすらむ

なほ強く雨降る中を隊組みて吾らゆくなり九段の宮を

もののふの吾らが唱《うた》ふ「君が代」に諸人《もろひと》和して社殿に響く

降る雨に御靈の怒り哀しみを噛み締め思ふ十五日なり

炎天のかの日のことを想ひつゝ眼を閉ぢてたゞに祈りぬ

行樂を先と思へる隊友もいつか目覺めむなほ言擧《ことあ》げすべし

大東塾十四烈士五十八年祭　獻詠

神籬《ひもろぎ》を圍《かく》みて腹を切りましゝ直後《あと》のうつしゑ悲しかりけり

拔穗祭　冷雨による凶作を思ひつつ

天つ日の出でましゝ日々尠《すくな》くて豊けき秋とならぬ寂しさ

穀物《たなつもの》畑つ物もなかなかに育たぬといふ報せ切なし

米の値の上ぐる現《うつつ》に氣を揉みて祈り忘れし民愚かなり

農のわざ知らぬ我が身も豊年を切々として神に祈りぬ

天照らす日の大神のみめぐみをかしこみ思ふ不作の年に

この夏にしみじみ思ふ天照らす日の大神の大きみめぐみ（獻詠）

明治神宮秋の大祭　獻詠

つはものの踐《ふ》むべき道を諭します御言《みこと》のまゝにいよよ務めむ

（軍人ニ賜ハリタル勅諭）

中秋の名月

十五夜の月の光のもと縫針に糸を通すことの
叶はば裁縫が上達するといふ言傳へのあれば

名月に子らは競ひて針穴に糸通さむと夢中になりぬ

妹

姉のなすことのすべてのいちいちを眞似する妹《いも》の姿をかしも

露營

眞白なる富士の頂千萬《ちよろづ》の星の降り來て夢心地なり

褌

洋式を嫌ひて着けし褌《ふんどし》を貫きとほして廿五年過ぐ
たらちねの作る越中褌を締めて通ひし學生時代
嫁ぐ日の近きを姉の給ひたる褌百本うれしかりけり
結婚ののちはわが母姉の業《わざ》繼《つ》ぎて吾妻《あづま》のつとめとなりぬ
一反《たん》の晒《さらし》を八つに裁ちて縫ふ手際よろしも八年經《ふ》れば
軍用の長靴《ちやうくわ》を脱がでたはやすく着替へらるるは一の効《かう》なり
緊急の時は解《ほど》きて止血帶と用ゐらるるも褌のみぞ
自衛隊に勤めつとめて「褌」の字のゆゑよしを初めて知りぬ
いかならむことに遭ふとも降伏の標《しるし》と振りて用ゐるまじき

朝なさな禊のあとに新たしき褌緊《し》むるときぞ淸《すが》しき

長女の運動會

轉《ころ》びても泣かで走れと子の背《せな》をぽんと叩きて朝見送りぬ

ひときはに背筋伸ばして軍人のごとく進むは我が子なるらし

常々は見せぬ眞顏《まがほ》に驅け出づる子に惜しみなき拍手送りぬ

出遲れて去年《こぞ》は四位となりたるを今年二位とて子は喜べり

子の勵む姿をしかと撮らむとてひしめく親の有り樣《さま》をかし

子の姿撮らむとレンズ覗《のぞ》くより今し輝く子らを見るべし

樂隊の中に笛吹く子は我の姿見つけてはにかみてをり

それぞれの役目果たして扇橋金字塔《あふぎはしきんじたふ》など形爲《かたな》す子らは

拔かれてはまた追ひ越して競ひ合ふ組對抗のリレー愉しも

待ち待ちし綱引き競技いざ父の力見せむと勇み立つなり

戰後の祝日

祝日といふも戰後の大方はただの休みと歡ぶばかり

國擧げて祝ひし四つの佳節さへ今の世人《よひと》は知らでをるなり

霜月の三日は明治大帝の御遺業《みしわざ》偲びまつる日なるを

あな不思議肇國《はつくに》知らす天皇《すめらぎ》の御名《みな》を稱へぬ建國記念の日

國柄を示す嘗《かつ》ての祭日はその名も由《よし》も忘れられしか

神恩に謝し奉るべき祭日も勤勞感謝の日となり果てぬ

新たしく加へられたる數々の由なき祝日祝ふゆゑなし

忌まはしき占領憲法制定の日も祝日と國旗《はた》揚ぐべきか

祝日を土日に連ね連休と喜ぶやから沙汰の外《ほか》なり

現行の祝日法を讀むほどに國のゆくすゑ切《せち》に思ふも

次女の七五三

幼な兒は緋《あけ》の晴着のおのが身を鏡に映し笑み榮えをり

この日にと妻が選べる紅《くれなゐ》の花かんざしはよく似合ひたり

注目を浴ぶる妹《いもと》を羨《うらや》みて姉はいささか元氣無く見ゆ

來年の今日はそなたの帯解《おびと》きと頭《かしら》撫でつゝ參道をゆく

やうやくに氷川の宮に到れるも主役はすでに愚圖《ぐづ》り始めぬ

髪《かみ》置《お》きの祝ひの由を告げ奉り子の成長を禱りまつりぬ
參拜をへて記念の寫眞《うつしゑ》を撮らむとするも子は泣きやまず
泣き蟲も氷川の神に肖《あやか》りてやがては強くなれとぞ思ふ
母親に抱かれはやも泣きやみて千歳飴手にはしやぐ子ろはも
歸り來て子らにせがまれ公園に日の暮るゝまで共に遊びぬ

大和魂

漢才《からざえ》に對《むか》ふ言葉か大和歌をうたふ才《ざえ》こそ大和魂
敷島の大和心を詠みましゝ宣長翁《のりながをう》の歌心はも
誰彼も生まれながらに持てるとふ大和魂などか失《う》せぬる
人々に國に久しく缺《か》けたるは代々《よよ》承け繼がれ來し大和魂
事に破れ天王山に果てましゝ幕末志士の辭世かなしも（眞木保臣《まきやすおみ》）
天朝の直民なりと幕粟《ばくぞく》を食《は》まで果てにし人の心は（佐久良東雄《さくらあづまを》）
死に變《かは》り生きかはりつゝ大君に仕へ奉るが大和魂
君思ふ赤き心のあらざれば千人《ちたり》集ふも烏合《うがふ》の衆なり
劍太刀磨《と》がずばやがて錆ぶるなり今の世にこそいよよ磨《みが》かめ

天長節

衞兵《ゑいへい》の任に就きつゝひむがしに出でむ朝日を待ち望みをり
やうやうに昇る旭《あさひ》ををろがみて天長節の朝を祝ひぬ
差し昇る旭ひときは耀《かがや》きて天津日嗣《あまつひつぎ》のゆゑ思ひ知る
あな奇《く》しび昨冬至《きぞ》なり天つ日の勢ひ今日ゆいよよ増すかな
大君の生《あ》れまし日を壽《ことほ》ぎて天長節の歌唱《うた》ひけり

耶蘇教の祝といふ日に

大君の生《あ》れまし日を壽《ことほ》がで耶蘇《やそ》生まれたる日を祝ふとは
耶蘇教《やそけう》の祭りに心奪はれて愚かなる民世に踊るなり
子孫《うみのこ》に傳ふべき道外《と》つ國の習ひにあらで神の道なり

平成十六年

宮中歌會始勅題「幸」詠進歌

外《と》つ國の慘禍を知りて安らけき御世に生れし幸を噛み締む

歳　旦

昔より今にいたるも變はらぬは初日をろがむ心なりけり

神富士

朝光《あさかげ》に耀《かがや》く富士を望まむと兵舎の屋根に急ぎ昇りぬ

街竝みの果てにし立てる銀《しろがね》の富士の姿はまことうるはし

御殿場に居りし一年思ほえて間近に仰ぐ富士ぞ戀しき

週末は富士に登るを例《ため》しとて過ごしゝ日々を懷かしく思ふ

雲海の彼方に燃えて出づる日ををろがむほどに力湧きけり

國憂へ勇む限りの逸《はや》り雄《を》を諭し給ひし神富士たふと

くやしさに胸塞《ふた》がりし時にこそ母ともなりて癒やしましけれ

眼の前に迫る大富士雄々しくて時に卑小の心恥ぢらる
ゆるぎなく聳ゆる富士の姿こそ我が志す姿と思へ
眞淵翁《まぶちをう》の歌によるてふ「ふじの山」子らに教へて共に唱ひぬ

宮城參賀

君が代の御歌《みうた》うたへばそに和して唱《うた》ふ人あり大君《きみ》がみ前に
日の丸の小旗うち振り妻娘らも萬歳叫ぶ今日のめでたさ

桃の會新年歌會　席題「光」

我が胸に光る章《しるし》はいや堅き意思を示せる金剛石なり

節　分

手作りの鬼の面《めん》つけ幼稚園の豆撒きのさま語る子ろはも
子らふたり我の扮《ふん》する赤鬼に立ち向かへるはいとも頼もし
手向かへる鬼を恐れて妹は姉の後ろに身を隠しをり
鬼やらふ聲の一つも聽かれざる節分の日の官舍寂しも

近隣の苦情に怯《おび》え傳統の消えゆくさまを我嘆きをり

戸を開けて何憚《はば》からず大聲をあげて追儺《ついな》の範を示しぬ

大聲をあげて豆撒く我を見て負けじと子らも聲あげやらふ

渾身《こんしん》の力をこめて現し世の鬼拂《はら》ふがに豆投げつけぬ

春の訪れ

今朝早く被《かづ》きし水のほのかなる溫《ぬく》みに春の訪れを思ふ

子を叱りし日の夜に

拳骨を呉れし日の夜はしみじみと子ろの寢顔を見つゝ悔いたり

露　營

立春といへども裾野の夜は寒く凍てたる地《つち》に杭《くひ》打ち難し

望月のさやかに照りてま白なる富士の姿の映ゆる宵かも

天幕の外に出づれば神富士の頂照らす朝月夜《あさづきよ》かな

眞夜《まよ》深く降り初《そ》めしかも淸らなるみ雪積もりて銀世界なる

み雪降る富士の裾野を歩みつゝ紀元節の歌口ずさみゐる

時折に雲間に出づる臥待《ふしまち》の月さやかなる朝明けの空

橿原《かしはら》の宮居の方《かた》は何處《いづち》かと方位磁石を取り出だしけり

雲間より今し箱根の峰に射す一筋の朝光《かげ》いとも妙《たへ》なり

晝《ひる》過ぎてやうやう雲の霽《は》れわたりひとときは白き富士の立つ見ゆ

飯盒の蓋になみなみ豐神酒《とよみき》を酌みて醉ひつゝ今宵たのしも

春の雪（三月一日）

くれなゐの色あざやかに咲き競ふ梅にかゝれる春の淡雪

日露開戰百年

百年《ももとせ》をふりて露國《ろこく》と戰ひし人のいさをは忘れられしや

東洋の平和を亂《みだ》す露國めをはや討つべしと國民《くにたみ》起ちけり

國擧《あ》げて矛《ほこ》とり起ちしかの秋《とき》を昔のこととな切り捨てそ

悉《ことごと》に敵艦《あだぶね》碎《くだ》き沈めたる我が艦隊を想へばたのし

花もみるここちせずとてもののふのうへ思《おぼ》し召《め》す大御歌《おほみうた》はも

兵力のなべて露國に劣りしが海陸《うみくが》共に勝利《かち》をさめけり

乃木大将を愚と罵《ののし》れる書《ふみ》あまた書店に在ればくやしく思ふ

水師營《すいしえい》の會見にみる乃木將軍の振る舞ひこそはもののふの道

教科書に載らざる眞實《まこと》世とともに語りつぐこそ我が使命なれ

大和魂《やまとだま》振るひふるひて海陸に果てにし人を神と讃へむ

百年を經《ふ》りて今こそ國のため命捧げし人を讃へめ

長女の卒園式

新たしく就ける園長頼もしく國歌を唱ふ慣らひつくりぬ

保母の彈くピアノにあはせ聲高く國歌唱ひぬ式の始めに

入園のとき騒がしくまた泣きし兒《こ》らも育ちて今日を迎へぬ

修了証を賜はる番の近づけば吾子《あこ》の面持《おもも》ち緊《かた》くなりぬる

御辭儀して修了証書賜はれば吾子の顔にもゑみの戻れり

兒《こ》を撮るに夢中なる父母多くして拍手尠《すくな》き証書授與式

逞しく育てる兒らのおのおのに吾惜しみなき拍手贈りぬ

園庭の染井吉野も二つ三つ綻《ほころ》べる日に兒らは巣立つも

幼な兒《ご》も人と別るる切なさを知りてか小《ち》さき背中《せな》ぞ哀しき
三十年《みそとせ》餘り昔のことの偲ばれて天袋よりアルバム出だしぬ

平成十六年四月四日、桃の會創立五十周年
「桃」創刊六百號記念全國歌會竝びに祝賀
會が九段下なるホテルグランドパレスにて
催さる

好ましき歌の詠み人いますかと胸の名札を頼りに求めむ
今もなほ弘至命は色褪せず輝きますと師《きみ》のりたまふ
「止みがたきねがひ」さながら遂《と》ぐべしと歩みたまひし師《きみ》が五十年《いそとせ》
悉《ことごと》に憂き世の鬼を撃ちまさむ意富加牟豆美《おほかむづみ》の神を祈れり
今少し留《とど》まりたしと思へども最終電車の時刻《とき》迫りをり
愉しくて名殘多くも明くる日に勤めのあれば家路につきぬ
發會の趣意くりかへし讀むほどにいよいよ桃の心に惚れぬ
五十年の歩み記せる文《ふみ》讀みて桃の歴史の重きを知るも
家に着けば『國風《くにぶり》の守護』取り出だし夜半《よは》すぐるまで讀み返したり

『國風の守護』讀み了《を》へて今朝臨む素振り稽古になほ力入る

相聞《さうもん》の調べ哀しく我が胸に沁《し》むる二枚の色紙飾りぬ

新月のときゆ五十年ふりし夜にいとさやかなる望月の照る

小泉首相の靖國神社參拜を違憲
とする判決に憂憤の念極まれり

靖國にまゐる總理を違憲とぞ斷ぜし判事沙汰の外《ほか》なる

國中に左翼判事の蔓延《はびこ》りて司法の亂れとどまざるかな

靖國になほまゐらむと言ひながら「私人」と書ける大臣《おとど》嘆かし

憲法の枠の内には術《すべ》無きか岩戸開きの秋《とき》を禱りぬ

如何にせむ禍《まが》のもとなる憲法を正す手立てを神に問ひつゝ

遲咲きの櫻もつひに散りはてて漫《そぞ》ろ哀しき九段の宮居

農

感謝する心をいよよ育てむと土耕して子らと種蒔《ま》く

明治神宮春の大祭　獻詠

百年《ももとせ》を經りて今こそ國擧《こぞ》り起ちし明治の秋《とき》に學ばめ
（日露開戰百年に寄せて）

「憲法記念日」に憶ふ

改正を求むる人の多かれど破棄粉砕の聲は聞かれず
君臣の分辨《わきま》へぬ第一條その文讀むも堪へがたきかな
民を以《も》て君とはなすか無道なる第一條をまづ正すべし
九條の解釋いかに擴《ひろ》ぐとも限りのあれば國軍建たず
自衛隊は軍にあらずと誤魔化して國の護りを等閑《なほざり》にせり
自衛隊に二十年《はたとせ》勤めし我なれば脆《もろ》さ切なさいよいよ知れり
忌まはしき屈辱憲法打ち砕き我が民族の蘇《よみがへ》る日はいつ
「信教の自由」といひて我が國の傳統破る二十條はや
民族の傳統美風を損なはぬ内《うち》に「信教の自由」あるべし
源泉の濁り取り捨て淨《きよ》めねば川の流れのいかで澄むべき

富士の草花

若草の萌えてやうやう富士山の六合目まで色變へにけり

昨夜《きぞ》降りし雨にいよいよ逞しくすみれたんぽぽ道邊《みちべ》に咲けり

さみどりに萌ゆる山邊《やまべ》にひとり咲くうすむらさきの藤の花映ゆ

骨波田《こつぱた》の藤の花房よかりしも山際《やまぎは》に咲く藤もまたよし

草薙《な》ぎて藪《やぶ》を出づれば眼の前に廣《ひろ》ぐ野中に菖蒲《あやめ》咲く見ゆ

野阜《のづかさ》に咲ける菖蒲の愛《いと》しくてしまし屈《かが》みてその香たのしむ

進みては潛みて進むさきざきに生《お》ふる草木を樂しみてをり

根に猛《たけ》き毒をもつてふトリカブトその葉も若く山中《やまなか》に生《お》ふ

たらの芽の群れて萌ゆるを見つけつゝ過ぎてゆくべき身のうへ悲し

この花を留守居《るすゐ》の妻子《めこ》に見せたしと思ひつゝゆく富士の原野を

靖國神社創立記念祭獻詠　兼題「樂」

廣前にみたま慰《なごめ》の御神樂《みかぐら》を捧ぐる巫女《みこ》の眼清《すが》しも

行　軍

山二つ越えて到りし里村に昔ながらの案山子《かかし》立つ見ゆ

肅々《しゆくしゆく》と進む我らをいち早く知りてか犬の遠きより吠ゆ

富士山中

草別《わ》きてゆけば俄《にはか》に足元ゆ番《つが》ひの雉子《きざし》飛び立ちにけり

虎杖《いたどり》のやや堅かるをふふみつゝ細き山路《やまぢ》を登りてゆきぬ

甲高《かんだか》き聲「テッペンカケタカ」は時鳥《ほとどぎす》かと耳傾けぬ

今もかも子らは寝《い》ぬるか御殿場の街の燈《あかり》を眺めつゝ思ふ

靜かなる森の朝明《あさけ》に郭公《くわくこう》の聲響かふをひとり聽くなり

閑古鳥《かんこどり》うぐひす頬白《ほほじろ》ときどきに聞こゆる聲は時鳥《ほとどぎす》かも

山中《やまなか》にひとり潜《ひそ》めば寄り來たる毛蟲《けむし》蟻さへ愛《いと》しく思ふ

鶯《うぐひす》の鳴き聲眞似て口笛を吹けば應《こた》へてくれしかうれし

じやが芋掘り

小《ち》さき手に土掘り返しじやが芋を穫《と》りて喜ぶ子のさま嬉し

山百合

奥山に今日明日《あす》咲かむ山百合《やまゆり》の蕾《つぼみ》見つけて歩みを止めぬ

軍人勅諭奉讀

朝なさな軍人勅諭讀み奉りかくあるべしと身を正しをり
目覺ましく發展せりと讃《たた》ふるも忠節あらざる隊脆《もろ》きかな
忠節の微塵《みぢん》もあらぬ自衛隊事に臨まば烏合《うがふ》の衆なり
敬禮を盡くす禮儀も等閑《なほざり》になりつゝあれば隊亂れゆく
武勇には大勇小勇ありといふみ諭し讀みて我いかにと思ふ
己《おの》が言《こと》踐《ふ》み行ひて己が分盡くすことこそ信義なりけれ
蔓延《はびこ》れる驕奢華靡《けうしやくわび》なる隊風に兵氣いよいよ衰へにけり
今こそは軍人勅諭讀み奉りみ軍《いくさ》建つる基《もとゐ》据うべし

小さき秋見つけたり

都いま猛暑といふもほの彩《いろ》ふ山のあけびに秋を思ひぬ

東伊豆・今井濱行

この夏は海に行かむと告げたれば子ら喜びて踊り出だしぬ
澁滞《じふたい》の中にあれども「海」歌ふ大合唱に心和みぬ
車窓から海の見ゆればますますに子らは聲あげ「海」唱《うた》ふかな
本物の海を初めて見る子らは歡《よろこ》びの聲あげてはしやぎぬ
日焼けせる砂の熱さに驚きて我に飛びつく子らのをかしき
寄せ返る波の不思議をよろこびて子らは濱邊《はまべ》に一日《ひとひ》遊びぬ
わたつ海《み》の水の鹽氣《しほけ》を怪しみて子らは頻《しき》りに唇舐《な》めぬ
我もまたこれの濱邊に遊びきと妻はゐまひて子らに語れり
返る波に足攫《さら》はれて轉《ころ》びつゝ無邪氣に遊ぶ三歳兒《みとせご》かなし
高波に飲まれし吾子《あこ》は唇をふるはせながら怖さ語りぬ
次々に建てる高層ホテルより古き保養所言はまくもよし

八月十五日

この日にぞ同志募りて靖國の宮にまゐらむと計《はか》りしものを
隊長の室《むろ》に招かれな行きそと告げられし友のあれば悔しき

志抱く新芽を悉《ことごと》に摘みとる上官憤《いきどほ》ろしも
麻かけて「自衛隊有志一同」と書きしるしゝが一人となりぬ
約束の時過ぐれどもただ一人來ぬ侘しさを噛みて出で立つ
英靈の遺志を承け繼ぐ兵《つはもの》と胸張りゆかむ獨りなるとも
繰り返し說けども實《み》をば結ばぬは我がまごころの足らざると知る
參拜を終へたる三軍幕僚長に思はず驅け寄り禮《ゐや》を示しぬ
今年また雨降りたれどこの宮に慰靈の人波絶ゆることなき
新たなる同志求めて境内を日《ひ》がな一日《いちにち》立ち徘徊《もとほ》りぬ

大東塾十四烈士五十九年祭

今年またこの日近みて本棚ゆ出だし開くは『自刃記錄』なり
果てましゝ跡の眞中《まなか》に神籬《ひもろぎ》のしづかに立てるうつしゑかなし
死禱もて我が國體を護らむと腹切りましゝ益荒男あはれ
現身《うつしみ》を淸く捧げし益荒男はなほ皇國《すめくに》を護りたるらし
庄平翁の定めたまひし十ケ條心靜かに讀む夕《ゆふべ》かも
我もまたこの正道に繫がらむと襟を正して十ケ條讀む

あなたふと無窮に皇城守らむと十四烈士は果てましにけり

富士薊

稀《まれ》らなる花色白き富士《ふじ》薊 頭《あざみかうべ》を垂れて山邊《やまべ》に咲けり

十五夜

十五夜の月の面《おもて》に兔《うさぎ》ゐて餅搗《つ》くらむと子らに語りぬ

追悼　杉田幸三大人之命

青梅なる今井の里の道場に太刀振る大人《うし》を偲びまつりぬ
抜き納めまた抜きませるみてぶりを固唾《かたづ》を飲みて我見にけるも
朝なさな太刀振りなほも矍鑠《くわくしやく》とゐませし大人は逝きましにけり
抜きまし丶大人が佩刀《はかせ》の空《くう》を斬る音の聴こゆる夜更けなりけり

鈴木正男大人之命三年祭

大いなる鈴木の大人の逝きまして早も三年《みとせ》の經《た》ちにけるかも

本棚ゆ取り出だしたる戀闕《れんけつ》の思ひ籠《こ》もれる大人《うし》が書《ふみ》はも

魂《たま》籠めて記しましけむ『昭和天皇のおほみうた』こそ道しるべなれ

戀闕の念《おも》ひ溢るるこの書《ふみ》を道のしるべとひた進むなり

大和魂《やまとだま》いよよ磨けと宣りまし丶君が言の葉今し噛み締む

敵《てむか》ふ賊の下顎を打ち砕きし
朋友の擧洵に天晴なれど、
障害事件として檢擧され目
下獄舎に在ると聞けば

冷雨降る中をひたすら夫《つま》思ひ牢屋《ひとや》に奔《はし》る妻《ひと》ぞ哀しき

牢屋なる朝げの白湯《さゆ》をたまきはる命に沁みて友も賜びしか

日の本の男兒《をのこ》しなればいよいよに磨け益荒男大和魂

次女の通ふ幼稚園の運動會
を明日に控ふる夜に

勤めゆゑ運動會に行かれぬと告ぐれば子らは塞《ふさ》ぎ込みたり

雨乞ひをしたき心もあるものの照る照る坊主下げて祈れり

種無し果實の世に

流行りたれば

流行《はや》りゐる種なき果實食《は》み易しと人の賞《め》づれど味氣《あぢき》なきかな

荒尾梨

筑紫《つくし》なる荒尾《あらを》の里に育ちたる巨《おほ》き有りの實《み》今年も屆きぬ

年毎に吾妹《わぎも》の里ゆ有りの實の屆けば子らと競ひて食《は》みぬ

天《あま》つ日と潮風多《さは》に給はりし日の本一の巨き有りの實

松　茸

店先に安値の松茸あるものの外國產と知れば求めず

ひときはに値高き國產松茸に溜め息つきて妻は過ぎぬる

松茸の味まだ知らぬ子ら二人しめぢ御飯をよろこびて食《は》む

靖國神社秋季例大祭につき明朝
勅使參向のあらば、いと懇ろに
參道を掃き清めたり

明くる日に幣帛《みてぐら》捧げ大君の使ひ來坐《きま》さむ謹み掃くも
大君の使ひ來坐さむ畏みてこの參道を掃き清めたり
新たなる友の來たりて參道を共に清むる今朝のうれしさ（友本太朗兄）

沖縄の隊友合木康之兄より俄に
電話のありて、今日より三箇月
在京との報せを受く

受話器より聽こゆる聲の懐かしく再會の日を待ち待ちてをり
靖國の奉仕の日取り知りたしと聲はづませて宣《の》りし友はも

防衛廳・自衛隊發足五十周年

五十年《いそとせ》の時を經《ふ》れども國軍に未だならざる自衛隊哀し
國護るただの一つの組織とて在り續くるも軍にはあらず

大臣《おとど》めは國の護りを固めずて國際貢獻ばかりを言ふか
最新の兵器を多に備《さは》ふれど軍にあらざる自衞隊脆《もろ》し
反體制を唱へながらも體制にありて久しき我が身を恥ぢぬ
幕粟《ばくぞく》を食《は》まで獄舍《ひとや》に果てまし、東雄大人《あづまを》を偲ぶ今日かな

長女の帶解の祝ひなれば
武藏國一宮氷川神社に參
りて御加護を祈り奉りぬ

三十年《みそとせ》前妻の着してふ晴れ衣纏《ごろもまと》ひて帶を締むる子ろはも
帶解《おびとき》に妻の着しとふ晴れ衣纏へる吾子《あこ》に母は潤みぬ
髮結ひて晴れ着纏へる子ろ見つめ母は頻《しき》りに涙拭ひぬ
お轉婆《てんば》も着物を着れば淑《しと》やかになりて參道步みゆくかな
あどけなき仕草を惜しと思ひつゝ吾子の七つの年を祝へり
四歲の妹《いもと》は姉を羨《うらや》みて拗《す》ねて我らの氣をば惹《ひ》きぬる
祝子《はふりこ》の祝詞《のりと》のうちに自らの名を聽きたりて吾子微笑みぬ
歸りては姉の脫ぎたる晴れ着をば着たしと呟《つぶや》く妹かなしも

寝し子らの頭《かしら》撫でつゝ健やかに育てと祈る夜更けなりけり

紀宮殿下御婚約の報道あれば

憂きことの多き世なれば姫宮の祝ひ事こそたのしかりけれ

師走の氷雨降る夜に

一年の歌讀み返し見つむれど歌とはいへぬ歌の多かり

西村塾塾生の自衛隊體驗入隊

恆《つね》ならむ體驗入隊甘けれど我が企ては嚴《いか》しきものぞ

我よりも齢《よはひ》長ずる人數多《あまた》あれども鬼となりて扱《しご》きぬ

八貫を超ゆる背嚢《はいなう》負ひてなほ患者を搬《はこ》ぶ辛さ知りしか

ずつしりと肩に食ひ込む背嚢の重みは任の重さと思へ

聳え立つ塔の上より一本の綱を傳《つた》ひて急降下せり

塔の上に立ちて戰慄《わなな》く塾生に「降下」と號《さけ》び蹴《け》り落としたり

張り綱をしかと握りて彼方まで渡らむとするも力盡きたり

此《こ》れだにのことに挫けて天下國家を安くな告《の》りそいざや立ちませ

塾生に飯粒一つ残すなと大みめぐみを我説きにけり

軍と民心一つに國體を護る力を成してゆくべし

寝床にて繪本『十二支のはなし』を讀みて聞かすれば、子ら頻りに十二支を暗誦せむと奮闘せり

『十二支のはなし』聞かせて鶏《とり》の繪を覆ひて子らに次の干支《えと》問ふ

「イラクにおける人道復興支援活動及び安全確保支援活動の實施に關する特別措置法」の成立より一年、明年一月初めて普通科聯隊が派遣さるると聞きて

かりそめのはかなき法《のり》に兵《つはもの》の數多《あまた》出で立つ時近みかも

自衛隊を今しイラクに遣はさば軍にあらざる脆《もろ》さ知るべし

書斎整理

文机《ふづくえ》に山と積まれし古本を一日かけて片づけむとせり

讀み了《を》へぬままに放《はふ》りて久しかる書《ふみ》の埃《ほこり》を拭《ふ》きて藏《をさ》めぬ

古本の栞《しをり》はさめる頁をば開き見てまた讀み耽《ふけ》りたり

愛犬ランの靈

里に飼ふ老いの柴犬春待たでしづかに息を引き取りしとふ

長年を共に過ごし、愛犬の永《なが》の別れに父母は泣くらむ

訪《と》ふたびに尾を振り我を出迎へし愛犬ランとも世を隔てたり

木枯らし

木枯らしの吹きてことごと樹々の葉の落つるさまこそ淸《すが》しかりけれ

いよいよに科戸《しなと》の風の吹き捲きて憂きことなべてうち祓へなむ

雪

憂き年の大晦日《おほつごもり》に降る雪のいや重《し》け吉事《よごと》とただに祈りぬ

雪を踏む音たのしみて行く子らの後《あと》に殘れる小《ち》さき足跡

公園に一番乘りをせし子らの二人竝《なら》びて雪丸《ゆきまろ》げせり

めづらしく積もりし雪にはしやぎたる子らを相手に雪合戦せり

大晦日の夜に

災ひの多《さは》に起こりしこの年の大晦日《おほつごもり》にして來む年を祈《の》る

明日ありと思ふ心をうち捨てて來たる年こそ今を勵まめ

平成十七年

宮中歌會始勅題「歩み」詠進歌

駿河《するが》なる不二の山邊《やまべ》に清く咲く名知らぬ花に歩み止めけり

歳　旦

ひむがしにかゝれる雲を押し別《わ》けて昇る旭《あさひ》を妻子《めこ》と仰ぎぬ

宮城參賀

大君の出で坐《ま》せば胸熱くして聲の限りに萬歳叫びぬ
笑まひつゝ御手《みて》振りたまふ大君に萬歳の聲いや高ぶりぬ
大君の玉のみ聲を畏《かしこ》みて畏みて聽く宮居《みやゐ》の庭に
子らもまた頭《かうべ》を垂《た》れて大君の玉のみ聲を畏み聽くも
我が唱《うた》ふ國歌に和して妻も子も聲高らかに祝ひ奉れり
宮城にまゐる人びと多けれど制服姿の見えぬ寂しさ
杜撰《づさん》なる皇居防衛構想に激しき怒り込み上げて來ぬ

事しあらば一人なるとも宮城に馳せ參じてぞ護り奉らむ
夕されば家に歸りて大き筆執りて天壤無窮《てんじやうむきゆう》と書きぬ

靖國神社參拜

宮城にまゐりし後《あと》に九段まで妻子と歩く例《ため》しうれしも
立ち竝《なら》ぶ露店の中に射的場を見つけて子らは我の手を引く
去年《こぞ》までは我の助けを借りし子のひとり銃執《つつと》る姿頼もし
槓桿《こうかん》を引きてコルクの彈《たま》を込め子ろの狙ふは模型の拳銃
當たりても豈《あに》落ちざらむ大箱の玩具《おもちや》を狙ふ吾子《あこ》の執念

山川弘至歌集「山川の音」を賜はる

背囊《はいなう》に入れて次なる演習の伴《とも》となさむは「山川の音」

節　分

節分の宵は近くの家々ゆ豆撒く聲の聽かれしものを
鬼は外福は内とふかけ聲の聽かれぬ宵を寂しく思ふ

鬼遣《や》らふ聲あげ子らと豆打ちて春立つ明日を祈る今日かな

蔓延《はびこ》れる憂き世の鬼を掃ふがに力聲《ちからごゑ》かけ豆投げつけぬ

闇の夜に向かひて子らと鬼遣らふ聲張り上げて豆打ちにけり

大宮なみき幼稚園の生活發表會に於て、次女は「てぶくろ」なる劇の蛙役を演じたり

子の役に不滿抱きて保育士を責むる親らのあるが虚しき

脇役に足らぬ蛙《かはづ》の役なれど吾子《あこ》張り切りてをるは嬉しも

觀衆を見ては騰《あ》がると思ひてかいささか横を向きて演じぬ

うら若き乙女の子らを導ける凜たる姿いとも頼もし

（つくし組擔任　鈴木眞理惠先生）

ゐみゐみて共に遊べる乙女子《をとめご》を時にし子らは母と思ふらし

（つくし組擔任　野村明日香先生）

雪中錬磨

春立てど雪降り積もる北富士の凍てつく寒さ骨身にこたへぬ
このごろの我がうつし身の衰へを思ひつゝゆく雪の細道
若子《わくご》らに劣るは長《をさ》の名折れぞと雪散《はら》かし先驅けてゆく
遲れたる若きらの尻たたきつゝ三里先なる峠目指しぬ
新たしき足跡ありて行き先を見れば彼方に兔遊べり
挫けたる若子の荷をば捥《も》ぎ取りて我が背嚢《はいなう》に括《くく》りつけたり
體力に限りはあれど限り無き不撓不屈の精神《こころ》貫かむ
吹きふぶく雪のさ中も色變《か》へぬ松に我が身を省みるなり
としごひのまつりの朝は雪の上《へ》に乾パン竝《なら》べ祈り捧げぬ
北富士の山の道邊《みちべ》に春花《はるはな》の咲く日想ひて雪道をゆく

雛祭り

はやはやと子らに急《せ》かされ押入れを開きて大き箱を出だせり
今年また子らと睦びて雛祭る季《とき》の來たるをうれしく思ふ
瓶《かめ》にさす桃の蕾は今日の日にうすくれなゐの花を開きし

小《ち》さき手に雛を抱へて運びたる子らの姿に吾微笑みぬ

ぼんぼりに明り燈《とも》して妻子らと雛祭りの歌うたふは樂し

子らふたり御内裏雛《おだいりびな》に見蕩《みと》れつつ優しき御顔と呟《つぶや》きにけり

左右《ひだりみぎ》たふとき方《かた》を取り違へ祭れる今の風《ふう》に禮《ゐや》無し

我が國の左たふとぶ慣らはしの隨《まま》に御内裏雛を祭りぬ

徳川の盛りなる世も民草《たみくさ》は御内裏雛を祭りけるとふ

雛壇の前にひれ伏し宮城を護る力の乏しさ詫びぬ

歸郷

出迎へに來たれる母を逸早く見つけて子らは驅け出だしぬる

御靈舍《みたまや》の前に膝折り妻子らと遠つ御祖《みおや》に祈り捧げぬ

現《うつ》し世に逢はざりし我と祖父《おほちち》を似るとふ父の言葉うれしも

久々に母の作れる牡丹餅《ぼたもち》を三つ四つ食《は》みて舌鼓打つ

晩酌は一合切りに慣れたるを今宵ほろほろ父醉ひにけり

父親に似たりと言はれ嫌がりし幼き頃を懐かしみたり

この年に古稀《こき》を迎ふる父なれど障りなければありがたく思ふ

土産にと母の必ず持たするは郷土名物草加煎餅
稀《まれ》にしか歸らぬ不孝悔みつつ子らの手を引き家路につきぬ

例年に比して櫻の
開花が遲れたれば

けふけふと櫻咲く日を待ちをるに冷たき風の吹けばうらめし
今日か明日か咲かむ櫻を見ぬままに都離れてゆくは口惜し

觀櫻

そよ風の吹きて櫻の舞ひ散るに雪やこんこと子らは歌ひぬ
咲き滿《み》てる大き櫻の木の下に薄縁《うすべり》敷きて子らと遊べり
咲き滿てる花の名さくら我が名ぞと四つの娘は喜びてをり
薄縁に臥《ふ》して仰げば白雪の降るがに花の舞ひ落ちて來ぬ
恆《つね》なれば長閑《のど》けき杜《もり》も櫻咲く季《とき》の來たれば賑はひにけり

昭和の日

今日の日は先《さき》つ帝《みかど》を偲び奉る昭和の日ぞと國旗掲げぬ

子ら連れて昭和記念公園に向かふ車中の賑はしきかな

子ら二人圖鑑《づかん》片手に道の邊《べ》の花を次々調べてゆきぬ

道の邊《べ》の薺《なづな》を摘みて鈴の音《ね》を樂しみながら子らは歩けり

れんげさうの花の指輪をつくらむと子ら踞《うずくま》りしまし動かず

さやさやと音のするがに藤棚のうすむらさきは風に搖れたり

足漕ぎの小舟に乘りて水鳥を近くに見むと子ら餌《ゑ》を撒けり

かるがもの餌に誘はれて寄りくれば子ら喜びて餌を撒き續く

かるがもに負けじとばかり子らに近く二尺を越ゆる眞鯉群れたり

「みどりの日」の故を知らざる世の人の増して昭和の遠くなりゆく

宮前小學校の東側に
流るる「鴨川」の鴨

町中の濁れる川の川淀《かはよど》に遊ぶ番《つが》ひの鴨健氣なる

宮城防護

宮城に最も近き市ヶ谷の基地を去りてぞ五年經《へ》にける
杜撰《づさん》なる皇居防衛構想に我憤然と參上《まゐのぼ》りたる
自らの足を運びて調べねば防衛構想生まれぬものを
高層のビル立ち竝ぶ丸の内大手町こそ異《あや》しと思へ
來む敵を制する陣地選ばむと内濠通りを我徘徊《もとほ》りぬ
宮城に至る小路の多くして漏れなく守る難しさ知る
戰術を如何に錬るとも兵《つはもの》の數足らざるは術《すべ》も術《すべ》なし
我が隊と皇宮警察すべからく力合はせて策を錬るべし
休日は足を限りに御濠邊を歩きて地の利得むと勵めり
鐵壁の守り求めて今日もまた櫻田門の驛に降り立つ

農の香り

上野《かうづけ》の里に漂ふ下肥《しもごえ》の農の香りに懷かしさ思ふ

芍藥

今朝咲きしうすくれなゐの芍薬《しやくやく》の花の手毬《てまり》を子らと愛《め》でつつ

防御訓錬

朝靄《あさもや》の中にし立ちて郭公《くわくこう》の聲を聽かむと耳澄ましをり
牛溝《うしみぞ》といふ名の臺《だい》を陣取りて敵を禦《ふせ》ぐの訓《をし》へ說きゐる
掩體《えんたい》を初めて掘るてふ兵《つはもの》に古兵《ふるつはもの》は範を垂れたり
甲高《かんだか》き時鳥《ほととぎす》の聲響かひて富士山中の朝明《あさけ》清《すが》しも
若きらに撃てぬ陣地を掘らせたる班長招き怒鳴りつけたり
訓錬を了へし夜にこそ旨酒を呑みて若きも我も醉ひたれ
演習のをはりて歸る日の朝に鳴く鶯《うぐひす》の聲の寂しき

三橋總合公園

五月雨の晴れ間に子らと古池の目高ざりがに獲《え》むと急ぎぬ
古池の主《ぬし》とおぼゆる三尺の眞鯉に子らは聲を上げたり

第三次イラク派遣隊隊員として明日
出國せむ合木康之兄の壯行會を池袋
驛前の居酒屋「天狗」にて開催せり

明日發《た》たむ友を圍《かく》みて在京の同志《とも》と旨酒呑むは愉しも
明くる月生まれむ子の名決めたりと聲高らかに告《の》れる友はも
鮪鯛海老《えび》蛸《たこ》烏賊《いか》に舌鼓打ちてゐむ友見ればたのしき
身重なる妻と幼子沖縄に置きて發《た》つ身の切なからずや
恙《つつが》なく務め果たして歸《かへ》る日を友が妻子は祈り待つらむ
友はサマワ我は都の護りにと共に勵むを誓ひて送りぬ

靖國神社創立記念祭獻詠　兼題「月」

かく清《さや》に照る月見てはもののふの望郷の念いや募りけむ

梅　雨

口先を尖《とが》らせ子らは雨空を睨《にら》みて一つ溜め息つきぬ
週末を雨障《あまつつ》みする身の上に子らは苛《いら》ちて喧嘩したりぬ

ベランダの物干し棹に吊さるるてるてる坊主十を越えたり
斥候となりて敵地に入るときは雨降る音も助けとなりぬ
五月雨《さみだれ》の降れる山路を武藏野も雨降るらむと想ひつゝゆく
たなつもの畑つ物も五月雨の季《とき》を經てこそ豊かに實らめ
天つ日と雨の惠みのなかりせば百《もも》の木草も育たざらまし
週末の天氣豫報に御日様の印見つけて子らははしやぎぬ
五月雨の晴れ間に子らと公園の綠の中に一日遊びぬ
梅雨明けの近づき子らはこの月のみたま祭に夢抱きをり

蟲捕り

カブト蟲クハガタ蟲をせがまれて櫟《くぬぎ》林に今宵出掛けぬ
カブト蟲の番《つが》ひ見つけてうれしさに少年のごと歡聲《こゑ》をあげたり
せがまれて澁々來つも何時の間か夢中になりて半時過ぎぬ
袖無しのシヤツはまことに迂闊《うくわつ》なり五十二箇所も蚊に刺されたり
子ら二人蟲籠の前に座り込みしまし見つめて笑み浮かべたり
晝《ひる》つ方《かた》櫟林を偵《うかが》へば大スズメ蜂樹液に群れをり

耳元にブンと羽音の聴こゆればスズメ蜂かと身を屈めたり

デパートに賣らるゝまこと奇妙なる外つ國の甲蟲《むし》汚らはしきかな

昆蟲も鳥も獸も植物もなど外つ國のものの流行るか

偵察の効《かひ》まさにありカブト蟲クハガタ蟲を多《さは》に獲らえつ

少年の日の思ひ出を語りつゝ大収獲を披露したりぬ

我が父の捕らへし甲蟲《むし》と娘らは近所の子らに自慢したりぬ

夜な夜なに通へば遂に三十を越えて飼ふにも困り果てたり

我も慾し我も慾しとふ男子《をのこ》らにカブトクハガタ遣《や》れば笑みたり

一夏の蟲の命の限りにぞ子らはおのおの命思はなむ

反日反戰報道

愛國の母を描ける番組のただの一つも無き葉月なり

戰爭の慘《むご》さばかりを取り上げて民を惑はす番組空し

八月十五日前夜

高熱の出でて臥《ふ》したる我が友の明日まゐられぬ悔しさを思ふ（片庭友和兄）

病む身にて暫《しま》し入院したりぬと告《の》りつ、君は我を励ます（村上義兄）

第七次イラク派遣に加はれる友より電話のあれば嬉しも（江頭兄）

八月十五日當日

英靈に謝し奉らむと制服を纏《まと》ひて九段の宮に向かひぬ

去年《こぞ》はただ一人なりしがこの年は三人の友とゆくぞうれしき

病みゐたる同志《とも》に代はりて令弟《おとうと》のをろがむ姿たふときろかも（村上義輝兄）

戰《いくさ》やみて六十年《むそとせ》經《へ》たる今日もまた大臣《おとど》まゐらぬ口惜《くちを》しさかな

雷《いかづち》のいよよ激しく鳴りぬれば神の怒りと畏《かしこ》み聽くも

英靈に禮《ゐや》を示さぬ大臣《おとど》らに神の怒りの轟きにける

鳴り止まぬ雷《いかづち》の聲畏《おそ》れつつ國の行くすゑ祈る今日かな

この年のこの日に大臣《おとど》まゐらぬを神は怒りて轟きましつ

八月十五日夜

この年に大臣《おとど》まゐらぬ怒りをば傳《つた》へむとして友は勇みぬ（里中和仁兄）

漫畫なれど是《これ》により我目覺めつと『戦争論』を薦むる友はも（仝）

遙かなるイラクに勵む我が友の受話器の聲に眼潤みぬ（合木康之兄）

肝臟を患ひ集中治療室に看護せらるる令兄の命を救はむと己が身の危險を顧みず臟器提供の決意をせし逆井宏兄に

見殺しにせぬは男兒《をのこ》の道なりと妻ら諭して起《た》ちにけるとふ

病みゐたる兄の命を助けむと臟器移植を諾《うべな》ひし友よ

手術後の痛み殘れる身を押して九段の宮にまゐりたる友

救助隊の長《をさ》にしあればはやはやに現場に還るときを祈りぬ

大東塾十四烈士六十年祭　獻詠

十四士の「清く捧ぐる」祈りこそ六十年《むそとせ》經《ふ》りてなほ深みゆく

岩魚釣り

奥利根の木ノ根澤なる清流に棲むてふ岩魚釣らむと發《た》ちぬ

溪流の釣りに缺《か》かせぬ生イクラ葡萄蟲など買ひ備へたり
藪《やぶ》の中を踠《もが》き進みて澤に到り竿振り出だす瞬間《とき》ぞうれしき
目印の奇しき動きに今こそと竿を上ぐれば岩魚掛かれり
思はぬに大き岩魚の釣れたればはろばろ來たる甲斐のあるかな
釣り上げて魚籠《びく》に収めし岩魚をば嬉しき餘りに幾十度《いくそたび》見ぬ
いと妙《たへ》なる斑模様《まだらもやう》と山吹に染みたる鰭《ひれ》の美しきかな
一尺に足らねど形も整ひて斑模様の美しき魚《うを》
捌《さば》きたる岩魚の腹を調ぶれば蜻蛉《あきつ》かめ蟲蜉蝣《かげろふ》のあり
自らの釣りし岩魚の鹽焼を食みつつ瀬音聽くはたのしも

中秋の名月

月夜見《つくよみ》の滿ちて缺《か》くるを幼な子は奇《く》しと思ひて夜ごとに仰ぐ
秋の夜を明るく照らす望月を慾しとふ子らの眼澄みをり

柿の實一つ（木守り柿）

高き枝に一つ殘れる柿の實の今朝なほあるを見るもうれしき

長女の運動會（宮前小學校）

ひときはに力を込めてソーラン節を踊れる吾子の姿たのもし

次女の運動會（なみき幼稚園）

風切りて驅けて走れる幼な兒《ご》は一位となりてゑみゑみてをり

小泉首相の靖國神社參拜

英靈を蔑《な》みし奉りし略式の自由參拜憤《いきどほ》ろしも
英靈に謝し奉らむと宣《の》りながらなどて禮《ゐや》無き所業《しわざ》なせるか
まゐらぬよりまゐるがましと宰相《さいしやう》を讃へる聲に我は靡かじ
參拜の人の數こそ增したれどまことごころの如何にあらむか
敬虔なる祈りあらずてこの宮にまゐる人らを侮《あなづ》らはしと思《も》ふ
國のため命捧げし人びとのまことごころを踏み躙《にじ》るかも
暗雲の未だ霽《は》れずて大君の行幸《みゆき》はやや遠くなるかも

聯隊所屬廿年

井の中の蛙《かはづ》なれども井の中を統《す》ぶる務めに命燃やさむ

晩　秋

山吹に色づきにける銀杏《ぎんなん》のことごとく落ち道邊《みちべ》染めたり

銀杏の臭ひ嫌ひて子ら二人くさしくさしと逃げまはりたり

銀杏を拾ひに來たる媼《おうな》より昔話を聽《き》けばたのしも

木枯らしの吹きし後《あと》なる公園に色とりどりの落葉拾ひぬ

どんぐりを拾ひて艶《つや》のよろしきを選《よ》りて獨樂《こま》など作りてやりぬ

幼き頃母と作りし彌次郎兵衞《やじろべゑ》懷かしみつつ子らと作りぬ

素朴なる遊びなれども今の世の子らも夢中になりて遊べり

集めたる木の實落葉を詰め込みて溢るるばかりの寶箱《たからばこ》かな

赤き實をつける木の名を知らざれば圖鑑《づかん》頼りに子らと調べぬ

百草《ももくさ》の花の名をこそ知らまくと秋の野原に今日も出掛けぬ

長女の持久走大會（宮前小學校）

沿道に立ちて我が子の來たる時いや腕振れと我は叫びぬ

勵ましの聲を聽きてか忽ちに勢ひつけて三人拔きぬ
去年《こぞ》よりも四位上がりて八位とふ功《こう》を修めし子ろを讃へり

富士山中

冬山の枯れ野に落葉ふみわけて鹿の親子のゆくぞかなしき
吐く息の白く凍れる山中にひとり彷徨《さまよ》ふ痩せ狐かな

奉祝　紀宮清子《さやこ》内親王御成婚

あなめでた國民《くにたみ》なべて姫宮《ひめみや》の嫁ぎまし丶を祝《ほ》ぎ奉りたり

餅搗き

去年《こぞ》よりも餅を丸むる手際よく手振りは子らに受け繼がれたり
粒餡をあまた入れたる丸餅を茶を啜りつ丶食《は》むはよろしも

農

懇ろに岳父《ちち》の肥やし丶十坪の畑に子らは大根を拔く

平成十八年

宮中歌會始勅題「笑み」詠進歌

歸りては笑み榮えつゝ驅け寄らむ子らを思ひてえいと勵めり

歳　旦

あら玉の年の始めの朝《あした》こそいや意氣込みて水被《かづ》きたれ

參　賀

冷雨《ひさめ》降る中肅々と妻子らと參賀に向かふ心熱しも

冷雨降る中にしあれど御出座《おでま》しのときを待つ身のたのしかりけり

み光の差し出づるがに大君の現れませば胸の熱しも

雨の中の御民《みたみ》われらを案じたまふ玉の御聲《みこゑ》に眼《まなこ》潤みぬ

いや高に天皇陛下萬歳を叫びてつひに聲の嗄《か》れぬる

我が聲の掠《かす》れて歌にならざるを子ら補ひて國歌唱《うた》へり

聲嗄るる我を助けむと「君が代」を子ら聲高《こわだか》に唱ひ奉りぬ

帰郷

酌み交はすときの稀《まれ》らになりにけり父と旨酒《うまさけ》飲む今日うれし
久しかる母の煮物に舌鼓《したつづみ》打ちて心の和みたるかな

凧揚げ

初春《はつはる》の晴れたる空にいや高く凧《たこ》あげて安き御代《みよ》を祈りぬ
凧あげに初めて挑む子らふたり糸を引く手に力籠《こも》れり

桃の會新年歌會　席題「石」

子ら連れて遠つ御祖《みおや》の奥津城《おくつき》にまゐると石の階《きざはし》昇る

七草粥

七草の粥《かゆ》を食みつゝこの年も家内《かない》安けくあれとぞ祈る

節分の夜に

子ら二人我の扮《ふん》する赤鬼に尻込みしつゝ豆打ちにけり

鬼遣《や》らふ聲のやうやう高まりて子らは元氣に豆を打ちたり
寒風《さむかぜ》の吹き捲く闇にい對《むか》ひて鬼祓《はら》はむと豆打つ我は

靖國神社清掃奉仕百回貫徹

百度《ももたび》の奉仕貫き徹《とほ》しゝを告げ奉らむと我ら集へり
昨日《きぞ》降りし雪の積もりてま白なる花咲く境内《には》に歩《ほ》を進めたり
今日の日に集へる我ら「君が代」を聲《こゑ》高らかに唱ひ奉りぬ
しづもれる神のみ前に打ちならす拍手《かしはで》の音いよよさやけし
寒風《さむかぜ》の吹けるさ中に雪掻きを頰赤くして妻娘《めこ》も勵めり
得意なる人海戰術功なしてはや參道の雪除《の》けにけり
みどり兒《こ》を背負ひ幼《をさな》を引き連れて遙々《ほろばろ》來たる元《もと》の婦人海上自衛官《つはもの》
男兒《をのこ》らに劣らぬばかり雪べらをもちてえんやと精出だす友よ
一人ならば成し得ぬことも友どちのありて七年《ななとせ》續けられたり
百度《ももたび》を焦らず逸《はや》らず怠らず師のみ敎へのまゝにつとめき

押し花

外《と》つ國に勵む友らに文綴り春の押し花添へて送りぬ

雛祭り

朝々のつとめなれども今日こそは禊《みそ》ぎ禊ぎて身を清めたり
高光《たかひか》る我が大君を象《かたど》れる御内裏雛《おだいりびな》は見るもまばゆし
雪洞《ぼんぼり》の燈《あかり》に映ゆる雛壇の前に膝折り伏して祈りぬ
日の皇子《みこ》のいやつぎつぎに知ろしめす我が國風《くにぶり》をありがたく思ふ
奉公の足らぬ身なれば内裏雛の御顔もやゝに險しく見ゆる
瓶にさす桃の切り枝《え》の蕾《つぼみ》さへ開かぬままに雛まつるかな
今はただ祈るのみなり日の本の國の將來《ゆくさき》憂ひながらも
雛壇の前に坐《すわ》りてひとり酌み今宵しづかに御代《みよ》を祈りぬ

聯隊長と一獻

百千《ももち》足《だ》る兵を率ゐて九重《ここのへ》の護りの基《もとゐ》据ゑませる長《をさ》
あなたふと近き衛《まも》りの兵《つはもの》の精神《こころ》繼《つ》げとふ長《をさ》の言の葉

櫻花ほの匂ふらむ春今宵長《をさ》と旨酒《うまさけ》呑むは嬉しも

九段櫻

朝光《あさかげ》に艶《いろ》ふ櫻のゆかしくて眺むるままに夢ごこちかな
いや霽《は》れし彌生《やよひ》の空に咲き滿つる大和櫻の映えて賞《め》でたし
神池の邊《ほとり》を飾る古き木の枝垂れ櫻に心ひかるる
風なくも櫻一ひら散りきたり水面《みなも》に小《ち》さき波紋となりぬ
戰友に祈り籠《こ》めつゝ植ゑにけむ數多《あまた》の櫻咲き誇りたる
晝《ひる》過ぎて花見の人のいや增せば九段の境內《には》も賑はひにけり
夕さればいよよ風卷《しま》きぬ咲き滿つる花も哀しく散りゆかむとす

皇居御濠邊の櫻

九重《ここのへ》の邊《ほとり》に今を眞盛《まさか》りに咲ける花こそ朝日に匂へ

三橋總合公園に遊ぶ

野邊《のべ》に舞ふ蝶を見つけて驅け出だし子らは飽かずも追ひつづけたり

早春賦

賜はりし大き朱欒《ざぼん》を手に取ればずしりと重く仄《ほの》かに薫る
一寸もあらむか厚き皮剥《は》げば忽《たちま》ち甘き香りに満つる
妻子らと分けて食《は》みても有り餘る肥後《ひご》の産まれの大き朱欒《ざぼん》は
今年また妻の里より我が好む高菜屆きて食の進みぬ
ほの辛き高菜を多《さは》に賜はりて春來たれりと年毎に思ふ
都いま梅咲き薫る春にして富士の原野に今朝雪降りぬ
寒風《さむかぜ》の吹きて春まだ遠き野の我が足元に若草萌ゆる
雪を割り生《お》ふる若草に手を添へて密かに小さき春を祝ひぬ
晝《ひる》過ぎてなほ雲一つなき空に白く輝く富士の嶺かな

山　櫻

闇の夜の山路をゆけば行く先を著《しる》く照らせる山櫻かな
人訪《と》はぬ甲斐《かひ》の山路に朝光《あさかげ》の差して匂へる山櫻花

ちちははの歌

老い母のうへを思ひて訪《おとな》ふに母は頻《し》く頻《し》く我を案じぬ

晩酌の量の減るとふ父なれど今宵は我と飲み明かしたり

顔つきも仕草も父の若かりしころに同じと母は笑ひぬ

父と二人間瀬湖《まぜこ》の畔《ほとり》の茶店にて過ごしし時ゆ三十年《みそとせ》經ちぬ

悪戯《いたづら》の過ぎて懲《こ》りざる我が頬を平手に打ちて戒めし母

身の立つを一義となさず信念を貫くべしとふ父の言の葉

子を持ちて四十《よそぢ》に至り今更に親の苦労をしみじみ思ふ

友の許《もと》に悲しき報せ届くたび我がたらちねのましませる幸

ひとすぢに忠を貫き生くるこそ一の孝とて今日も勵まめ

ちちははと暮らしゝ日々の懐かしく次の休みは歸らむと思ふ

里中和仁兄御結婚

大いなる明治の帝《みかど》の大前に妹背《いもせ》契るはたふとかりける

靖國神社創立記念祭獻詠　兼題「友」

もののふの友また一人加はりて朝日直射《たださ》す境内《には》を掃きたり

父

受話器より聽こゆる母の細き聲に父の急なる入院知りぬ
驅けつけて見舞へば父は弱りたる姿見せじと起き立ちましぬ
點滴《てんてき》と酸素吸入痛ましく病の床《とこ》の我が父あはれ
心の臟の働き弱く嚴《いか》き父の頰も手足も瘦せ細りたり
子ら連れて見舞へば父はゑみゑみと孫ら招きて頭《かしら》撫でます
古稀《こき》超えし父にはいささか酷《むご》けれど醫師《くすし》手術を勸めたまへり
手術とふ救ひの道のあるものを父頑《かたく》なに拒みまします
夜な夜なに脈の亂れて危なきが藥の効《かひ》に鎭まりぬらし
いかならむことになるとも悔いなしと退院したるちちのみの父
酒煙草斷ちて命を保ちませ世に一人なる我が父なれば

富士の裾野に

朝靄《あさもや》の中に淸《さや》けき郭公《くわくこう》の聲を聽きつつ敵を待ちをり
照りつくる陽射しの中に木瓜《ぼけ》の實《み》の青きを食《は》みて暑さ凌《しの》ぎぬ
炎天の下《もと》にし伏せば傍らに露草《つゆくさ》の花涼しげに咲く

神不二にかうべを垂れて慎ましく裾野に咲ける富士薊《ふじあざみ》かな

ざりがに釣り

凧糸《たこいと》とするめ備へて古池のざりがに釣りに子らと出掛けぬ

釣り上げし大き鋏《はさみ》のざりがにを素手に摑《つか》みて笑《ゑ》まふ子ろはも

御玉杓子

攩網《たもあみ》の中に蠢《うごめ》くま黒なる御玉杓子《おたまじやくし》に子らははしやぎぬ

捕へたる御玉杓子を掌《てのひら》にのせて見つむる子らの愛《いと》しも

古池に蛙《かはづ》の聲の響く日を思ひ百五の命を戻す

線香花火

手花火《てはなび》の火玉《ひだま》太りてちりちりと闇に黄金《こがね》の松葉放てり

子の持てる線香花火の燃えつきて小夜《さよ》に涼しき風吹き出でぬ

北朝鮮ミサイル發射

ミサイルの飛び來るたびに騒げども迎へ撃つ術《すべ》未だ無きかな
どつぷりと平和とふ名の微溫湯に漬ける國民《くにたみ》今し目醒めよ
非武装を嘗《かつ》て唱へし輩《やから》さへ國の守りを言ふはをかしも
危機管理の脆《もろ》さ問はれて時經《へ》たり露《つゆ》もかはらぬ平和日本
北鮮《ほくせん》の暴擧ばかりに氣を揉みて支那《しな》のゆくへをゆめ見逃すな

奉祝　親王殿下御生誕

日の皇子《みこ》の生《あ》れましませと身を清め今朝の朝明《あさけ》に祈り凝《こ》めたり
健やかに親王《みこ》あれませりと受話器より聽こゆる妻の聲彈《はづ》みをり
日の皇子《みこ》の生《あ》れませるこの足《た》る日にぞ千代《ちよ》の御榮《みさか》え祝《ほ》ぎ奉るなり
待ち待ちし親王《みこ》生《あ》れまして忽《たちま》ちによろこびの聲國内《くぬち》に滿ちぬ
國民の待ちに待ちたる新宮《にひみや》の生《あ》れませる日ぞいよよめでたき
諸人の切なる祈り届きけむ親王《みこ》健やかに生《あ》れましにけり
めでたさに心彈《はづ》みて恆《つね》よりも大き聲あげ軍務に勵む
あなかしこ御名《みな》の悠てふ御《おん》文字に皇位の無窮思ほゆるかも

御印《おしるし》は豊葦原《とよあしはら》にいにしへゆ生《お》ひ榮えたる高野槇《かうやまき》かな

よろこびの聲は國内《くぬち》に滿ち滿ちて憂きことなべて消え失せしごと

日の本の榮《さか》ゆくきざし祝ひつゝなほも皇位のゆくへ祈れり

その夜に

國民《くにたみ》の待ちに待ちたる今日の日に親王《みこ》生《あ》れまして國中湧きたり

日の本は神の國なり國民《くにたみ》の祈り屆きて親王《みこ》生《あ》れましぬ

男宮の生《あ》れましてこそひときはに心踊りて御酒《みき》のうまけれ

御慶事を壽《ことほ》ぎまつる小夜中《さよなか》に皇位のゆくへなほ祈りたり

鈴木正男大人之命五年祭　獻詠

名月の近き夜來ればかの大人《うし》のつひの言の葉しのに思ほゆ

次女の運動會

桃色のバトンをしかと握りしめ吾子《あこ》風切りて驅けぬけにけり

後《あと》に次ぐ子らをはるかに引き離し走る吾が子の姿たのもし

奥美濃を想ふ

奥美濃《おくみの》の地圖《ちづ》を開きて郡上《ぐじやう》なる高鷲《たかす》の村を捜すはたのし
休日のあらば野を越え山越えて高鷲の村に參ずるものを
武藏野のすすきが原を眺めては秋深みゆくかの地思ほゆ
慕はしき弘至命《ひろしのみこと》の愛《め》でまし丶山の錦に思ひ馳せゐる
眼閉ぢ耳を澄ませば奥美濃の山川の音さやかに聽こゆ
山深くゆきあふ人のなき道を我もいつかは歩まむと思ふ
奥美濃ゆ高山に至る十里餘の山路をいつか歩まむと思ふ
かくまでも他なる人のふるさとに心を寄することまたありや
奥美濃の山の錦を想ひつつ武藏の原を驅けめぐる我は
奥美濃の錦の秋を想ひつつ武藏の原にひた勵むなり
奥美濃のしづまる夜には滿天の星美《うる》はしく心打つらむ
未だ見ぬ郡上高鷲の美しき村を想ひて夜はふけにけり

明治節

今日の日の故《ゆゑ》さへ知らで行樂に現《うつつ》を抜かす若きら虚し

明治節てふ名をも知らずて若きらはただ休日と樂しみてをり

明治帝のおほみうたをば謹みて吟じ奉れるこの夕かも

戰ひの場《には》に立つ身をいかにぞと案じたまひし大御歌《おほみうた》はも

つはものの身を思《おぼ》し召《め》し花も見るここちせずとはあなに畏《かしこ》し

『明治天皇と日露戰爭』觀ればなほ明治の精神繼がばやと思ふ

遙かなる明治の御代《みよ》を偲びつゝ古書《ふるふみ》讀みて夜をふかしけり

長女の持久走大會

思はぬに轉《ころ》びて手足擦《す》り剥《む》きてなほ走りたり子ろ頼もしも

くやしさを堪へて一日過ごしけむ吾子《あこ》は歸りて忽《たちま》ち泣きぬ

轉びても挫《くじ》けず起ちて走れるはたふときことと子ろを抱きぬ

戰ひに敗れたる子と二人して湯船につかり語り合ひたり

目標の七位に遠く及ばぬも子ろの功《いさを》し讚へたるかな

大根掘り

一貫《いつくわん》もあるかと思ふ大根を兩手《もろて》に抱《かか》へ子ろ歸り來ぬ

得意げに大き大根さし出だし一人掘れると子ろは言ひけり
子の掘れるお化け大根煮炊きして食《は》める夕《ゆふべ》の樂しかりけり

秩父行

足引きの山の落ち葉を踏みわけて雪の閒近なる秩父路を行く

師　走

今年はや師走となりて一年を顧みすれば心恥づかし

土浦豫科錬記念舘拜觀

記念舘の前に雄々しく立ちませる山本元帥の銅像《すがた》まばゆし
敵艦《あだぶね》に體當たりして沈めむと出擊しまし丶豫科錬《よくわれん》あはれ
必中を期して別れの杯《さかづき》を交はし丶時の寫眞《うつしゑ》かなし
父母《ちちはは》に妹に宛てたる豫科錬の遺書《ふみ》のかずかず我を泣かしむ
「斷米英」と認《したた》めまして囘天《くわいてん》に乘りて出擊したまひし人よ
豫科錬の歌知る隊友《とも》のあらざるを我に續けと唱ひたるかな

若鷲の大き功《いさを》し我が國の譽《ほま》れと仰ぎ後に傳へむ

『國風の守護』再刊

あなめでた『國風《くにぶり》の守護』世に出でて叢雲《むらくも》なべてうち祓はなむ

六十年《むそとせ》餘《あま》り經ちて再び世に出づる書《ふみ》の重さをしみじみ思ふ

ますますに科戸《しなと》の風の吹き捲きて憂き世の雲を拂ひ給へよ

平成十九年

宮中歌會始勅題「月」詠進歌

ぬばたまの月の滿ち缺けあやしみて子らは夜ごとに空見上げたり

歳旦

えいえいと掛け聲高くいよいよに水被《かづ》きたり元日の朝

あらたまの年の始めに襟章の線一つ增し心燃ゆるも

襟章の線なほ一つ增して今燃えて立つ身に春の風吹く

參賀

今年また妻子ら連れて宮城にまゐるこの日のたのしかりけり

大君のみ姿遠く拜せずも心に思へと子らを諭しぬ

歸省

父母と初春《はつはる》共に祝ひ得ることのひとときはうれしかりけり

桃の會新年歌會　席題「土」

幾十度《いくそたび》我が家を守り給ひける産土神《うぶすながみ》に今また祈る

七草粥

七草の粥を食《は》みつつ遙かなる昭和の御代《みよ》を偲び奉りぬ

防衛省發足

防衛廳の成りし時より五《い》十《そ》年《とせ》餘《あま》り今し省へとなるぞうれしき

自衛隊の存在さへも否《いな》ばれし歳月を經て今日を迎へぬ

永年の悲願叶ひて今日よりは防衛省となりにけるかも

防衛省となりていよいよ御軍《みいくさ》の建てらるる日を切に祈れり

譽《ほま》れ高き初代防衛大臣に久間《きうま》某とは口惜しきかな

省として新たに立つも國軍にあらざればなほ憂ひは深し

兵部省《つはもののつかさ》となして皇軍《みいくさ》の譽れをいつぞ取り戻すべし

次なるは宮内省となしてなほ皇運挽回祈るのみなり

秩父行

秩父なる峰に漂ふむらさきの雲をはるかに仰ぎて發《た》ちぬ

七重《ななへ》峠を越えて至れる山里に兒《こ》らの影なき分校のあと

山里に舊《ふ》りたる分校見つけたり冬のさびしさひときは增しぬ

山里に兒らの通はぬ分校のありて眞冬のさびしさの增す

嘗《かつ》てこの山の小さき分校に兒らの笑顔の滿ち溢れけむ

閉校の時ゆ幾年經ちにけむ運動場も荒れ果ててをり

分校の邊《あた》りに立てる櫻木の蕾は未だ固くありけり

道の邊《べ》に「學童多し」と記さるる古き立札傾きてをり

遙かなる嶺をめざして北風の吹き捲く中を默々《もくもく》とゆく

夕さりて行き交ふ人もなき道をゆけばみ雪の降り出しにけり

ま白なる二本木《にほんぎ》峠の雪道を肅々《しゆくしゆく》とゆく睦月《むつき》つごもり

如月に

再びを七重峠の麓《ふもと》なる山里訪《と》へば梅の香の立つ

南伊豆・下賀茂町

朝光《あさかげ》のさしてひとときは菜の花の艶《いろ》ふ時こそめでたかりけれ

天城山脈

田子《たご》の浦ゆ陸路を通り遙かなる天城《あまぎ》峠をめざして發《た》ちぬ

猫越《ねっこ》岳のいとも險しき山肌に悠々として雄鹿立ちをり

山肌に立ちてゆるがぬ大鹿の雄々しきさまは見れど飽かぬも

稀《まれ》らなるモリアヲガヘルの棲むといふ八丁池は奇《く》しびなるかな

先つ帝《みかど》の行幸《みゆき》壽《ことほ》ぎ建てにけり池のほとりの記念碑《いしぶみ》眩《まばゆ》し

天城なる山竝み越えて朝日子《あさひご》の直差《たださ》す海に遇へばうれしも

三ツ峠

三ツ峠の天狗岩より臨みたる富士の御姿いとも美し

聲高く呼べば忽ち應へくる山のこだまのたのしかりけり

道志村より菰釣山《こもつるしやま》を目指す

枯山の嶺に至りて見つけたる樅《もみ》の青さに心和みぬ
雲間より今し現はるる神不二のま白き嶺に朝光《あさかげ》の差す

釜額《かまびたひ》なる鄙里《ひなさと》

里村をゆけば道邊《みちべ》に珍しきイヌノフグリの小《ち》さき花咲く

昭和の日

朝明けに清水被《かづ》きて武藏野の陵《みささぎ》の方《かた》をろがみにけり
武藏野の陵の方をろがみて先つ帝《みかど》を偲び奉りぬ
將來《ゆくさき》に今日の故由《ゆゑよし》傳へむと名を「昭和の日」と改めにけり
今日の日を迎ふるまでに人々の大き苦勞の幾許《ここだ》ありけむ
種々《くさぐさ》の苦難乘り越え今日の日を迎へしことぞたふとかりける
大いなる先つ帝の御遺德を國民《くにたみ》なべて偲び奉らむ
一片《ひとひら》の雲なく霽《は》るる青空に今日のみどりの映えてうるはし

三ツ峠

三ツ峠に向かふ山路を飾りたるタチツボスミレの花愛らしき
屏風《びやうぶ》岩《いは》の高みに淡きくれなゐのクモヰコザクラ氣高く咲けり
人知れず峠近くの道の邊《べ》にうすむらさきのフデリンダウ咲く
富《ふ》士《じ》薊《あざみ》の若葉繁りて今年また大き花咲く季《とき》を想ひぬ
三百年を超ゆる齢《よはひ》の樅《もみ》の木に觸れてしみじみ歴史を思ふ
聳え立つ嶺の岩間ゆ滾々《こんこん》と清水の湧くは奇《く》しびなるかな
うぐひすの聲に目覺めて山荘の窗ゆ眺むる朝やけの富士
誰も彼も足竦《すく》むとふ三ツ峠の天狗《てんぐ》の踊り場ゆ我驅け降りぬ
稀《まれ》らなるニホンカモシカ悠々といとも險しき岩場をゆきぬ
登るにも危ふきほどの岩肌に健氣《けなげ》に咲ける生命《いのち》を思ふ

甲斐の山路

人訪《と》はぬ深山《みやま》に咲ける山吹とさつきつつじの眼《まなこ》に染みぬ
挫けたるつはもののの手を握りしめいざやゆかむと立たしめにけり

嘗て新入社員研修として自衛隊に體驗入隊せる「ミサワホーム」の若き友らと一獻

嘗《かつ》て共に汗を流せる我が友の書翰《ふみ》を讀みつゝ懷かしさ湧く
我が下す命《めい》にすなほに應へたる友が眼居《まなこゐ》忘れかねつも
ひと年をひたに勵みて譽れなる優秀賞を賜はれる友
戰ひの場《には》は違《たが》へどひたぶるに勤しむ友ぞ我が譽《ほま》れなる
譽れなる友が功し我がことと歡ぶけふの神酒《みき》の旨しも
職に就きて一年經《へ》ては逞しく見ゆる友らと語るは愉し
立山の名をば銘《しる》せる豐御酒《とよみき》をしのに慾《ほ》りせる越中の友
ふるさとを遠く離れてただ獨り暮らして悟るたらちねの恩

秩父行

名栗《なぐり》なる大持山《おほもちやま》ゆ落ち激《たぎ》つ早川の瀬の音を聽きつゝ
武藏なる秩父が峰にむらさきの雲ぞかゝりて心を染むる
學び舍の友は如何にと思ひつゝ秩父が峰を我ゆきにけり（荒舩君）

新潟縣中越沖地震災害派遣

家々の傾きてまた倒れるを間近に見ては身も震へたり

港町の古家《ふるや》ことごとうち毀《こぼ》れ歸る家なき人の溢れぬ

大地震《なゐ》のあとのありさま痛ましくただに默《もだ》して瓦礫《ぐわれき》を運ぶ

眞夏日の續くも廣き砂濱に人影のなき柏崎《かしはざき》はも

刈羽《かりは》なる長閑《のど》けき村を大地震《なゐ》の俄《にはか》に襲ひて家居毀《こぼ》れぬ

我もまたこの町中に笑み聲の聽かるる時を祈りて努む

避難所に子ら笑ふ聲聞こゆれば淸しき風の心に吹きぬ

被災地に我が大君は出で坐《ま》して玉の御聲《みこゑ》の勵ましたまふ

大君の行幸《みゆき》畏《かしこ》み畏みて己が努めにひた勵むなり

手力《たぢから》の力あはせて笑み顏の溢るる町にはや復《かへ》りなむ

復興の兆し見ゆれど被災地を去る日の朝の侘しからずや

彼方まで廣ごる稻田眺めつつ豐けき秋をひた祈るなり

千里行脚六十周年

限りなき悲願を胸に踐《ふ》みまし、千里の旅路畏《かしこ》きろかも

大丈夫《ますらを》の道辿らむと六十年《むそとせ》を經《へ》にける今し友は往くなり（福永武兄）

線香花火

ゆく夏を惜しげに子らは手花火を背中まろめて見つめてをりぬ

蜩

夕されば蜩《ひぐらし》しげく鳴く今宵靜やかにして風の立つかな

鳶

高みより狙ひ定めて奇襲せる鳶《とび》の攻め手に眼凝らしぬ

蝗

草の間に默《もだ》して潛《ひそ》む蝗《いなご》らに己が身隱す技を學ばむ

上弦の月

たのしみは子ら寝しあとにベランダに出でてゆるりと月を見るとき

友

草笛を鳴らして赤き桑《くは》の實《み》を食《は》みつゝ友らと歸りし日々はも

枇杷《びは》の實《み》を急《せ》きて捥《も》ぎ取り逃げ隠れ山分けにせしかの日懐かし

たらちねの心許《もと》なく待ちますに日の入りてなほ友と遊びき

遠き日に面子《めんこ》貝獨樂《べいごま》競ひたる竹馬の友はいかにかあらむ

鄙《ひな》に住み友と遊びし四年《よとせ》あり我の寶《たから》としみじみ思ふ

戀敵《こひがたき》となりて訣《わか》れしかの時ゆ逢ふこともなく二十年《はたとせ》經ちぬ

親よりも友と遊ぶを好むらし子らの成長漫《そぞ》ろさびしも

打ち解けて語らるゝ友あらずして獨り書《ふみ》讀む日々もありけり

靖國の宮居の庭を共に掃くもののふの友をありがたく思ふ

一度《ひとたび》に結びつきたる友なれば斃るるまでも共にありたし

富士山

しまらくは都離れて戰ひの技を錬らむと富士を目指しぬ

眼前に聳ゆる富士を仰ぎみていざ勵まむと奮ひ立つなり

冴えわたる月の光に照らされて嶺の白さのひときはに映ゆ

朝ごとに姿異なる神富士はあやしきまでに妙《たへ》にあるかな
眞夜《まよ》深く外《と》の面《も》に立ちて見上ぐれば闇にま白き嶺の浮かびぬ
大いなる富士の姿を見上ぐれば我が小さきをしみじみ思ふ
遙かなる武藏の國ゆ妻子らもこの大富士を望みゐるらむ
山小屋に明り燈《とも》らぬ季《とき》なれば昔々の富士を想ひぬ
朝光《あさかげ》に輝く富士の麗しく拍手《かしはで》二つ打ちならしたり
日の本の不二の裾野に技を錬り心鍛ふる日々ぞたのしき

師走述懷

つはものの身なれ軍務に忙《せは》しなき日々をうれしく思ふべきかな
折にふれ詠めども歌にならざるを捻《ひね》る間もなく時の過ぎゆく
休日は書を讀みたしと願へども山と積まれる課題に泣きぬ
子を思ふ憶良《おくら》の歌を唱《とな》へつゝ今は安寢《やすい》の子らを想ひぬ

山川京子先生を想ふ

師の君は如何に坐すか荻窪《をぎくぼ》に通ふ小路を戀しく思ふ

平成廿年

宮中歌會始勅題「火」詠進歌

火と燃ゆる思ひは今も變はるなく我はゆくなりもののふの道

歳　旦

新たしき注連縄《しめなは》張りて新たしき年を迎ふる今日ぞうれしき

太き筆に墨を足らはし魂《たま》こめて書けるは聖壽萬歳の文字

自らに足らざるものを記さむと一つ選みて痩せ我慢と書く

參　賀

冷雨《ひさめ》降る中を謹み畏みて我が大君の御出坐《おでま》しを待つ

御出坐しの時の來たらば霽《は》るらしといづこゆ聽こゆるたのもしき聲

御出坐しの時の來たりて忽《たちま》ちに冷雨のあがり光射したり

すめらぎは神に坐《ま》します御出坐しの時の來たれば雨の上がりぬ

あなかしこ忽ち空にみ光の差し出でたまひし今日の佳き日よ

空晴れて我が大君の日の御子《みこ》に坐します証しと今仰ぐなり
雨に濡るる民草《たみくさ》われらを案じたまふ我が大君の御言《みこと》かしこし
平らけき世を祈《の》みませる大君の玉の御聲を畏みて聴く
聲あげて聖壽萬歳唱ふれば人びと和して響きわたりぬ

七草粥

七草の粥を食《は》みつゝいよいよに遠くなりゆく昭和を偲びぬ
七草の一つ一つを詠みあげし憶良《おくら》の歌を口遊《ずさ》みをり

臘梅

臘梅の花咲き満ちて馨《かぐは》しや行き交ふ人の足を止むらむ
寒風《さむかぜ》の吹く季《とき》なれど臘梅の花の香りに心溫みぬ

雪

早起きに寝ぼけ眼の子らふたり雪積もれるに聲をあげたり
窗の外《と》の銀《しろ》き世界に子らふたり歡びの聲あげて踊りぬ

節　分

鬼遣《や》らふ我が掛け聲に負けじとて子らは競ひて聲張り上げぬ

紅　梅

雪解けて氷川《ひかは》の杜《もり》にいち早くくれなゐ色の梅咲きにけり

子らの通ふ水泳教室にて
然る御婦人と邂逅せり

二十歳まで外《と》つ國々に住みしとふ婦人《をみな》大和の男兒《をのこ》讚へぬ

ゑみゑみて語る婦人《をみな》の言の葉の調べゆかしく心和《な》ぎたり

先の御婦人より小誌『言靈』の感想
などを記せる御手紙を賜はりて

我が編める小誌「言靈」讀みまして返しの文を賜はりにけり

外國《とつくに》に長く暮らせる人にして賜へる書簡《ふみ》に言靈溢る

紀元節

神倭《かむやまと》伊波禮毘古《いはれびこ》之命《のみこと》なる御名を唱へて祈る朝明け

紀元節の清き朝《あした》に空高く國の御旗を敬《ゐや》び掲げつ

「雲に聳ゆる」口遊《ずさ》みつゝ靜まれる夜に動哨《どうせう》の歩《ほ》を進めたり

雛祭り

今年また子らと飾れる雛壇に燈《あかり》ともして御代《みよ》を祈りぬ

上州相馬原

朝光《あさかげ》の射していよいよ銀《しろかね》の上毛《じやうもう》三山艶《いろ》ひたるかな

人はみな街の燈《あかり》を賞《め》でにけり我は夜空の星をたのしむ

上州の山路に小さき草花の蕾見つけて春を祝ひぬ

きびしかる冬に終りを告げむとてくれなゐ色の梅咲きにけり

哀悼　田中千代子刀自之命

白梅の咲く日を待たで慕はしき人はひそかに逝きましにけむ

身罷《みまか》りし君が御歌をしみじみと讀みてしみじみ偲ぶこの宵

露　營

今聞けるいとも清《さや》けき時鳥《ほととぎす》の聲をば子らに聞かせまほしき

童謠の詞《ことば》さながら蛙《かはづ》らの歌の聽こゆる今宵たのしも

硫黄島渡島

輸送機に乘りてはろばろ都より七百海里の島に來たりぬ

都より南遙かに七百海里眇《べう》たる孤島に今し降り立つ

灼熱の地下に眠れる人々の聲なき聲を聽かむと來たり

島中の岩とふ岩に殘りたる敵彈の痕見れば虚しき

鎭魂の丘に至りて咲き出づる九段櫻の一枝手向《ひとえたむ》けつ

敵艦《あたぶね》を撃ち沈めしとふ大砲《おほづつ》の錆びて今なほ海睨みをり

錆びたれど今なほ海を睨みたる摺鉢山《すりばちやま》の一番砲はも

沈默を破りて撃ちし砲臺を豈《あに》な咎《とが》めそ後の世の人

夷《えみし》らの一派二派をも撃ち碎き敵惱ませし水際トーチカ

賜はれる九段櫻の一枝をば抱きて數多《あまた》の洞窟巡る

如何ばかり水を慾《ほ》りけむ灼熱の地下を巡れば胸塞《ふた》がりぬ

靖國の宮より賜へる眞清水《ましみづ》を往時を偲びなみなみと注《つ》ぐ

焼かれたる洞窟の中に鳥の巣のありて命の育ちゐるかな（イソヒヨドリ）

あめりかの蒔きて繁れる銀ねむを超えてのびゆく元の桑の木

海青く澄みて彼方に稀《まれ》らなる座頭鯨《ざとうくぢら》の群れ見ゆるかも

激戦の島をたづねていよいよに感謝の思ひ募りゆくなり

二萬一千九百二十五柱の御靈は今も島にまします

靖國神社創立記念祭獻詠　兼題「風」

いよいよに科戸《しなと》の風の吹き捲きて禍事《まがごと》なべて打ち拂はなむ

ざりがに釣り

童心にかへりて子らとざりがにを釣りたる晝《ひる》の樂しからずや

釣り上げたるざりがに二匹飼ひたしと頻《しき》りにせがむ子らの愛《いと》しも

露　營

ぬばたまの夜霧の中に小牡鹿《さをしか》の妻呼ぶ聲を聽けば切なし
富士の嶺《ね》の名殘りの雪に朝光《あさかげ》の差して輝くときぞ妙《たへ》なる

追悼　神屋二郎大人之命

神の隨《まに》我が師の君は彥九郎の果てまししし日に逝き給ふなり
弱りたる姿見せじと面會を拒みましけりさむらひの君
頑張らなむと我を思ひて宣《の》りけむを聽けば涙の溢れて止まず
神風連の史料を賜びて卒論を確《しか》と書けよと大人宣《のたま》ひけり
昭和維新いかに成るかと問ふ我に「祈りと行」を說きまししし日ぞ
悲しみの中にあるとも唇を噛みて涙をこらへし喪主はも（神屋善四郎氏）
一族をもちてひたすら勤皇の道をゆかむと喪主は言擧《ことあ》ぐ（　仝　）
師の君の柩《ひつぎ》に釘を打つ音のいとど哀しく響きわたりぬ
戰ひて戰ひてなほ戰ひてしづかに大人は逝きましにけり

初戀

ゐまひつゝ語れる妹《いも》が言の葉の調べゆかしく心和《な》ぎたり
賜はりし文の言の葉ゆかしくて夜半《よは》にしみじみ讀み返しけり
幼きにかへりふたりが目を凝らし四つ葉探すはたのしかりけり
しあはせを呼ぶてふ標《しるし》のめづらしきしろつめくさの四つ葉贈りぬ
水鐵砲を撃ちて相手に水を掛け飽かずはしやぎしかの日懐かし
幾度も振り向きなほも手を振りて一日《ひとひ》の別れを惜しむ日々はも
我がさまを描きて給びし小牡鹿《さをしか》のやさしき繪《ゑ》こそ我が寶《たから》なれ
古本の匂ひを共に愛《め》でながら萬葉びとの歌讀みにけり
芝の上を素足となりて妹が手を取りて漫《すず》ろに歩きけるかも
益荒男を素《もと》つこころのふるさとへ還させましゝ君を偲びぬ

夏の名殘に

ちりちりと音も清《さや》かに手花火の松葉は闇を照らしてゆかし

攻撃訓錬の折に

照りつける陽射しの中に木瓜《ぼけ》の實《み》の青きを食《は》みて暑さ凌《しの》ぎぬ
伏兵《ふくへい》を見つけて伏せる傍らに露草の花涼しげに咲けり
うち伏せて狙ひ定むる銃先《つつさき》に蜻蛉《あきつ》留まりて羽休めをり

長月の夜

月夜見《つくよみ》の顯《あらは》れまさぬ夜にして數多《あまた》の星の空に輝く
背嚢《はいなう》を枕となして滿天の星空仰ぐ今宵たのしも
ぬばたまの夜毎に變はる月夜見のみ姿仰ぐときぞたのしき
空澄みていよよ清《さや》けき月夜見の姿眺むる長月の夜
茅《かや》の穗の風にさやさや搖るる上に月のかかれる秋ぞ妙《たへ》なる
南《みんなみ》の空に光れる上弦の月明らけく夜を照らしぬ
山峽《やまかひ》の道邊《みちべ》に生《お》ふる姫紫苑《ひめじをん》の花いとしくて歩を止めにけり
月光《つきかげ》に道の邊の花も照らされて艶《いろ》ふ夜にこそ君偲ばるれ
樅《もみ》の木にもたれかかりて大空に流るゝ星を見るはたのしも
ひむがしの空に昇れる望月をかしはで打ちて子らとをろがむ

露營の朝

一面のすすきの原に朝光《あさかげ》のさして黄金《くがね》に輝きにけり
きのふまで見慣れし富士の頂にみ雪積もれる今朝ぞうれしき

子らと

卓袱臺《ちやぶだい》を圍《かこ》みて子らと團栗《どんぐり》の獨樂《こま》を回して競ひ合ひたり

ちちの實の父

我が友の父御《ちちご》にあれば病めるとふ報せ哀しく聽きたりしかな
會ひにゆくことを願ふも儘ならぬ現《うつつ》を嘆く君が心は
父の身を思ふあまりにたらちねと諍《あらそ》ひしてふ哀しき文はも
たらちねの母と打ち解け語らひて父御を見舞ふときを祈れり
函館ゆはろばろ汝《なれ》の訪《おとな》はば然《さ》ぞや父御の歡びまさむ
いついつも汝《なれ》を信じてありといふ父御の病はやに癒えなむ
幼きより仰ぎてやまぬちちの實《み》の父を勞る心かなしも
我が父の倒れしときを思ひ出で友が切なき心を知れり

來む月は休みを一日《ひとひ》いただきて父と旨酒《うまさけ》呑みて語らむ

我が父叙勲を賜はる

畏みて秋の叙勲を賜はれる父と久々酌み交はしたり

平成廿一年

宮中歌會始勅題「生」詠進歌

見る人のなけれど命のかぎり咲く深山《みやま》の花と我こそ生きめ

禊

幾十度《いくそたび》頬に拳をうちつけてただに卑しき心悔ゆるも
轟々と科戸《しなと》の風の吹き捲けば褌一つとなりて出で立つ
我が内に棲《す》める卑しき心こそうち禊はむと水被《かづ》きたり
寒風《さむかぜ》の吹けるさ中に水被き水被けども心は澄まず
狂へりと人な思ひそ卑小なる心を今し禊ふときなり
祓戸《はらへど》の神の御名《みな》をば繰り返し唱へ奉りて太刀振る我は
身も凍り足の痺れの窮まりてつひに凍てつく地《つち》に倒れぬ
寝返りも叶はぬ我が身口惜しく子規の歌集を讀める日々はも
やうやうに腰の痛みもやはらぎてひとり詣づる七草の夜

蓑蟲

枯れ枝を集めて宿をつくりたる蓑蟲《みのむし》の枝《え》に子らは見蕩《と》れぬ

臘梅

臘梅《からうめ》の花の香りのゆかしくて今朝も思はず歩《ほ》をとめにけり

君を偲びつゝ

冬枯れの枝垂れ柳にさみどりの花咲けるがに若葉萌ゆるも
共に見し大き柳に手を觸れて眼閉づれば君し思ほゆ
櫻木の花の蕾も色づきて春の盛りの時近みかも
瑠璃《るり》色の小さき花々櫻木のもとに群れ咲き我を招くか
公園に遊べる子らの笑ひ聲聽きつゝ君と語らひし日々
木漏《こも》れ日の中に久しく語らひし去年《こぞ》の夏こそしのに覺ゆれ
昨夜《きぞ》降れる雨に潤ほひ朝光《あさかげ》を浴びて道邊《みちべ》の花笑みにけり
寫眞《うつしゑ》にをさめて春を見せたくも我はしづかに歌を詠みをり
瑠璃色の花も櫻も蒲公英《たんぽぽ》も三十一文字《みそひともじ》にこめて贈らむ

若草の香る春日の公園に君偲びつゝ時を過ごしぬ

飯を炊ぐ

朝夕に厨《くりや》に立ちて益良男の我も料理の腕をあげたり

朝ひるは軍《いくさ》に勵み夕されば厨に立ちて飯《いひ》を炊ぐも

次女とかなへびを飼ふ

金蛇《かなへび》を捕らへて飼へばいつの間か卵を產むを吾子《あこ》喜べり

金屬色《かないろ》の蛇とふ名付《なづ》け哀れなりせめて愛《かな》しも蛇と呼びたし

夏の日に友と競ひて愛蛇《かなへび》を捕らへしことを懷かしく思ふ

愛蛇《かなへび》の卵いつかは孵《かへ》らむと朝な夕なに見入る子ろはも

靖國神社創立記念祭獻詠　兼題「顏」

出擊の前に撮りけむ寫眞《うつしゑ》の君が笑み顏あなに凊しき

君を偲びつゝ

安らけき日々の生活《たつき》に還りねと膝折り伏して不二に祈りぬ
三ツ峠を渡るそよ風頬にうけ君が心の癒えなむを思ふ
我妹子《わぎもこ》と共にいつかは朝焼けの富士の姿を眺めたく思ふ
朝夕に飯《いひ》を食《は》みしか夜は床に安寝《やすい》したるか心許《もと》なし
眞夜《まよ》深く雉子《きぎし》の鳴ける聲聴けば漫《そぞ》ろ哀しく眼潤みぬ
裾野より驅け上がりくる若草の萌ゆる眺めを届けまほしき
我妹子の今ここにあらば茜さす富士の姿をいかに描かむ
夕暮れの中を鳴きつゝ渡りたる山の烏《からす》の聲ぞ哀しき
山の間ゆ出でし分明《さや》けき望月に君が笑顔を思ひ浮かべつ
山中のいづこに鳴くか小牡鹿《さをしか》の妻呼ぶ聲を哀しく聴けり

次女作文入選

「おとしよりのつゑ」とふ文に老いたるを労る心教へられたり

忍

このごろは歌詠むゆとりあらずしてただに心に思ふのみなり

我が心試し給ふも耐へにけり身に降りかかる禍《まが》忍びつゝ

耐へ難きときは愛刀「包清《かねきよ》」を抜きて卑しき心祓ひぬ

なにくそと頰に拳を打ちつけて心を正す夜更けなりけり

妻も子も我が大君の赤子《せきし》なれば豈忽《あにゆるが》せにせじと思ふも

上の娘《こ》の胡瓜《きうり》切る音輕《かろ》やかに響く厨《くりや》の束の間の幸

配膳の係務むる下の娘《こ》の手際のよさに目を見張りたり

病みゐたる妻を看取りて子を育て戰ひの技磨く日々なり

君を偲びつゝ

いつの日か共に咲《わら》ひて語りあふときの來たるをひた祈るなり

眞夜《まよ》深くこの一年《ひととせ》を想ひつゝ心澄まして歌を詠みをり

久々に硯《すずり》にむかひ我妹子《わぎもこ》の歌を詠むときたのしかりけり

受話器より聞こゆる妻のあたたかき言の葉あれば力湧きくる

我がうへをひたに氣づかふ我妹子の言の葉胸に沁みわたるかも

言の葉の亂れ正して幸《さきは》ひを齎《もた》らすことば君に贈らむ

言靈のちから信じて幸ひの言の葉つらね歌にしたたむ

病みてゐむ君が身の上祈りつゝ今をひたすら勵まむと思ふ

夜半に

古びたる座右の書《ふみ》の栞《しをり》せる大き四つ葉を手に取り見つむ

撃ちてしやまむ

日米の共同訓錬然《さ》はあれど撃ちてしやまむと心に思ふ

米兵と心の絆結べとふゆゑなき言《こと》の囂《かしま》しきかも

朝夕に撃ちてしやまむと思ひつゝ戰ひの技錬りて勵みぬ

汚穢《をゑ》不淨《ふじやう》持ち込み來たる夷《えみし》らに阿《おもね》る奴の口惜《くちを》しきかな

愼みの缺片《かけら》もあらぬ亞米利加《あめりか》と共に生くるは難きことなり

徒《いたづ》らに酒酌み交はし米兵と戯《たはぶ》ることを豈《あに》な勸《すす》めそ

夷らの脆《もろ》きを見抜き戰ひに勝たるる術《すべ》を錬るべきものを

物量をもちて戰ふ海兵に戰技《わざ》を究むる心乏しき

精鋭を名告《の》れる米國海兵の弱きを知れば恐るるに足らず

亞米利加の傘に隱れて幾星霜《いくせいさう》皇軍《みいくさ》として建つ日はいつぞ

望月の夜に

ベランダに椅子を運びて一合の御酒《みき》を片手に月眺めをり

宮前小學校運動會（長女六年生・次女三年生）

俄なる豪雨に校庭一面湖と化し競技は一時中斷。

爾後中止の公算大なりと執行部より聞けば

圓匙《ゑんぴ》もて水掻き出だし子供らの運動會を再開させむ

爲せば成る爲さねばならぬ子らのため一人なるとも水掻き出ださむ

次々に老いも若きも教員も加はり雨降る中を努めぬ

雨やみて子らも加はりいよいよに人海戰術《じんかい》功《こう》を成したり

ふたたびに競技始まり秋空に子らの笑み聲響きわたれり

驛傳大會出場（長女）

驛傳の最終走者に選ばれて夙に起き出で張り切りて發《た》つ

驛傳の最後《とり》を走らむとはりきりて出で立つ子ろを勵ましにけり

諦めず走り貫《ぬ》かむと喘《あへ》ぎつゝゴールを目指す吾子《あこ》に泣きたり

御節料理を拵ふ

飯炊ぐ月日は早も三年《みとせ》經《へ》ていよいよ料理の腕を上げたり

平成廿二年

宮中歌會始勅題「光」詠進歌

月光《つきかげ》のいとも清《さや》けき宵なれば恆《つね》には呑まぬ御酒を欲《ほ》りせり

早春

臘梅《らふばい》の花咲き初めてほの匂ふ季《とき》の來たるは漫《そぞ》ろうれしき

節分

この年はひときは大き聲あげて家中に棲める鬼を遣《や》らひぬ

桃

桃の香のいとどゆかしく誘はれて訪《おとな》ひてより十年《ととせ》經にけり
未熟なる我をもやさしく導きて給《た》びし御恩をかたじけなく思ふ
言の葉をおろそかにすなてふ師の君の深き御心かみしめてをり
敷島の大和言の葉守りたく拙きながら勉めてゆかむ

美しき言葉をもちて日の本の心豊けき歌をこそ詠め
我もまた武人《もののふ》にして敷島の道を踐《ふ》みつゝ戰技《わざ》をきはめむ
悉《ことごと》に黄泉《よもつ》軍《いくさ》を祓ひましゝ桃の神にぞ神習はまし
國風《くにぶり》を守らむとする灯《ともしび》をゆめ消すまじと心に誓ふ
荻窪に通ふ小路《こみち》の懐かしく深山《みやま》にひとり歌を詠みをり
拙きは拙きままに敷島の道をひたすら歩みてゆかむ

中學校入學（長女）

新たしくやゝ大きなる制服を纏《まと》ひて今日より中學生となりぬ

入部せる籠球部の練習頗る嚴しく、
また交友關係などに些か惱みたる
吾子を案じて

勉學と部活の兩立むつかしく疲れたる子を見るは切なし
辛ければ行かじと告りし子ろの手を取りて立たせて送り出だしぬ
諭しては慰め子ろを導けど惱める子ろの母になり得ず

聲あげて叱ればつひに泣きながら眠りし子ろに添ひて泣きつゝ

籠球部練習試合觀戰

敵の持つボールを今し奪はむと驅け寄る吾子に聲援送りぬ
覺束《おぼつか》なき動きなれどもひたぶるに驅けまはりたる姿頼もし
敵を躱《かは》し初めて決めし一本のシュートを讚へ雄叫びあげたり

靖國神社創立記念祭獻詠　兼題「待つ」

亡き夫《つま》の心のままに生きまして夫が心に待ちたまふらし

十五夜

眞ん丸の月を賞《め》でつゝ眞ん丸の團子《だんご》を子らと食《は》むぞたのしき

運動會（次女小學四年）

今年こそ一位獲らむと張り切りて出で發《た》つ子ろの頼もしきかな
緊張のゆゑか力を出だせずに徒競走は三位に終はる

氣の萎えむ子ろを思ふもゑみゑみて次の競技の洋舞《ダンス》踊れり

錦秋

越後《ゑちご》なる妙高山《めうかうさん》の山裾《やますそ》に戰ひの技磨く日々はも
刈入れを了《を》へて休める人々に手を振り隊を進めてゆきぬ
次々に手を振る隊の兵《つはもの》に農夫久しく應へたまひき
この頃はつゆも見られぬ雨蛙《あまがへる》越後の野邊《のべ》に群れて跳ねをり
やうやうに山色づきて越後なる紅葉《もみぢ》の錦《にしき》まことめでたし
山中の人目につかぬ溜め池に赤腹井守《ゐもり》の番《つがひ》遊べり
雨風の去りしみ空に七色の虹のかゝれば心躍りぬ
むらさきの山の通草《あけび》の熟れたるを取りて甘きをひとりたのしむ
山芋の實《み》なるむかごを飯盒に茹でて晝食《ひるげ》をたのしみにけり
隈笹《くまざさ》を炙《あぶ》りてつくるほろ苦き茶の一服は玉露《ぎよくろ》に優《まさ》る
飯盒に山栗茹でて一合の御酒《みき》を給はる夕《ゆふべ》なるかも
山中に嘗《かつ》て邂《あ》ひたる山櫻十年《ととせ》を經《ふ》りて今し訪ねむ
冬枯れの姿なれども幹太くなりてゆかしき山櫻かな

今朝見れば黑姫山《くろひめやま》の頂にみ雪かかりて輝きにけり
北風のいよよ冷たくなりにけり留守居《るすゐ》の妻子しのに思ほゆ

平成廿三年

宮中歌會始勅題「葉」詠進歌

人知れず葉かげに咲ける一本《ひともと》の小さき命をしみじみ思ふ

如　月

臘梅《からうめ》に次ぎて白梅くれなゐの花咲き初むる季《とき》來たるらし

寒風《さむかぜ》の中にほのかに咲き初むるくれなゐ色の梅の花はも

歌を詠むここちもせざる日々なれど分明《さや》けき月に心和みぬ

東北地方太平洋沖地震災害派遣

病みゐたる妻と大地震《おほなゐ》恐れたる子らを遣して出で發《た》つ我は

病みたれどもののふ我の妻なればいざ奮ひ立ち子らを守れよ

陸前《りくぜん》の宮居に仕へ奉りたる學び舍の友いかにいますか

悉《ことごと》に津波にのまれし湊町の虚しきあとに佇《たたず》む人はも

釜石《かまいし》の母の行方を案じつゝ任務に當たる隊友《とも》の心は

今もなほ瓦礫《ぐわれき》の中に眠りたる數多《あまた》の同胞《はらから》はや見つけなむ

被災地の空に浮かべる三日月の光かなしく見ゆるこの夜

被災者と共にあらむと若きらに告げて務むる朝な夕なに

大君の玉の御聲《みこゑ》を賜はりてかたじけなさに涙流るる

大君のおほみことばを畏みていやますますに勵まむと思ふ

今こそは神州不滅を國民《くにたみ》の合言葉とて勵む秋《とき》なり

水もなく糧《かて》なく忍ぶ村々に夜をば徹《とほ》して物資運べり

おのおのに渡るはお結び一つなれはや屆けたく車飛ばしぬ

崩れたる道の向かふに嫗《おうな》獨り暮らすと聞けば山越えてゆく

平潟《ひらがた》に「桃」にゆかりの民宿のあるとし聞けば驅けつけにけり

手力《たぢから》の力あはせて復興の道ひとすぢに歩まむと思ふ

やうやうに燈點《あかりとも》りて人々に笑みの戻ればうれしかりけり

復興の兆し見ゆれど被災地を去る日の朝の侘しかりけり

被災地の行くすゑ切に祈りつゝ懷《なつ》ける子らに別れ告げたり

差し昇る朝日のごとくこの町の甦る日をただに祈らむ

影山正治大人之命三十二年祭　獻詠

三十年《みそとせ》を過ぎて今なほ青山の門うち敲《たた》く若子《わくご》あるらし
禍津日《まがつひ》の猛威振るへる今の世を直し給へと祈り奉れり

體育祭（長女中學二年）

學級對抗リレー走者に選ばれし吾子に勵ましの文を渡しぬ
今もかも親しき友と辨當を食《は》みて愉《たの》しく語り合ふらむ

靖國神社創立記念祭獻詠　兼題「人」

復興を祈りて勵む人びとを神やふたたび守り給はむ

吾子惱みて

籠球《ろうきう》に憧《あくが》れ入りし由なれど日々の稽古に吾子苦戰せり
歸りてば膝を抱《かか》へて塞《ふさ》ぎ泣く子ろにやさしく聲をかけたり
練習の辛さ友との關はりに惱める子ろの心に泣きぬ
辛かりてすゝり泣きをる愛し子にな泣きそ起てと諭す辛さよ

苦しみに耐へて己にうち克《か》てと心を鬼に突き放ちたり

鈴木正男大人之命十年祭　獻詠

戰ひはこれからなりと宣《のたま》ひし大人がみ聲の思ほゆるかも
道統を絶えさすまじと勵みたる今が當主を見そなはしませ

靖國神社清掃奉仕の歸路、若き友を誘ひ
大東塾を訪ひて福永代表、眞由美先生に
御挨拶せり

青山に通ひし日々を偲びつゝ外苑前の驛に降り立つ
尊皇の念ひひそかに抱きたる友を誘《いざな》ひ青山を訪ふ
レンジヤーを目指し再び挑めどもつひに挫けし友を起たせむ
鈴木大人神屋大人こそ坐《いま》さねど道兄《ともま》坐しまして頼もしきかな（福永代表）

大詔奉戴七十周年

開戰ゆ七十年《ななそとせ》とふこの年のこの日讚ふる人の在《いま》すや

天長節

差し昇る朝日宛《さなが》らいよいよに我が大君のいや榮えませ

今日よりは天津《あまつ》日嗣《ひつぎ》のすめらぎの御稜威《みいつ》いよいよ増し給ふかも（昨日冬至）

平成廿四年

宮中歌會始勅題「岸」詠進歌

國擧《あ》げて今し再び遙かなる岸べ目指して船漕ぎゆかむ

花屋の乙女

店先の翁嫗《おきなおうな》にゐみゐみて應へ給へるやさしき乙女
睦月《むつき》なる凍てつく朝も水切りを缺かさぬ人の手は荒れにけり

追悼　堀三重子刀自之命

逝きまし丶刀自《とじ》がみ前に詠まれたる師のみ歌にぞ我泣きにける
勵ましの刀自が言の葉今もなほ心にありてかたじけなしも
武藏野の氷川の杜の白梅に歩みを止めて刀自を偲べり

影山正治大人之命三十三年祭

大き師の遺稿《みふみ》手にとり今年また夜の明くるまで讀み耽《ふけ》りたり

さみどりの美《うるは》しからむかの丘を眼を閉ぢて遙かに思ふ

禊廿年

青梅なる今井の里に學びしゆ朝な朝なに禊ぎて二十年

川田大人《うし》のみ教へのままに朝々を禊ぎて神のみ前に座せり

同志《ともがら》と共に禊ぐは容易《たやす》けれど獨りは難しと大人のたまひき

吐く息も凍る朝《あした》は寢所に怠け心と鬪ひにけり

禊とは如何なるものか自らに問ひつゝもはや二十年《はたとせ》經にけり

山中にあれば兩手《もろて》に眞清水《ましみづ》をうけてひそかに祓へ清めき

伊邪那岐《いざなぎ》の神の御手振《みてぶ》り神習ひ罪科《つみとが》穢《けが》れ祓へ清めむ

朝なさな禊せぬてふ今の世の神職《はふり》は悔いて身を清むべし

富士山中の朝

朝靄《あさもや》の中に清《さや》けき郭公《くわくこう》の聲響かひて目覺めたるかな

山中にあれば愛《かな》しきうぐひすの聲ぞ心に沁みわたりたる

川田貞一大人之命を偲びて

現憲法を打ち毀《こぼ》たねば亡國の道に向かふと大人のたまひき

古今東西體制打倒は實力行使大人が仰せを心に刻む

自衛官《もののふ》の我の手をとり大事なる任務《つとめ》なるぞと勵まし給へり

櫻之舎川田貞一歌集をば今宵繙き大人を偲べり

椎《しひ》の花咲き滿つ土佐の故郷《ふるさと》を思《おぼ》し召しけむ辭世《うた》に泣きぬる

一輪の芍藥を購ひ卓上に飾る

芍藥《しやくやく》の圓《まろ》き蕾のやうやうに綻《ほころ》ぶさまをたのしみてをり

靖國神社清掃奉仕の折、高橋南海さん
（通名葛城奈海）から尖閣諸島を守らむ
とする取組みを具に拜聽して

尖閣の島の緑を守らむと荒波越えてゆくぞ雄々しき

南《みんなみ》の海はひときは清くして人の心を和め澄ますも

益荒男の集ひて語る靖國の宮居の境内《には》に花添へにけり

靖國神社創立記念祭獻詠　兼題「聲」

聲あげて泣きし日もありもののふの國思ふ心誰《たれ》か知るらむ

籠球大會（縣大會豫選）觀戰

經驗の豐かなる子の中にゐて素人さやかは奮鬪したり

接戰のさ中に吾子《あこ》の投げし球《たま》見事に入りて逆轉に湧く

得點を決めていよいよ元氣なる吾子の見ゆればば心うれしも

二回戰敗退により籠球部引退

數多《あまた》なる苦難乘り越え今日つひに引退の日を迎へたるかな

後輩の感謝の言葉聞きたれば吾子《あこ》聲あげて泣きにけるも

寢床《とこ》に就きてなほ啜《すす》り泣く吾子の手をかたく握りて頭《かしら》撫でたり

秩父行　和銅遺跡・聖神社

草青む和銅遺跡を訪へばいとも淸けくうぐひす鳴けり

自然銅《にきあかがね》掘り起こしけむ面影を今もとどむる露天掘り跡

黒谷なる鄙《ひな》の里より和銅《あかがね》を奈良の都に獻《たてまつ》りけむ
文武百官遣はす代はりに大君の賜ひし百足《むかで》ここに祀れる
この上なく耳聰《さと》く口すべらかなる神と稱《たた》へて里人崇《あが》めり
大の字になりて夜空を眺むれば星の降りきて夢ごこちなり
秩父なる小さき山里幼きに過ごしゝ里に似ればたのしも

八月十五日　靖國神社部隊參拜

勤めゆゑ來られぬ父の代はりにと中學生の兄弟來にけり
（濱岡健司兄の子息　優輝・大和兩君）
もののふの我らと共に隊組みて兒《こ》らも堂々まゐりたるかな
呼びかけに二十七人うち集ひ英靈《かみ》のみ前に額《ぬか》づきにけり

大東塾十四烈士六十七年祭　獻詠

斯《か》くまでも祈り凝らしてみ命を捧げたまひし十四士はも

『秀歌百選』拜讀

賜はりし『秀歌百選』よきかなと子らを集めて讀み聞かせをり

子らと

夏の日の夜半《よは》に度々訪れて捕らへたる甲蟲《むし》の犇《ひし》めきてをり

今年また線香花火たのしみて夏の終はりを子らと惜しみぬ

吾子の志望校

我が母校國學院に吾子もまた通ひたしとふ心うれしも

母校國學院高等學校を訪ふ

三十年《みそとせ》を經《ふ》りて今なほ我が名をば覺え給《た》びたる恩師たふとし

懷かしき恩師つぎつぎいでまして昔語りに花の咲きたり

病の妻

窗開けて望月いともさやけしと我をいざなふ病の妻は

病みゐたる妻にしあれどこのごろは月など愛《め》づるゆとり見せきぬ

歌を詠むここちもせざる日々越えて折にふれつゝ妻を詠みをり

體育祭（長女中學三年）

障害を次々越えて走りゆく吾子の姿の頼もしきかな

運動會（次女小學六年）

樂しみて踊れる吾子に手を振ればはにかみながら小《ち》さく手を振る

（ソーラン節）

驛傳大會の選手にならむと次女は

毎朝夙に起き出で練成に勵めり

驛傳の選手にならむと張り切りて朝な朝なに勵む吾子はも

大詔奉戴記念日

開戰の大詔《おほみことのり》を賜はりし今日のこの日を豈《あに》な忘れそ

靖國神社清掃奉仕（天長節）

このごろは夙《つと》に起き出ではろばろに來たる同志《とも》らのあればうれしも

朋友《ともがき》と今日の佳き日を壽《ことほ》ぎて天長節の歌唱ひたり

御奉仕を了《を》へて友らと宮城に向かふ歩みのたのしからずや

天長節參賀・日の丸小旗配布奉仕

今年また日の丸の小旗配らむと子らははやばや名告《の》りあげたり

受驗日の迫りたれどもたふときを先づは思へと吾子を諭しぬ

絶え間なく參賀に向かふ人びとに笑みつゝ子らは小旗配れり

大君のみことのりをば畏《かしこ》みて子らもかうべを垂れて拜せり

平成廿五年

宮中歌會始勅題「立」詠進歌

老いたれど醜《しこ》の御楯《みたて》といよいよに鍛へ鍛へて吾が身立つべし

繪馬に揮毫

あらたのし妻子《めこ》うち集ひ筆執りて繪馬に念《おも》ひを認《したた》めにけり
病みゐたる妻も今年は起き立ちて和の一文字を書きにけるかも
學問に王道なしと認めて勵む我が娘《こ》を賴もしく思ふ
下の娘《こ》も姉に負けじと考へて一日一笑と大きく書けり

關東降雪

振る雪のいや重《し》け吉事《よごと》家持《やかもち》の歌偲びつゝ御代《みよ》を祈りぬ

高校受驗（長女）

勵ましの言葉をかけて校門に吾子を見送りしまし佇《たたず》む

追儺

鬼は外聲を限りにうち叫び心に棲《す》むてふ鬼遣《や》らふなり
蔓延《はびこ》れる憂き世の鬼をことごとに打ち祓はむと豆打つ我は
鬼の面に後《しり》ごみをせし遠き日を懐かしみつゝ子らと豆打つ

影山正治大人之命三十四年祭

玉串と御身《おんみ》を清く捧げましゝ大人が御心しづかに憶《おも》ふ
悔しさに枕を濡らす夜もあれど君が辭世《みうた》に勵まされつゝ

川田貞一大人之命十五年祭

禊《みそぎ》をば教へて給びし師の君を今朝ぞ偲びて禊場《みそぎば》に立つ
一點の妥協も許さぬ大人のごと我も若きら訓《をし》へ育てむ

若き小隊長　塚田尚吾三尉

國體《こくたい》の本義も知らで徒《いたづ》らに逸《はや》るばかりの長愛《をさかな》しかり
若かりし我にぞ似たる長《をさ》なればいよよ鍛へていざなはむと思ふ

己が隊を率ゐらえざるくやしさに地團駄踏《ぢだんだ》みし長《をさ》が心は
恥かくと恐るる勿れ今《なか》こそは長《をさ》が基《もとゐ》を据うべき時ぞ

神屋二一郎大人之命五年祭

東雄《あづまを》も彦九郎《ひこくらう》も神屋大人も忌日の近き神縁《えにし》思ふも
師の君の御心繼げる御息女《をとめご》と語らふときのたのしからずや（菜摘女さん）
ちちのみの父の思ひ出ゐみゐみて語るを聞くはなほなほ樂し
靖國の宮に仕ふるをとめごのまこと眞心神や知るらむ
眞夜《まよ》深く大人《うし》が歌々讀みつげばいよよ心の燃えてやまずも

靖國神社創立記念祭獻詠　兼題「花」

事しあらば命捧げて我もまたこのみ社の花と咲きたし

有間溪谷・さわらびの湯

鱒釣りを樂しむ子らを眺めつゝ夏の一日《ひとひ》は暮れてゆくかも
釣り上げたる魚《うを》をみづから捌《さば》かむと吾子《あこ》は果敢に挑みたるかな

さわらびの湯なる溫泉《いでゆ》に立ち寄りてしまし妻子《めこ》らと寛ぎにけり

騷　ぎ

歡聲をあげたるものと思ひきや悲鳴あげつゝ妻子《めこ》騷ぎたる
ぶるぶると足震はせて下の娘《こ》は蝙蝠《かうもり》〳〵と叫びつづけり
恐れつゝ扉開けば哀《あは》れなり溺れかけたる蟬暴れをり
浴室に飛び込み來たる油蟬を摑みて外へ逃がしてやりぬ
落ち着きて居間に集へば下の娘は思ひ出だして笑ひ轉《ころ》げり

露　營

降る雨に廠舍《しやうしや》邊《あた》りの草叢《くさむら》の彼方此方《かなたこなた》に雨蛙《あまがへる》鳴く
都には聽かれぬ蟲《むし》の聲々を露營の夜にたのしみてをり

靖國神社清掃奉仕の折に

我が友の子ろの今年も甲子園に出場すると聞けばうれしも（逆井兄）

八月十五日　靖國神社部隊參拜

小なりと雖《いへど》も部隊參拜と稱《たた》へて給《た》びし鈴木大人はも

上弦の月仰ぎつゝ明くる日に來らむ同志《とも》らの顏の思ほゆ

新たなる友を迎へて今年またこのみ社にまゐるうれしさ

海陸の自衛官《つはもの》たちがうち集ひ膝折り伏して祈りまつりぬ

今もなほ行く手を阻む上官のあるとし聞けば悲しかりけり

今に見よ制服纏《まと》ふ自衛官《つはもの》が溢れて參る時の來《きた》るべし

大東塾十四烈六十八年祭

果てましてなほも皇城護り給ふ十四烈士に神習《かむなら》ふべし

長女の作文「税金泥棒なんて呼ばせない」

國稅廳作文コンクール特選に入賞

自衛官《つはもの》の父を譽れと說く文のいとも嬉しく涙出でたり

中秋の名月

ひむがしのいや大きなる月夜見《つくよみ》の出で坐《ま》す時のめでたかりけり

學校ゆ歸りし吾子とやうやうに昇る月をば見るぞたのしき

望月のいとも分明《さやか》に照りたれば見知らぬ子にも聲かけにけり

名月をとつてくれろと泣かぬとも欲《ほ》しと呟《つぶや》く吾子の愛《かな》しも

明け白む空に殘れる望月の入りゆくときのそぞろかなしも

詠進歌淨書

大君に獻るべき歌なれば禊ぎ禊ぎて筆執りにけり

第六十二回神宮式年遷宮

夕さりに雨のあがりていよいよと水を被《かぶ》りて身支度をする

大君は薦《こも》敷き坐《ま》して神風の伊勢の皇神《かみ》をば祈らせ給ふ

新宮《にひみや》に遷《うつ》り坐《ま》すらむ皇神《すめかみ》をいや畏みて胸は高鳴る

祖國再建の祈り籠れるみ祭を遙かに思ひ念誦し奉る

作　歌

このごろは歌詠む我の傍《そば》に來て子ろも指折り數へたるかな

第四十三回　國學院大學戰歿先輩學徒慰靈祭

銃《つつ》執りて戰《いくさ》の場《には》に立ちまし丶先輩學徒を偲びまつりぬ
み祭の燈《ひ》を絶やさじと年ごとに務め給へる友ぞたふとき（福永代表）
『國學の子我等征かむ』の書《ふみ》讀めばいよよ心の燃えてやまずも

見澤昌孝・杉山望兩兄、柔術大會
にて無差別級及びミドル級優勝

夜な夜なに稽古重ねて我が友の勝ち抜きたれば嬉しかりけり
巨《おほ》きなる外《と》つ國びとを次々に投げて押さへて打ち負かしたり
あら愉し天皇守護の一念を以ちて友らは戰ひにけり
妻子らを置きて肥後《ひご》より參上《まゐのぼ》り都の護りに勤《いそ》しむ友よ

颱風二十六號に伴ふ行方不明者

捜索のための伊豆大島災害派遣

家々を呑み込み海に及びたる山津波《やまつなみ》こそ恐るるべけれ
廢校に寢起きをしては今日もまた行方の知れぬ人を捜しつ
爲《せ》む術《すべ》もなきか無力の口惜しくただに瓦礫《ぐわれき》を掻《か》き分けにけり
助かれる人らにせめて思ひ出の品を見つけて渡したく思ふ
ゐみゐみて寄り添ふ家族の寫眞《うつしゑ》を瓦礫の中に拾ひて泣きぬ
山津波の空しきあとに早咲きの大島椿二つ三つ咲く
今もなほ行方知れずの人ありて島を離るゝときの虚しさ

沖永良部島の乙女に

沖永良部《なかのえらぶ》の島の乙女の決意てふ御歌遙かに我を泣かしむ
未だ見ぬ島の乙女の將來《ゆくすゑ》をただに祈らむ道友《とも》にしあれば

皇居御濠邊の清掃奉仕

皇居《おほみや》の御濠邊《おほりべ》なれば心して塵《ちり》拾はむと出で立ちにけり
近衛兵の精神《こころ》繼ぐべき聯隊のつはものなればなほし勵まむ

拙きながら我が國風《くにぶり》を護り、或ひは
皇國武人の眞姿を體現すべく「劍魂
歌心」を信條として、隊内に「歌鉾《うたほこ》
乃會《のくわい》」を結成せり

若きらの指折り數へ歌を詠む集ひの隊にあるぞたふとき
おほかたは初めて歌を詠めるにも心に沁むる歌の多かる
武を錬りて歌詠まざるはもののふと言ふに足らずと隊友《とも》ら勵ます

冬　至

明くる日の仕度ととのへ湯につかり夜更けにひとり柚子《ゆずか》の香を聴く

天長節奉祝

今日よりは日のみ光のいや増してかゝる憂き世を照らしますかな
すめらぎの傘壽《さんじゆ》ことほぎ日の丸の小旗配るはたのしかりけり
御出座《おでま》しのとき近づきていよいよに胸高鳴りて身震ひのする
絶え間なく聲の限りにすめらぎの彌榮《いやさか》唱ふ御民《みたみ》しあれば

平成廿六年

宮中歌會始勅題「靜」詠進歌

五十歳《いそとせ》に近き齢《よはひ》となりぬれど靜《しづ》ごころなき身を思ひつゝ

新年宮城參賀

新たなる隊友《とも》子ら連れて日の丸の旗配らむと勇み出で來ぬ

行く人の一人ひとりに言祝《ことほ》ぎて日の丸の旗差し出しけり

廣庭《ひろには》にむかふ參賀の人波のつづけるさまの嬉しかりけり

一月七日

七草の粥を食ふたび大いなる先つ帝《みかど》を偲びまつるも

いよいよに遠くなりゆく今日の日を豈《あに》忘るまじ昭和の子我は

敬悼　小野田寛郎陸軍少尉

三十年《みそとせ》を戰ひ抜きしもののふのあゝ逝きますてふ報せ哀しも

幼き日の目に映りしは小野田少尉の百戰鍊磨の面魂《つらだましひ》かな
また一人師と仰ぎたる人逝きて心寂しく夜を過ごしたり
岩手なる種山ケ原に眞夜《まよ》深く語り給へる大人《うし》の偲はゆ
市ケ谷の部隊に嘗《かつ》て大人を招き戰ひのさま聽きし日もあり
ルパングの戰ひのさま聽きたればいよよ心の燃えにけるかも
賜はれる文に捺《お》されしみ印の不撓不屈の文字の重かる
大君のみことかしこみひとすぢにみこともちとて戰ふ大人はや

雪

雪中の富士ゆ歸れば武藏野も雪降り積みて銀世界なり
降る雪のいや重《し》け吉事《よごと》外に出でて雪やこんこの歌唱ひけり

豪雪に伴ふ孤立者救援の
ための秩父地區災害派遣

降る雪のいや重け吉事と祈るにも山の慘事を知れば哀しき
恆《つね》なればいちご狩りにて賑はふも雪に埋もるる山里あはれ

孤立せる翁媼《おきなおうな》の家々を訪《と》はむと雪を掻き分けてゆく

童《わらは》らのためにと菓子を携《たづさ》へてゆきし隊友《とも》らの心うれしも

九十越《ここのそぢ》えたる翁かくまでも雪積もれるは知らずとのたまふ

里に嫁げる娘久しく歸らずと翁のたまひ我は泣きをり

十升《しよう》の水缶擔《かつ》ぎ隊なして雪を掻き分け若きらのゆく

秩父なる里の生活《たつき》を潤ほせる水斷《た》たれたりと聽きて逸《はや》りぬ

源流の取水の槽《をけ》に障《さは》りありと報せを受けて出で立ちにけり

川沿ひにヘリを飛ばして雪中に取水の槽を目指し降り立つ

敬悼　桃の會主宰山川京子先生

慕はしき桃の花咲く春の日に師は言もなく逝きまししとふ

恙《つつが》無くおはしまします師にしあれば今日のおとづれ魂消《たまぎ》えにけり

病む妻を案じて給《た》びし師の君の悲しき報せに妻は噎《むせ》びぬ

身罷《みまか》りし君がみ前に膝折りてみ顔拝せば涙零れぬ

安らけく眠り給へる師の君のみ顔やさしく我を泣かしむ

師の君は武人さながら新たしき衣召されてい逝きましけむ

人前に涙を見せぬ我なれど今宵哀しく泣きにけるかも
亡き夫《つま》の遺志《こころ》をすべて受け繼ぎて七十年《ななそとせ》をば踐《ふ》みまし師は
悲しけれどめでたくもあり師の君は夫《つま》のみ許《もと》に歸りますらむ
賜はれる言の葉胸に刻みつゝいよよますます勵まむと思ふ

富士露營

不二の傾斜《なぞへ》に月かかりをりとふ塾長の歌さながらの景色を見たり
月光《つきかげ》のいとも分明《さやか》に神不二の傾斜を照らす景色めでたし

富士山中の山櫻

月光《つきかげ》ににほふ櫻のゆかしくて歩《ほ》を止めしまし見蕩《と》れたるかな
人知れずしづかに咲ける敷島の大和櫻の氣高《けだか》さよ嗚呼《ああ》
訪《と》ふ人もあらざる深き山中に凛とし清く咲く山櫻
眞夜《まよ》ふかく深山《みやま》の櫻眺むれば雪の降りきて夢ごこちなる

野州の藤棚

花房の五尺を越ゆる大藤の甘き香りを樂しみにけり
稀《まれ》らなるうすくれなゐの花房にひそと手を觸れ愛《め》でにけるかも
年ごとに斯《か》く美しき花房を咲かせる藤の老い木たふとし

川田貞一大人之命十六年祭

紫陽花《あぢさゐ》の彩《いろ》ふ季節となりにけり大人《うし》がみ顔のしのに思ほゆ
師の君の蹶起促《うなが》す檄文を讀めば血潮の滾《たぎ》りたるかな
先人に習ひて今し尖兵《せんぺい》となりてい征けと大人のたまひき
口舌《こうぜつ》に日を過ぐす勿《なか》れ惰眠をば貪《むさぼ》る勿れの言の葉身に沁む
奉公の足らざる身をば省みていよよ勤めむと堅く誓ふも

影山正治大人之命三十五年祭

中學に入りし年の我なれば自刃《じじん》のことも知らずありけり
大東塾の近くに建てる高校に通ひしことは神慮なるらし
學び舍の恩師にいざと導かれ塾の門をば敲《たた》きたるかな（宮川悌二郎先生）
我もまた道に繋《つな》がり學びたく大人が遺稿《みふみ》を讀み漁《あさ》りけり

眼閉ぢ今井の丘を思ほへば熱きものこそこみあげ來たれ

靖國神社創立記念祭獻詠　兼題「驛」

市ヶ谷の驛ゆ友らと歩《ほ》を進め今朝もひたすら參道を掃く

（清掃奉仕二百回當日の詠）

八月十五日　靖國神社部隊參拜

師の君の部隊參拜祈るとの文讀み返し胸の痛みぬ（鈴木正男氏）

この宮に陸海空の自衛官《つはもの》が溢るゝ日をと約せしものを

我が務めのつゆ足らざるを省みて明年こそはと神に誓ふも

行樂に現《うつつ》を抜かす全國の自衛官《つはもの》どもを我は赦《ゆる》さじ

神風の吹きてことごと與野黨《よやたう》の獻花倒れつただに畏《かしこ》む

小なりと雖《いへど》も我ら靖國の宮居にまゐる部隊たるべし

大東塾十四烈士六十九年祭

碑《いしぶみ》のみ前にひとり佇《たたず》みてしき鳴く蟬の聲を聞き入る

烈士らの清きみ心承け繼ぎてつはもの我もみ國護らむ

劍　岳

山路《やまみち》に咲ける桔梗《ききやう》のゆかしくて背の荷をおろし一休みせり

眼の前に聳ゆる岳《たけ》の岩肌に殘れる雪の陽に輝けり

父逝く

受話器より漏れくる母の震へたるか細き聲に我はをののく

朝霞なる駐屯地をば飛び出でて驛を目指してひた驅けにけり

な知らせそ正雄は任務第一と言ひ遺しては父は逝きたり

去年《こぞ》の春倒れしときも隊を離れ歸るなかれと父のたまひつ

任務第一その言の葉の重くして夜明けとともに隊に戻れり

十日前父と差し向き一合の酒酌み交はし語らひにけり

男子《をのこ》なりな泣きそ泣きそと叱られしかの日想ひて涙堪《こら》へつ

露《つゆ》泣かで氣丈に振る舞ふ母ありてますらを我は心に咽《むせ》ぶ

大君の賜へる瑞寶雙光章《ずいほうさうくわうしやう》高く掲げて父を送らむ

ちちのみの父の命《みこと》に額《ぬか》づきてみこともちたる心誓ひぬ

姉

遅れたる母をいたはり毎日を訪《おとな》ふ姉のありがたきかな

位階下賜

従《じゆ》六位の位階《くらゐ》賜はり幽世《かくりよ》の父の命《みこと》は襟正すらむ
しづかなる夜にこそひとり膝折りて皇居《おほみや》の方《かた》ををろがみまつる

母の喜壽

喪に服し愼ましくしてたらちねの喜壽の祝ひの晝餉《ひるげ》ととのふ

父を偲ぶ

冷雨《ひさめ》降る中をはろかに奥津城《おくつき》の方《かた》をろがみて父を想ふも
ちちのみの父の形見の手袋を着けて勤めに今朝も出で立つ

歌鉾乃會發會一年

教へられ教ふる身にはあらぬとも月にひと度歌會開く

剣魂歌心その言靈《ことだま》に導かれ歌鉾《うたほこ》乃會と名をばつけたり

歌鉾乃會と名づけてもののふの集ひて學ぶ庭となしたり

雅びなる大和言葉を一つづつ覺えて詠める歌のよきかな

月花を愛《め》でてみ國を護らむと心を述ぶる歌ぞたふとき

もののふの集ひて此處《ここ》に勉めたるみ國學びの歌會續く

天長節參賀

海の底大地の底ゆ萬歳の聲をあげたり天地とともに

海山も轟くばかり力こめ無窮を祈る萬歳の聲

平成廿七年

宮中歌會始勅題「本」詠進歌

いよいよに本《もと》つ心を磨きてぞ國を護るの勤め果たさむ

大東亞戰爭終戰七十周年

隊内に未だ蔓延《はびこ》る自虐史觀この年こそは葬《はうむ》り去らむ

皇軍《みいくさ》の精神《こころ》繼ぐべき自衛隊の將兵先づは學べ史實を

識《し》らざらむことの多かりまた一つ我が皇軍の功《いさを》をも知る

賢《さか》しらに説かで逸《はや》らず切々と正しき歴史語らむと思ふ

言靈《ことだま》の力を信じ今日もまた若きら集め語り傳へむ

一筋の大繩となし忌まはしき自虐史觀を打ち碎くべし

七十年《ななそとせ》の節目迎へていよいよに同志《とも》ら募りて言擧《ことあ》げなさむ

紀元節・寶登山神社參拜

神日本磐餘《かむやまといはれ》彥尊《びこのみこと》をば祀《まつ》る宮居《みやゐ》を今しをろがむ

火止山《ほどさん》の奥宮目指し踏みゆけば臘梅《からうめ》の香《か》の我をいざなふ
寶登山《ほどさん》の頂に咲く臘梅の甘き香りに心の休む

桃の會主宰・山川京子先生一年祭

夫君《つま》のみ教へのまにひとすぢをただひとすぢを生きまし丶かな
現《うつ》し世に共に暮らせぬ日を託《かこ》ち弘至命に寄りて添ふらむ

九段櫻

朝光《あさかげ》に匂ふ櫻のゆかしくてしまし憂き世を忘れられたり
諸人の祈りを籠《こ》めて植ゑにけむ萬朶《ばんだ》の櫻今し花咲く
あたたかき春陽《はるひ》を浴《あ》みてひときはに艶《いろ》ふ九段の山櫻はも
乙女子《をとめご》が花の衣《ころも》に身を包みつ丶しみまゐる姿ゆかしき
神池のほとりに咲ける紅《くれなゐ》の枝垂《しだ》れ櫻は見れど飽かぬも

自衛隊奉職三十年

今もなほ枕を濡らす夜のあり皇軍《みいくさ》建てむ日をば祈《の》みつ丶

國軍の未だ成らぬも來《きた》るべき秋《とき》を信じてただに勵まむ

母

ありし日の夫《つま》の思ひ出語りつゝ眼潤ほす母に泣きたり
亡き夫《つま》を偲び泣きます母刀自《とじ》の心に添ひて背《せな》を撫でたり

影山正治大人之命三十六年祭

ま白なる花橘《はなたちばな》の香るらむこの日に點《とも》す焔《ほむら》哀しも
橘の花香るらむこの月のこの日に點す焔清《すが》しも（獻詠）
青梅なる今井の里のかの丘を遙かに思ひて大人を偲ぶも

競泳大會觀戰（長女）

應援の聲屆かぬと知りつゝも大き聲あげ勵ましにけり
僅《わづ》かなれど己《おの》が記錄を塗り替へて花の咲くがに吾子《あこ》笑みにけり
苦難をば乘り越えて今選手とて泳ぐ姿の賴もしきかも
觀覽席の我を見つけて幼な子のごとくに手を振る十七の娘《こ》は

バドミントン大會觀戰（次女）

接戰のすゑに強豪うち破り勝鬨《かちどき》あげて喜べる子は

次々にスマツシユ決めて勝ち進み三回戰を突破しにけり

縣大會出場かけての戰ひを手に汗握り見守りにけり

戰ひに敗れたる子は隱《かく》ろひて悔し涙を拭《ふ》きにけるかも

もののふの子なればいよよ逞しく育ちてあれと切に願ふも

眞夜に

子《ね》の刻を過ぎてやうやく辨當の仕込みの終はる生活《たつき》恆《つね》なり

手作りにこだはる妻の代はりなり眠氣堪《こら》へて仕込みにかかる

川田貞一大人之命十七年祭

遠き日に叱られしこと思ほえて夜半《よは》にしひとり襟を正しぬ

自衛隊に於て最早老兵なれど

老兵と名告《の》れる我を省みていよよみ國のために盡くさむ

六月廿七日

このごろは名を知らぬ人多くあり東雄彦九郎《あづまをひこくらう》を偲ぶ今日かな

靖國神社創立記念祭獻詠　兼題「夢」

千萬《ちよろづ》のもののふ九段にまゐるとふ夢の徴《きざし》に心踊りぬ

母

ちちのみの父坐すがに御靈舍に笑みつゝひとり語る母はも

青菜切る音の淸かに聞こゆれば幼きころの朝の偲はゆ

リウマチに指の歪めるその手もてつくり給へる鹽むすびはも

あなたふとひとり暮らせる老い母を思ふにまさる親心かな

八月十五日　靖國神社部隊參拜

この年のこの日にもまた參らざる大臣《おとど》を我らの長《をさ》と思はず

堂々と制服纏ひ五十人のもののふ我ら今しをろがむ

千萬のもののふ集ひまゐる日を鈴木の大人に約せしを念ふ

去年《こぞ》よりも多きまゐりの數なれど千萬《ちよろづ》までは程遠きかな
明年は心の通ふ百人と共にまゐらむこのみ社に

大東塾十四烈士七十年祭　獻詠

御靈らにむかひて露も恥ぢざらむ臣の正道踐みてゆくべし

影山庄平翁揮毫の笏を賜はり、その夜
十四烈士を思ふこと頻りなれば

庄平翁の文字書きませる笏《しやく》を手に聲嗄《か》るるまで念誦したり

大東會館歌道講座百回を祝ふ

若人が勵むと思ひ師の君は病を押して導き給ふ
奇《く》しびなる三十一文字《みそひともじ》のいのちこそやまとごころを支へたるらし
おのおののやまとごころを縒《よ》りあはせ大繩となす秋《とき》を祈るも
百回を告げ奉らむと奏したる君が祝詞《のりと》の清《さや》かなるかな（高橋宏篤兄）
朝なさな禊缺《か》かさぬ君こそは大東神社の祀職《はふり》たるべし（　仝　）

師の君を慕ふ心のあふれたる島の乙女の長歌《うた》あはれなり（葉棚奈緒子さん）
塾長のみ教へのまに生き給ふ師のみ姿に我も添はばや
かくまでも心に沁むる朗詠を嘗《かつ》て聴かざりかたじけなくも（福永代表）
子ろの死は悲しくあるも嬉しとふ君が言の葉我を泣かしむ（山下　剛氏）
あな清ら薩摩《さつま》琵琶《びは》歌《うた》賤《しづ》が身に染み透《とほ》りたり祝ひの夜に（　仝　）

父一年祭

汝《な》が父と約せしことを果たさむと伯父《をぢ》の賜《た》びたる太刀《たち》の一振り
文祿《ぶんろく》ゆ舊家《いへ》に傳はる一振りを汝《いまし》にこそと賜ひたるなり
今日の日にこの一振りを賜はりて我が身を斬りて斬りて清めむ

義兄逝く

愛し娘の二十歳《はたち》を祝ふその日をば待たで俄《にはか》に義兄《あに》逝き坐《ま》しき
氣丈なる姉にあるとも驅けつくる我に凭《もた》れて泣き崩れたり
男兒《をのこ》らも戰《をのの》くほどの氣性なる姉を娶《めと》りて給《た》びし義兄《あに》はも
遺さるる妻愛し子のゆくすゑを守り給へとひた祈るなり

新嘗祭

にひなへのまつり仕ふる朝にこそ禊ぎ禊ぎて御前に坐《すわ》る

新穀を獻《たてまつ》りては賤《しづ》の家《や》も今日のみ祭仕へ奉らむ

我が友の父作りますこしひかり高盛りにして獻《たてまつ》りたり（遠藤良仁兄）

越後《ゑちご》なる燕《つばめ》の里に日の本の農を守れる友の父かも

憂國忌

檄文の隨《まにま》に廢《すた》るる自衛隊然《さ》れども我らゆめ諦めず

三島大人《うし》よ嘆き給ふなみいくさのこころうけつぐ我らここにあり

歌鉾乃會發會二周年

小なりと雖《いへど》も我らもののふが我が國風《くにぶり》を繼ぎて學べる

もののふの猛《たけ》き心と雅びなるもののあはれを歌ひつぎたり

歌

思ひ惱み惱めど成らぬ歌一つふと出できぬるときぞ嬉しき

靖國神社清掃奉仕（天長節早朝）

今日の日の朝明《あさけ》とともに靖國の宮居《みやゐ》の境内《には》を掃き清めたり
すめらぎの大御嘆《おほみなげき》を偲びまつり御靈《みたま》のみ前に額《ぬか》づきにけり

天長節

宮城に向かふ人波絶ゆるなくまごころこめて國旗配れり
天長節の歌を心に歌ひつゝ日の丸の旗配るはたのし
廣庭《ひろには》に千切れるほどに日の丸をうち振りませと祈り込めたり
影門とものゝふ我ら廣前《ひろまへ》に一つとなりて萬歳叫ぶ
あなかしこ御民《みたみ》我らのさきはひを祈ると給《たま》ふみことのりはも
すめらぎの玉のみ聲を賜はりて眼潤ほすものゝふの友
今日よりは日のみ光のいや增して御民我らを照らしたまはむ
皇軍《みいくさ》のものゝふ我らもうち集ひ壽《ことほ》ぎまつるを例《ため》しとやせむ

平成廿八年

宮中歌會始勅題「人」詠進歌

師と仰ぐ人の次々逝き坐《ま》して寂しけれども面《おもて》を上げむ

鐵拳

亂《みだ》れたる軍紀を正す鐵拳《てつけん》も法の下《もと》には暴力といふ
拳骨の一つ二つも暴力と見做《な》す部隊に兵は育たぬ
懲戒を恐れて何の鐵拳ぞ兵の訓育我が務めなり
信念に基づきをれば供述に後悔懺悔《ざんげ》の言の葉はなし
座右なる燒け手あか染み多くある「求道語録」に勵まされつゝ

節分

我が内に棲《す》める鬼をば祓はむと大き聲あげ豆打ちにけり
鬼遣《や》らふ聲のいよいよ高まりて官舍の窗の次々に開く

立　春

春立てど水のひときは冷たくて朝の禊《みそぎ》に氣合ひ入りたり
くれなゐの梅の花咲く老いの木に寄りて甘きを樂しびにけり
紅白《あかしろ》の梅の花をば愛《め》でつつもさくらのころを戀しく思ふ

紀元節

生きのよき眞鯛魚屋《うをや》に見つけたり奮發をして獻《たてまつ》りけり
入隊の記念に植ゑし眞榊《まさかき》の瑞々《みづみづ》しきを採りて供へり
肇國《はつくに》を知らす天皇神日本磐餘彦《すめらぎかむやまといはれびこ》なる神を祈りぬ
八紘《あめのした》を掩《おほ》ひて宇《いへ》に爲《せ》むといふおほみことのりをたゞに畏む
辛酉年《かのととり》春正月《むつき》庚辰朔《かのえたつ》の日に思ひ馳するも
是《こ》の歳を元年《はじめのとし》と爲《な》すといふ書紀の一文《ひとふみ》畏きろかも
肇國を壽《ことほ》ぎまつり祈《の》みまつる天業《あまつひつぎ》の恢《ひろ》め弘《の》ぶるを

高等學校卒業式（長女）

友垣《ともがき》と仲違《なかたが》ひして惱みたる吾子《あこ》慰めしかの夜偲はゆ

朝なさな急《せ》きて辨當《べんたう》拵《こしら》へて送り出だせる日々の懷かし

お決まりの辨當つづく毎日に文句の一つもあるべきものを

休暇取り時には腕を振るはむと特製辨當作りし日もあり

三年を充ち足りにけむ男子《をのこ》らも涙に濡るゝ卒業の式

子ら唱《うた》ふ「螢の光」聽きをへて三番四番を心に歌ふ

中學校卒業式（次女）

いざ子ども憚《はばか》る勿《なか》れ君が代を聲高らかに唱ひ奉れよ

明治より唱ひ繼がるる名曲に代はる流行《はや》りの歌あぢきなし

役員を擔《にな》ひて月に七度《ななたび》も校舍に通ひし月日懷かし

式終へて恩師友らと寫眞《うつしゑ》を撮りてははしやぐ子ろ愛《かな》しかる

この春水陸機動團に轉屬せむ
同志・田中貴之兄の歌に

すなほなる心のままを詠みませる君が歌をば手本となさむ

大東塾創立七十七周年祭　獻詠

けふの日に喜《き》の字の祝ひ壽《ことほ》ぐと包清《かねきよ》抜きて空《くう》斬りにけり

第七十回　全物故同志合同慰靈祭獻詠

師と仰ぐ人逝きまし丶哀し夜は『クジラ雲と夏帽子』讀む

神武天皇二千六百年祭

賤《しづ》の家《や》も和稲荒稲《にぎしねあらしね》海山の幸獻《たてまつ》り今日ををろがむ

遙かなる畝傍《うねび》の山の御陵《みささぎ》ををろがみまつりて修理固成を祈《の》る

御陵を遙かに拝《をろが》みまつりけり撃ちてしやまむ心燃えつつ（獻詠）

春　花

一人住む老いたる母の家訪《と》へば春の花滿ち嬉しかりけり

眞直《ますぐ》なる枝も撓《たわわ》になるばかり花咲き滿つる花蘇芳《はなずはう》かな

たらちねのひとときは好む雪椿つひに名殘の花も散りたり

散りにける椿に頭垂《かうべ》るるがに俯《うつぶ》き咲ける海棠《かいだう》の花

ま白なる姫林檎《ひめりんご》の花咲き出して今朝の小庭《さには》の清《すが》しかるかな
種々《くさぐさ》の花の名知れる垂乳根《たらちね》の植物圖鑑にまさるものかな
週末にふたたび訪《と》へばくれなゐの薔薇《さうび》石楠花《しやくなげ》咲き滿ちてをり
木蓮《もくれん》の枝を打ちしも蘖《ひこばえ》の萌えて若葉は風に搖れをり
さみどりの中に花々咲き滿ちて小庭《さには》たのしや春盛りなり

肥後國櫻山神社

大地震《おほなゐ》に奥津城《おくつき》なべて倒れけむ報せ哀しく胸塞《ふた》がりぬ

五十路

徒《いたづ》らに齢《よはひ》重ねて五十年《いそとせ》を事爲《な》さずして過ごせるを恥づ
昔人《むかしびと》は生涯終ふる歳近し決意新たに任じて立たむ

影山正治大人之命三十七祭

うつせみに見《まみ》ゆることの叶はずてせめて夢にと影山塾長
警官の身にして密かに塾長を慕ひましけむちちのみの父　（獻詠）

大き師の偉業に遙か及ばねどただ一筋を求めてゆかむ

川田貞一大人之十八年祭

鐵火《てつくわ》なる班長の聲轟きし夏期講習會のしのに思ほゆ
維新者を論ずるは易《やす》し行《ぎやう》ずるは難《かた》しと我らを戒めましき
「やるならば徹底的に最後までやり通せ」とふ仰《おほ》せ沁みをり

防御訓錬

我が張りし鐵條網《てつでうまう》に敵寄らば直ちに火を噴け機關銃よいざ
全國の諸兵來て見よ陣前の鐵條網のあるべきさまを
夜を徹し築きたる我が鐵壁の陣は夷《えみし》も豈《あに》破られじ

心の病

年収をはるかに超ゆる借財を作れる妻をなど責めざらむ
子ら二人私學に通ひ金繰《かなぐ》りのつかず密かに内職したり
夫《つま》としてただに默《もだ》して貧しかる生活《たつき》に耐へて來たりしものを

富士山中の夜半に

さ野つ鳥雉子《きぎし》哀しくぬばたまの夜霧の中に妻を呼ぶらむ

高橋宏篤氏・奈緒子さん御結婚

ひたむきの神職《はふり》が君と美はしき島の乙女の添ふはうれしき

お似合ひのふたりなるかと豫《かね》てより思ひたること現《うつつ》となりぬ

手力《たぢから》の力合はせて日の本の臣の正道踐みませと祈る

神屋二郎大人之命八年祭

やり場なき怒りぶつけし青き我を諭し給へる大人の偲はゆ

神屋家を手本となさむおしなべて容易ならざる一族勤皇

背嚢二十貫

大君をお背負ひ申し上ぐるべくひときは重き背嚢擔ぐ

寮生と共に汗をば流さまくひとりひそかに企ててをり

靖國神社創立記念祭獻詠　兼題「雲」

白妙《しろたへ》の雲居《くもゐ》に遊ぶ茜《あかね》なる蜻蛉《あきつ》に今が安らけきを思ふ

雲

雲間より紅《くれなゐ》深き朝光《あさかげ》のさしては花の匂ふを待てり

上野不忍池

不忍池《しのばずのいけ》に繁れる蓮《はす》の葉に吹きとほりたる風の清《すが》しも

大《おほ》賀《が》蓮《はす》の花のつぼみは大きなる桃の實《み》に似て奇《く》しびなるかな

悠久の時を超えけむ蓮の實の生命《いのち》は今し花と咲きをり

航空機からの機關銃射撃訓錬のため

鹿兒島縣大隅半島南端佐多岬に來ぬ

空と海その境《さかひ》なく廣《ひろ》ごれる青一色の景色うるはし

岬より望む景色のゆかしくて思はず聲をあげて見蕩《と》れぬ

海のなき故郷《くに》に生まれし我なれば立つ波を見てときめきにけり

鹿屋《かのや》航空基地史料館拝觀

今し我この地に立ちて特攻のいさをしみじみ噛み締めてをり

南《みんなみ》の空に向かひて果てまし丶勇士は此處《ここ》ゆ飛び立ちにけり

八月十五日靖國神社部隊參拜を期して

全國の諸兵今こそ目を醒ませいざ給へかし九段の宮に

呼びかけて呼びかけてなほ呼びかけてつはもの百人集ふを祈る

八月十五日　靖國神社部隊參拜

呼びかけて百人《ももたり》募ると誓ひしが力たらずて及ばざりけり

制服を纏《まと》ひてこの日み社に初めてまゐる友の多かる

諸々の部隊ゆ來たる七十人《ななそたり》おのおの胸の内を述べたり

境内を埋め盡くすべく自衞官《つはもの》の集ふその日を實現せしめむ

全國に呼びかけ明くる年こそは二百人もて必ずまゐらむ

蝶ケ岳

アルプスと稱《しよう》する勿《なか》れ日の本の神々御座《おは》す飛騨《ひだ》の山脈《やまなみ》
尾根ゆきて霧の紛《まぎ》れに雷鳥《らいてう》の聲聽こゆれば心の彈《はづ》む
空晴れて月の明《さや》かに照りゆけば飛騨の山々神さびにけり
神さぶる飛騨の山々越えて來て梺《ふもと》に見ゆる安曇野《あづみの》の街
眞清水《ましみづ》を汲《く》みて渇きを癒したるこのひと時のうれしかりけり

大東塾十四烈士七十一年祭

我が部屋に掲げて久し共同遺書今宵ひとときは心に沁みぬ

下田夏輝兄結婚式

人力車に乗りて夫婦《めをと》の現はれて歡びの聲暫《しま》しやまずも
頼みなるレスキュー隊の我が友の晴れの姿のいともまばゆし
くはしめの心射とめて今日の日を迎ふる友に幸《さきは》ひの滿つ

平成廿八年度自衛隊観閲式に

臨む豫備自衛官の友らに

八十人《やそたり》のつはもの此處《ここ》にうち集ひ勵むさまこそたふとかりけれ

あなたふと武藏野原にひた勵む君が眼居《まなこゐ》忘れかねつも

祖母歸幽二十年

麥《むぎ》の穗になりそ稻《いね》の穗のごとく頭《かうべ》垂れよと諭しましし祖母

天長節

絕ゆるなく宮居《みやゐ》に向かふ人の波聖壽《せいじゆ》言祝《ことほ》ぐ人の波はも

廣前《ひろまへ》にうち振りませと日の丸の小旗配れり參賀の民に

災ひを受けし越後《ゑちご》の人びとに寄せ給ひける大御心は

襟正し聲を限りに萬歳を唱へ續《つ》ぎたり胸熱くして

歳末に「不二」十一月號を初めて
開き見て、福永眞由美先生の御病
氣完治とふお歌を拜す

あなめでた奇跡なるかもみ病の完治を知りてよろこびにけり
歳立ちて行幸《みゆき》通りに師の君の御顔拜せば心彈《はづ》みぬ

歌鉾乃會發會三年

ゆくさきに嵐の吹かば先驅けて征《ゆ》かむ士《をのこ》の集ひとすべし
入紐《いりひも》の心一つに相結びもののふ我らいよよ勉めむ
一人には成らざることも手を取りて共に歩めば成ると知りたり

忍

我のなすことを悉《ことごとそし》謗るのは心の病めるゆゑと知れるも
罵《ののし》るは病のためと忍ぶにも今宵虛しくひとり泣きをり
氣の觸れて言ふか本音かいざ知らず妻の心を醫師《いし》に問はばや
病む人の心のままに別るるも一つの方法《すべ》と醫師《くすし》のたまふ

悶々と過ごせる日々の耐へ難く子らの寝顔に涙の溢る

憂憤

胸裂くる思ひのまゝに太刀取りて現《うつつ》の闇の空《くう》斬りにけり

平成廿九年

宮中歌會始勅題「野」詠進歌

山々は神さびてまた安曇野《あづみの》の町しみじみと見ゆる十六夜《いざよひ》

睦月如月

三日月に星抱かれて宵空のいともゆかしく歩《ほ》を止めにけり

氷川《ひかは》なる宮居《みやゐ》の境内《には》の紅白の梅咲き初めて春立ちにけり

臘梅《らふばい》の甘き香りの立ち籠むる寶登《ほど》山頂の園生《そのふ》偲はゆ

寒風《さむかぜ》の吹けばいよいよ空澄みて上弦の月分明《さやか》に照りぬ

ま白なるみ雪しづかに紅《くれなゐ》の梅にかかりてめでたかりけり

母

父逝きて二年經《へ》ぬるこのごろも心許《もと》なく母を訪《おとな》ふ

休日は母を訪《おとな》ひ三味線の手解《てほど》き受くる例《ため》しとなりぬ

この次は黑田節ねとうれしげにのたまふ母をいとほしく思ふ

母君を疾《と》うに亡くせる友ありて我が母いますをありがたく思ふ

老　兵

老い耄《ぼ》れと稱《しょう》する勿《なか》れ我こそは老巧際《きは》なきつはものなるぞ

豫備自衛官招集訓錬

一年に僅《わづ》か五日の訓錬を無駄にせじとて計畫したり

いざてふ秋《とき》立ちて戰ふ心もて我が調錬に臨め豫備役《よびえき》

經驗も職種も問はず須《すべから》く戰ひの技今し錬るべし

百人《ももたり》の豫備役此處《ここ》にうち集ひ戰ひの技磨きたるかな

豫備役を嘲《あざけ》る勿《なか》れひたぶるに勵む姿のたふときろかも

事しあらば銃執《つつ》り共に戰はむ同志《とも》と心を堅く結びて

鞭打ちて鍛へ上げたる豫備役の彈倉交換目に留《と》まらずも

豫備役を蔑《なみ》する風《ふう》を祓ふがに空包射撃の音轟けり

全國の諸隊來て見よ豫備役の此《こ》れの訓錬手本とすべし

神武天皇祭

身禊《みそぎ》して畝傍《うねび》の山の橿原《かしはら》の宮居《みやゐ》の方《かた》ををろがみにけり
今朝早く小庭《さには》に咲ける雪椿一枝手折《たを》りて奉りけり

櫻

差し昇る朝日を浴みて九重《ここのへ》の大和櫻は花開くらむ
朝光《あさかげ》ににほふ九段の山櫻ますらを我の心なぐさむ
獨り酌む酒のうましやほろ醉ひて歩む夜道の花盛りなり
外燈の明かりなくただ月光《つきかげ》に艶《いろ》ふ櫻のうるはしきかな

母

幼きに我を庇《かば》ひて猛犬を追ひ拂ひける母頼もしや
悪戯《いたづら》の過ぎし我が手を泣きながら腫《は》れあぐるまで叩きし母よ
反抗の限りを盡くすもあたたかき飯調へて待ちし母はも
人はみな母より生まれ母戀ひて母身罷《みまか》りて泣き濡《そぼ》つらむ

北富士演習場の春

さみどりの萌ゆる甲斐路《かひぢ》の籠坂《かごさか》の峠朝日にきらめきてをり
不二の嶺《ね》のみ雪やうやう解けゆきて萌ゆる翠《みどり》の驅け登りたり
うぐひすの頻《しき》りに啼《な》きて涼風《すずかぜ》の心地よきかな富士の裾野は
昨夜《きぞ》降りし恵みの雨にさわらびは萌えて蕗《ふき》の葉廣ごりにけり
野焼きせるあとの裾野に萱根《かやね》なる若芽萌え出で煌《きら》めきにけり
夕さりて山の雉子《きざし》のしきりなる妻呼ぶ聲の哀しかりけり
この春にはや生まれけむかなへびの子らをちこちに遊べるを見る

春　花

今朝見れば鐵線《てつせん》の花五つ六つ増して小庭《さには》を彩りにけり
苧環《をだまき》の花を愛《め》でつゝたらちねは靜御前《しづかごぜん》を偲び給へり

老兵述志

平らけき世を祈りつゝ晴れらかに戰《いくさ》のにはに立つ日を待たむ

影山正治大人之命三十八年祭

塾長の遺稿《みふみ》讀みつぎ久しくも已《おの》が學びの量《かさ》の尠なし

川田貞一大人之命十九年祭

今井なる夏期講習會の偲ばれて今日献《たてまつ》るあぢさゐの花
この宵は大人《うし》がみ姿偲びつゝ彼方に響く雷《いかづち》を聞く

靖國神社創立記念祭獻詠　兼題「水」

老いてなほ燃えてやまざる兵《つはもの》の心を映す水鏡はも

富士露營

今日もまた富士のみ姿見らえずて漫《そぞ》ろ哀しく暮れにけるかも
天幕を打つ雨の音をたのしみて元義《もとよし》の歌味はひにけり
一合の心算《つもり》が二合三合と酒のすすみぬ露營の夜は
今朝見れば不二や雄々しく朝光《あさかげ》に名殘の雪のかがやきにけり
うぐひすの聲に目覺むる朝々を長き露營のなぐさみとせむ

うぐひすの聲を眞似して口笛を吹けば應《こた》へて啼《な》くも愉《たの》しき
山小屋の燈《あかり》やうやう増えにけり靈峰富士の山開き近し
ほろ醉ひに望月愛《め》でて詠《なが》むるは露營の夜の醍醐味なるぞ
雲別きて昇る朝日のひとときはに赤く燃ゆれば目に沁むるかも

八月十五日　涙雨

今の世をいかに見まさむ九段なる神の心の涙雨降る
英靈の御心のまに降りつづく涙の雨に胸の痛むも

中央豫備自衞官招集訓鍊

招かれて集ふにあらず豫備役《よびえき》は召されて集ふ大太刀《おほだち》なるぞ
全國ゆ集ひ給へる豫備役と知れば心のいよよ燃ゆるも
あなたふとみ國に命捧げむと六十人《むそたり》此處《ここ》に集ひ給へり
我よりも齡《よはひ》の高きもののふの眼鋭く勇ましきかな
銃《つつ》構へ屹度《きつと》睨《にら》まへ彈倉を瞬《またた》く間にも換ふる豫備役
還暦を越えて今なほ銃《つつ》執りて勵みたまへる人ぞ雄々しき

たをやめも銃の重さに堪へながら力の限り勵みたまへり
戰ひに手創《てきず》を負へる兵を看取《みと》り給はむ母ともなりて
我が矢彈《やだま》盡《つ》きてなほしも敵あらば一撃必殺臆する勿《なか》れ
事しあらば共に戰ふ豫備役と汗を流せる日々を思ふも

歌

詠むたびに辭世の心籠めてこそ武人《もののふ》たるの歌と知るなり

父三年祭

奥津城《おくつき》に膝折りましてたらちねは久しく父と何語ります

歸省

石蕗《つはぶき》の花鮮やかに群れ咲きて冬枯れの小庭《さには》彩りにけり

第四十七回　國學院大學戰歿先輩學徒慰靈祭

いさぎよく出で立ちまし、國學の學徒は我らが先輩なるぞ

手の本を捨てて皇國《みくに》の防人と戰ひまし、我が先輩よ嗚呼《ああ》

壯行の歌さながらに先輩は學問の道戀しかりけむ

筆置きて銃《つつ》執りみ國のもののふと果てましにける先輩學徒

み祭の燈《ともしび》を豈《あに》絶やさじと仕ふる若木の眼澄みをり

緊張にうち震へつゝ進行の務め果たせる典儀の所役

うら若き乙女の踏める浦安の舞は御靈《みたま》を慰み奉る

ひと年にせめてひと度學生の擧《こぞ》りてまゐるを例《ため》しとやせむ

我が小隊長

姉に次ぎ母に遲れて泣きたくも小隊長は勤めますかな

諸々の禍事《まがごと》なべてうち祓ひ長和《をさにこ》やかに春迎へませ

母の傘壽

たらちねの傘壽《さんじゆ》迎ふる朝明けに清めの雨の降りにけるかも

父逝きて獨り暮らせるたらちねの八十路《やそぢ》迎ふる今日ぞうれしき

たらちねの母の傘壽を壽《ことほ》げる夕餉《ゆふげ》に父の御聲の聽こゆ

憂國忌

國憂へ世にさきがけて散りまし丶人を偲びて燒刃《やきば》見澄ます

歌鉾乃會發會四周年記念歌會に
富山縣護國神社遺芳館研究員兼
神通歌會講師の西川泰彦氏をお
招き申し上げ御指導を賜はる

四年經《よとせふ》るも未だ學びの淺ければ講師招きて教へを乞はむ
はろばろに出でまし丶我が師の君の熱き言の葉肝に沁みたり
「つはものの友」と我らを呼びませる大人が御心かたじけなくも
師の君が眉あげ我らに諭しまし丶一貫不惑の忘れかねつも
若きらの一人ひとりに語りかけ御酒《みき》酌みませる大人が心は
ほろ醉ひて唱ひ給へる肉彈三勇士大人が美聲に聽き惚れにけり
凄まじき音痴の宮川怯《ひる》むなく歩兵の本領唱ひとほせり（宮川貢士朗兄）
み諭を賜はり我ら惑ふなくすめらみくさを貫き徹さむ
我が一黨《いつたう》みさきはらひと五月蠅《さばへ》なす奴《やつこ》ことごと撃ち滅ぼさむ

日本舞踊「納め浚ひ」拝観

幕開きの松の緑をくはしめの舞へばひときはめでたかりけり（松の緑）

去年《こぞ》よりも背丈伸びたる少女《をとめ》らの舞へる姿に吾子の思ほゆ（京の四季）

いにしへの京の都の美しき四季を訪《おとな》ふ心地するかも（仝）

義經《よしつね》の行くすゑ祈り舞ひにけむ靜御前《しづかごぜん》の思ほゆるかも（賤の苧環）

しづやしづ賤《しづ》の苧環《をだまき》かの人を慕ふ舞こそ我を泣かしむ（仝）

いや遠く戀しき人を偲ぶらむ乙女心の思はるる舞（都鳥）

ひときはに舞へる姿のうるはしく振れる扇《あふぎ》の雅びなるかな（仝）

地獄なる責め苦にあひて亂れ舞ふ乙女の果てに目を見張りぬる（鷺娘）

小道具も衣装も着けぬ素踊りの須磨の浦邊《うらべ》の見事なるかな（仝）

手拭ひを挿頭《かざ》して團扇《うちは》煽《あふ》ぎます花の乙女に皐月《さつき》思ほゆ（あやめ浴衣）

菊の花今を盛りと香れるを愛でつゝ舞へる姿うつくし（園生の菊）

二本《ふたもと》の扇巧みに舞ひ合はせ園生《そのふ》の菊を賞《め》づる舞はも（仝）

踏む音の雄々しくもまた清《さや》かなる大き匠《たくみ》の舞ひ納めかな（老松）

見澤昌孝兄の御長男誕生

稀《まれ》らにも男子《をのこご》得たる吾が友の幸《さきは》ふ顔の眼に浮かぶ

子は寶《たから》をのこなりせばことさらに國の寶と導き給へ

天長節參賀

今年また行幸通りに魂《たま》あへる友とたのしく國旗配れり

今日の日を言祝《ことほ》ぎ參賀の人波にゐみゐみて小旗手渡しにけり

小旗なれど國のみ旗と謹みて手に取り配れうら若き伴《とも》

「天長節おめでたう御座います」と笑顔もて小旗配れば人の和するも

參賀をへ廣前《ひろまへ》を去る我が友の眼に清き涙光れり

歸り路に寄りし上野の「藪《やぶ》そば」に祝ひの酒を酌みにけるかも

平成卅年

宮中歌會始勅題「語」詠進歌
笑み聲の絶えぬ今宵や學び舎の友とかの日のままに語れり

新春參賀
絶ゆるなく續く參賀の人波に聲をかけつつ小旗配れり
ひとひらの雲なき空に諸手擧げ聖壽萬歳唱へ奉りぬ
萬歳を唱へ續けて君が代を聲を限りに唱ひ奉りぬ

長女の成人式（於さいたまスーパーアリーナ）
仕立てたる晴れ着を纏ひゐみゐみて吾子は祝ひの式に臨まむ

睦月如月
きのふけふ陽射しほのかに暖けく小庭《さには》に一つ白梅の咲く
積もりたるま白き雪をかけ合ひて子らと遊べるかの日偲はゆ

流感に咳《すはぶ》く隊員多けれど老兵われは健よかなるぞ

鬼遣《や》らふ掛け聲子らと競り合ひて豆打ちにけるかの日懐かし

春立つも水のひとときは冷たくてえいと踏ん張り今朝も禊ぎぬ

朝なさな禊ぐ暮らしの効《かひ》ならむ風邪の一つも引かで勵めり

我が北方領土

全千島南樺太我が國の領土なるぞと言ふも虚しき

野蠻なる露助棲みつき七十年今し觀るべし「氷雪の門」

紀元節

人訪《と》はぬ小《ち》さき社にしづまれる神にぞ祈る皇國の彌榮

今日の日を祝《ほ》き奉るがに紅白の梅の清らに咲きにけるかも

雛祭り

靖國の宮居《みやゐ》に祭る大きなる内裏雛《だいりびな》こそいとまばゆけれ

奉公の足らはぬ身なれば内裏雛の御顔險しく見ゆる今日かも

白髪染む老兵われも大君の醜《しこ》の御楯《みたて》といよよ勵まむ

小さき手に雛を抱《かか》へて運びける子らの姿を懐かしく思ふも

百貨店に飾れる雛の左右誤りたるをひそかに直しぬ

櫻

梅に桃つぎは櫻と次々に蕾に觸れて待ち焦がれをり

老ゆる母にこの春こそは古里の幸手《さつて》の櫻観せまつるかも

上弦の月仰ぎつゝ櫻咲く氷川《ひかは》の宮の參道をゆく

春の梢《こずゑ》に咲きて會はむと誓ひましゝ同期の櫻今し咲き滿つ

徒《いたづ》らに光照らして夜櫻を樂しむ風《ふう》を我は好まず

人知れず深山《みやま》に咲きて月光《つきかげ》に艶《いろ》ふ櫻の思ほゆるかも

人訪《と》はぬ深山にひとり凜として咲ける櫻と我も生きたし

八重咲きの花の手鞠《てまり》をひときはに匂はす望《もち》の月を愛でたり

我が隊は近衛聯隊なり

我が隊に禁闕守護の責あるを說かで「近衛《このゑ》」を名告《の》る愚かさ

今日もまた近衛《ちかきまもり》の兵を育て上げむと聲を嗄《か》らしつ

言どわたし

人として妻を末まで看取《みと》らえぬ我をば神は許し給ふか
二十年《はたとせ》を共に過ごせる仲なれば妻の思ひに子らを託さむ
向き合ひて事戸《ことど》を渡す時にして子らを頼むとしづかに言へり

塚田尙吾兄の轉任

三河なる銘酒尊皇酌み交はしもののふ三人語り明かしぬ
轉屬は宿命なれどまた一人同志《とも》を見送る今宵切なし

川田貞一大人之命二十年祭

「大切な任務ですぞ」と言の葉を給ひしときゆ迷はず來たり
古里を戀ふる辭世《うた》こそ哀しけれいつしか訪《と》はむ土佐の荒海

神屋二郎大人之命十年祭

出し抜けに昭和の維新成らむやと問ひし我をば諭しましけり

唯々《ただただ》に信じて祈り行へと大人はしづかに宣《のたま》ひにけり

砲兵と戰《いくさ》の場《には》に召されたる昔を醉ひて語り給ひき

み病に瘦せ細ります武人《もののふ》を訪《と》はざりしこと今に悔ゆるも

師と仰ぐ昭和のさむらひ逝きますも子孫《うみのこ》なべて勤皇に生く

御身もて我らにしめし給へるは父子相傳の一族勤皇（獻詠）

靖國神社創立記念祭獻詠　兼題「戀」

遙かなる留守居の妻を戀ひましヽ益荒《ますら》猛《たけ》男《を》の歌に泣きぬる

戀

み戰《いくさ》に果てましヽ人の古里を戀ふる歌こそ我を泣かしむ

富士演習場に鍊武す

進軍のしるべなるかも闇路をば照らす螢火愛《かな》しかりけり

奇《く》しびなる光三つ四つ五つ六つ隊をいざなふ富士螢はも

朝靄《あさもや》のやうやう霽《は》れてさみどりの富士の原野の廣ごりにけり

松陰神社　明治維新百五十年記念獻詠　兼題「松」

神州の不滅信じて務むるも松の聲にし咽《むせ》ぶ夜もあり

鶴岡八幡宮參詣

實朝《さねとも》の歌碑を見つけて戀闕《れんけつ》の歌詠《なが》めたり胸熱くして

大銀杏の倒れしあとに蘖《ひこばえ》の萌えていのちの受け繼がれたり

石段《きざはし》の側に親木の移されて今し若葉の萌えてまばゆし

舞ひ給ふ靜御前《しづかごぜん》の描かるる竹の栞《しをり》を一つ買ひたり

ま白なる蓮の花咲く池の邊《へ》の茶屋に立ち寄り一休みせり

武藏國一宮氷川神社例大祭

衣紋《えもん》上げ太刀帶び給ふ舞人のいともゆかしき東遊《あづまあそび》は

蟬時雨《せみしぐれ》搔き消すほどにうち響く御輿《みこし》を擔《かつ》ぐ若人の聲

町ごとに老いも若きも威勢よく御輿擔ぎて賑はひにけり

八月十五日靖國神社參拜を期す

行樂に現《うつつ》を抜かす隊員をいかに導かむ悩む日のあり

去年《こぞ》わづか八十人《やそたり》足らずの隊悔し今年こそはと呼びかけ續けり

哀悼　神屋裕子刀自之命

若人の訓育支へ給ひける刀自《とじ》之命は天翔《あまがけ》るらむ

年々の夏期講習會の例《ため》しなるライスカレーの味忘れ得ぬ

烈々と武道稽古會に勵めるを勞《ね》ぎて給ひしおでんの味はも

二年を共に暮らして看取りまし菜摘《なつめ》女孃の御心偲びぬ

八月十五日　靖國神社部隊參拜

去年《こぞ》よりも集ひし友の尠なければただに努めの足らざるを知る

松葉杖をつきて遙々《はろばろ》我が友はこの日こそはと努めては來つ（杉山望兄）

大東塾十四烈士七十三年祭

代々木原の初秋草を紅《くれなゐ》に染め給ひけむ益荒猛男は

秋草を眞紅に染めて果てまし、益荒猛男の御心繼がむ（獻詠）
庄平翁の遺稿《みふみ》ふたたび繙《ひもと》きて修理固成とふ深きを知りぬ
御心を偲び參らせ朝明けに白粥食《は》みて軍務に就きぬ

仲　秋

榧《かや》の實《み》の香る九段の坂上を掃く朝明けの清《すが》しかるかも
榧の實を一つ手に取り甘き香をたのしみながら友と語りぬ
今年また金木犀《きんもくせい》の花咲きて甘き香りに包まれにけり
涼風《すずかぜ》の吹きて小庭《さには》に這ひ伸ぶる風船蔓《ふうせんかづら》の搖れて鈴鳴る
月夜見《つくよみ》の現れ坐《ま》さぬこの宵も御酒《みき》を供へて拝みにけり

觀閲式訓練の有り様に憂憤せり

訓鍊と雖《いへど》も國旗を繰り返し揚げて下ぐるを我は許さじ
日の丸を捧げ持ちたる幹部旗手の戯《ざ》れて愼みなきを叱りぬ
高級幹部集ひしといふその中にただの一人も糾《ただ》す者なし
張り子なる軍備四海に見せつけて抑止せむてふ虚しさよ嗚呼《ああ》

みいくさの面影もなき自衛隊のゆくすゑ嘆く老兵われは

第四十八回　國學院大學戰歿先輩學徒慰靈祭

筆硯《ふですずり》捨てて戎衣《じゆうい》に改めて國學の子は出で立ちにけり

六百の若き櫻は國學の實踐期して遂に立ちましき

我等に國學魂ありといふかの絶叫の心に咽《むせ》ぶ（獻詠）

國學を敵彈雨飛の中にこそ玉成せよてふ學長の仰せはも

留魂錄の決意溢るる墨痕につはもの我の胸の高鳴る

出で立ちに認めましゝ言靈の「尊皇絶對」我が胸を打つ

神風連蹶起の日に

勝ち負けを遙かに越ゆる戰ひに湊川《みなとがは》の戰ひを思《も》ふ

今宵こそ愛刀包清《かねきよ》取り佩きて月下にひとり白刃を睨む

虚しさに太刀の手柄《たがみ》を握《とりしば》りえいやえいやと空《くう》斬りにけり

遺されし神風連の歌にこそ清く悲しき祈り覺ゆれ

銀杏竝木

通ひ路に竝《な》み樹《た》つ銀杏《いちやう》やうやうに色づきにけり秋深みゆく

きのふまで青きがあれど今朝見れば黄の一色に染まりたるかも

日本舞踊拜觀

若草の日傘を差して花道を歩む姿の艶《いろ》めきにけり（吾妻八景）

小舟漕ぐ振りのゆかしく古《いにしへ》の都の氣色思はるるかな（仝）

春の日の麗《うら》らにさして野邊《のべ》に舞ふ蝶と戯《たはむ》れ舞へる少女《をとめ》よ（手習子）

蕾なる花の少女子《をとめご》然《さ》はあれど口說きの舞の色めきにけり（仝）

美しき都の巽《たつみ》思はする長唄《うた》にあはせて舞ひにけるかも（巽八景）

名披露目《なびろめ》に相應《ふさは》しからむとほしろく雅びやかなる君の舞はも（仝）

靜御前白拍子《しづかごぜんしらびやうし》とぞ宣《の》りまし、御心思へばなほも切なし（賤の苧環）

金色の烏帽子《えぼし》を被《かぶ》り太刀佩《は》きて雄々しく舞ふも哀しかりけり（仝）

しづや賤俄《しづにはか》に扇落としたる哀しき振りに眼潤みぬ（仝）

雅びかに舞へる姿の愛《かな》しくてやまとをみなの手本とぞ思ふ（俄獅子）

召し替へて朱《あけ》の衣にま白なる獅子を操る踊り俄《にはか》は（仝）

白無垢の乙女と舞へる白鷺《しらさぎ》の戀の行方の虚しかるべし（鷺娘）
亂れ舞ふ乙女の果ての姿《さま》にこそ哀しき性《さが》の思はゆるかも（仝）
別れ路に天女《をとめ》の舞へる東舞《あづままひ》三保《みほ》の神樂《かぐら》の思ほゆるかも（三保の松）
御膝の痛みを露も思はせぬ雄々しき舞ひに固唾《かたづ》を飲みぬ（仝）
凛として舞ひ納めまし、大き師は舞人にして武人《もののふ》なるか（仝）
神代なる岩戸開きゆ絶ゆるなき天つ神樂の日の本の舞
あなたふと天宇受賣《あまのうずめ》の御神樂のみてぶり今に承け繼がれたり
歸り路に空見上ぐれば美しく青き月夜の十三夜かな

千葉縣支部結成五十周年記念に寄せて

銃《つつ》執るを鎌に取り替へ初秋の新穂《にひほ》を刈りしかの日偲はゆ
山武《さんぶ》なる里に稲刈り豊御酒《とよみき》に酔ひし夕の忘れかねつも
長高《たけ》くとほしろき歌溢れます「あづま通信」憧るるなり

歳末述懐

定年を延長するとふ軍命に勇みて高く拳あげたり

色變へぬ松のごとくに盡忠の燃ゆる思ひはとどまざるなり

天長節

皇軍《みいくさ》のつはものとして今年また行幸《みゆき》通りに國旗配れり
若きらと聲を嗄《か》らせて廣前《ひろまへ》に唱へ奉るは聖壽萬歳
御民《みたみ》われらの日々の生活《たつき》を案じ給ふ我が大君の御言《みこと》に泣きぬ
大御代《おほみよ》に仕へ奉ると嘯《うそぶ》きて鍛ふる暈《かさ》の尠《は》なきを忸づ

平成卅一年

宮中歌會始勅題「光」詠進歌

天つ日の光あまねくあぢきなき賤《しづ》が身にさへ生氣《せいき》賜ふも

歳旦

あなめでた大御位《おほみくらゐ》の三十年《みそとせ》を壽《ことほ》ぎまつる年は明けたり
平成の御代の結びの初春に禱《いの》りまつるは天壤無窮

新年參賀

絕ゆるなく參來る人にゐみゐみて國旗手渡す朝の淸《すが》しも
大君は晝《ひる》の御膳《ごぜん》を聞こし召す時を削りて出で坐《ま》しにけり
平成の御代の結びの參賀なれば聲嗄《か》るるまで萬歳唱へつ
七度《ななたび》も出坐《いでま》しにけむいや深き大御心を畏《かしこ》みまつる

一月七日

先帝を偲び奉りて七草の粥を啜れる一月七日

初春月

初雪に家持《やかもち》の歌思ひつゝしづかに御代を祈り奉るも
梅の花くれなゐ色に匂ひたる氷川《ひかは》の杜《もり》にひとり書讀《ふみ》む

追儺

この年も近所迷惑恐るらむ豆打つ聲の聞かれざるなり
自衛隊官舎の子らよ憚《はばか》らず戸を開けていざ鬼打ち祓へ
鬼は外聲をかぎりにうち叫び我に續けと鬼遣《や》らひけり

立春

凍《い》つる朝は床を蹴り起ち川田大人の御顔浮かべて禊《みそぎ》するなり
朝なさな身禊《みそぎ》せぬてふ神職《はふり》らの蔓延《はびこ》る今の現《うつつ》口惜し
あらたのし春立つけふの朝明けに桶百杯の水被《かづ》きたり

北方領土

四島の名さへ知らざる若きらに史實教ふるむづかしさ知る

「氷雪の門」を再び觀ればなほ島の還らぬ虚しさ募る

櫻山神社參拜

卒論に「うけひの戰ひ」綴りしゆ二十年《はたとせ》經《へ》たり今日ぞ參らむ

ただならぬ氣の漂へり境内に志士の墓石の群れ立ちたれば

建ち竝《なら》ぶ百二十三士の墓碑《いしぶみ》の中を謹み謹みてゆく

墓石に刻まれし御名《みな》一つづつ白《まを》して御靈《みたま》を慰め奉る

小傳馬《こでんま》町の露と消えけむ彥齋《げんさい》の無念思ひて心に泣きぬ（河上彥齋《かはかみげんさい》）

大いなる櫻園大人《あうゑんうし》の奥津城《おくつき》のみ前に立てば身は震へたり（林《はやし》　櫻園《あうゑん》）

討入りに召しけむ血染めの羽織にぞ戰ひのさま偲ばるるかも

霽堅《はるかた》大人の廢刀奏議書今ここに覽《み》れば忽《たちま》ち胸の高鳴る（加屋霽堅《かやはるかた》）

「君恩重《くんおんのおもきに》」と記す安國《やすくに》大人の歌に心のうち震へけり（安國は太田黑伴雄《おほたぐろともを》の名）

資料館の展示硝子《がらす》に張りつきて時を忘れて血史を學ぶ

豫てより「みたま奉仕會」の活動に贊同し、ひたぶるに務めたる婦人を後添に迎へむと、その鄕里福岡を訪ふ

おほははは恆《つね》には語らぬ滿洲の生活《たつき》を今日はゑみ語ります
軍屬として滿洲鐵道に勤めたるおほちちにこそ會ひたかりしを
奥津城《おくつき》に花をたむけてゆく先を守り給へと祈り奉りぬ

みたま奉仕會發會二十周年記念行事

御創建百三十年を壽《ほ》ぎ奉り有志募りて旗揚げをせし
一月に一度まゐり心籠め奉仕重ねて二十年《はたとせ》經《へ》にけり
雨風の強きもめげず獨り掃く日々をも越えて今に至れり
九段なる宮居《みやゐ》の境内《には》を掃き清め二十年《はたとせ》二百六十一回
今日の日を祝ひて遠く近くより軍民六十人《むそたり》うち集ひけり
遠き日に共に勵みし同志《とも》は今日鹿兒島知覽《ちらん》ゆ驅けつけて來つ
我が信條刻める手拭記念にと全國同志の許《もと》に届けたり

（山下正憲兄）

手拭に刻める四字はそのままに尊皇絶對これぞ信條

良縁を得て再婚せり（於東京大神宮）

我が思ひ籠むる誓ひの言の葉を神のみ前に奏し奉りぬ

美しき文金島田《ぶんきんしまだ》に挿《さ》しゐたるびら簪《かんざし》の搖れてゆかしき

白無垢の君の姿のひとときはに美《うるは》しくして見惚れたるかも

旅　路

濱名湖の水面《みなも》きらめき旅立ちの朝を彩る心彈《はづ》みぬ

ま白なる富士の高嶺を指差して手を打ちよろこぶ妻の愛《いと》しも

長閑《のどか》なる鈴鹿《すずか》の田園《たはた》廣ごりて旅の車中のひとときはたのし

車窓から見ゆる氣色に聲あげつ伊勢中川の流れ雄々しき

縣居《あがたゐ》と宣長《のりなが》大人《うし》が松坂《まつさか》に語りけりとぞしみじみ思ふ

松坂の一夜思ほゆ我もまた國學の子と學ぶ身なれば

外宮參拜

宮前の松は雄々しく一片《ひとひら》の雲なき空に映えてゆかしも

空晴れて春の陽射《ひざ》しのあたたかく心安けく外宮にまゐる

この宮に鎮まり給ふ豊受大神《とようけのおほかみ》をこそ妻とをろがむ

旅人を勞《いたは》りひときはやはらかく煮たる旅籠《はたご》の伊勢うどんなり

遷宮の奉納酒なる「千代八千代」かしはで打ちて今宵賜はる

今朝早く温泉《いでゆ》に浸かり庭に咲く山櫻花見るは幸なり

内宮參拜

神風の伊勢の櫻は朝影《あさかげ》に映えてひときは清く咲きたり

宇治橋ゆ望む流れの美しく行き交ふ人も歩み止めたり

清らなる御裳濯川《みもすそがは》に身を清め杉の木立の參道をゆく

やうやうに太太神樂《だいだいかぐら》の笙《しやう》の音の聞こゆるままに胸の高鳴る

神宮《かむみや》に仕へ奉りしかの夏ゆ二十年《はたとせ》經《ふ》りて今日の日に參る

玉垣の前に頭《かうべ》を深々と垂《た》れてをろがみ潤む妻はも

參拜ををへて茶店に名物の赤福《あかふく》食《は》みて妻と語らふ

賑はへるおはらひ通りの懐かしく旅籠《はたご》に戻る道をたのしむ

安芸の宮島に渡り嚴島神社參拜

大きなる聯絡船に乘り込みて神の島なる宮島に渡る

古《いにしへ》の神の島なる宮島に外《と》つ國人の溢れつるとは

宮島は觀光地かも仲見世《なかみせ》に外《と》つ國人の騷ぐに似たり

拜觀料納むるを知らで進みたれば行く手遮る婆《ばばあ》ありけり

安芸國《あきのくに》一の宮なるみ社を心鎭めてをろがみまつる

市杵島姫命《いちきしまひめのみこと》の御名《みな》をこそ唱へ奉りてかしはでを打つ

古株の仲居の語り面白く旅の疲れの吹き飛ぶ夕餉《ゆふげ》

煮たる牡蠣《かき》穴子眞丈《しんぢやう》さより鮨《ずし》海の幸にぞ舌鼓打つ

朝影に彩ふ鳥居のゆかしくて見蕩《と》るるほどに潮の滿ちたり

稀《まれ》らなるミヤジマトンボの飛ぶ季《とき》にふたたび訪はむ安芸の宮島

玉造《たまつくり》溫泉

都にははや散り敷くをこの里の櫻は今を盛りと咲きぬ

いにしへに勾玉《たま》造りけむこの里の溫泉《いでゆ》の宿に趣《おもむき》のあり

出雲《いづも》なる風土記《ふどき》にありて神の湯と稱《たた》へられけむ溫泉《いでゆ》のゆかし

白鹿のお告げによりて湧きしとふ昔思ひて湯に浸かりをり

出雲石を磨《と》ぎて造りし勾玉《まがたま》のいと美しく手に取りて賞《め》づ

出雲大社參拜

勢溜《せいだまり》の大鳥居から參道を下りてまゐる今朝ぞ清《すが》しき

尊福公《たかとみこう》作詞の「一月一日」を口遊《ずさ》みつゝ參道をゆく

いにしへは貴人《きにん》にかぎり通るとふ松の參道つつしみてゆく

國讓りの神話を讚へ給ひたる御歌《みうた》の碑《いしぶみ》しづかに建てり

中空《なかぞら》に聳ゆる松の參道の先に出雲の大社《おほやしろ》あり

ただならぬ佇まひなり神さぶるこれぞ出雲の神のみ社

かしはでを四つ打ちてこそ大神ををろがみまつる出雲の作法

み社の彼方に聳ゆる八雲山の奇《くす》しき靑の目に沁みてをり

靑空を覆ふがごとく翻《ひるがへ》る國の御旗は七十五疊

命主《みことぬし》の神の社に聳え立つ椋《むく》の老木神さびにけり

歸り路に神門通りの茶店にて出雲ぜんざい妻と啜りぬ
善哉《ぜんざい》の名の謂れこそ出雲なる神在餅《ぜんざいもち》とふ語り句をかし
甘垂れにつけて食《は》むとふ出雲そばひときは腰のありてよろしも

出雲阿國の奥津城に參る

出雲なるお宮通りにほど近く阿國《おくに》の墓はしづかに建てり
日の本の歌舞伎の始祖と仰がるゝ出雲阿國の墓に參りぬ
日本舞踊の師範たる妻襟正しただつつましく拜みにけり
いにしへの都大路に踊りけむ出雲阿國を旅に偲びぬ

新元號公布

新帝の踐祚《せんそ》を待たず新たしき元號を世に知らすとは嗚呼《ああ》
元號と皇位は一體なるものをお祭り騒ぎに眉を顰《ひそ》めり
清らなる響き「令和」に籠めらるる意《こころ》を知りて歡びにけり
萬葉の昔春べに薫りけむ白梅の歌今宵讀みをり

天皇陛下御譲位

高光る天つ日嗣《ひつぎ》の御位《みくらゐ》を譲り給へるときの畏《かしこ》し

黄櫨染《くわうろぜんの》御袍《ごはう》召さるる御姿に御即位の日の偲はゆるかも

退位禮正殿の儀を了《を》へ坐《ま》しゝ我が大君の御背に泣きぬ

令和元年

奉祝　天皇陛下御即位

新たなる御代《みよ》の元《はじめ》の朝明けに祈り奉るは皇國の彌榮《いやさか》

あらたのし妹背《いもせ》揃ひて新たなる御代の元《はじめ》を迎へられたり

忽《たちま》ちに空霽《は》れわたり風切りて鳳輦《ほうれん》今し皇居に向かふ

あなかしこ大御位《おほみくらゐ》の御璽《みしるし》を承け繼ぎ給ふをつつしみ拜す

次女大學進學

教員になるを夢みて大學に通へる吾子を遠く勵ます

靜御前の墓に參る

去年《こぞ》の秋賤《しづ》の苧環《をだまき》舞ひたれば妻は墓參を切に願へり

靜御前《しづかごぜん》を慕へる母を誘《いざな》ひて武藏久喜《むさしくき》なる奥津城《おくつき》を訪《と》ふ

女學生のころに通ひし町竝みを今懷かしく母はゐみます

影山正治大人之命四十年祭

本棚の奥に眠れる全集を埃拭《ぬぐ》ひて引っ張り出だしぬ
焼け染みの酷《ひど》くなれるも繙けば道のしるべと輝く遺稿《みふみ》
感激に頁の角を折り曲げて讀み返したり歌道維新論
傍線の多《さは》にありけり若き日に勉めしことを想へば恥ぢゆ
『維新者の信條』父の文机《ふづくえ》に見つけて塾の存在を知る
如何にせむと思ひ惑ひし折々に遺稿を讀みて道定めたり
一すぢの大繩となし大御代に仕へ奉れと御聲の聴こゆ（獻詠）

川田貞一大人之命を偲びて

あぢさゐの花咲く季《とき》の近づきて大人《うし》のみ姿しのに思ほゆ
牢獄を恐れぬ眞の愛國者川田班長今《いま》は在さず
大君に仇なすやつこ一太刀《ひとたち》に斬り殺す術《すべ》いよよ磨かむ

訓錬演習

さみどりの中にひときは美しく咲き匂ひたる藤の花房

實戰に非《あら》ざる行爲《かうゐ》遏《とど》めむと諸兵睨《にら》まへ警《いまし》めにけり
演習を侮《あなづ》り敵火に兵《つはもの》の動き緩《ゆる》ぶは見るに堪へざる
斥候の功名心か地雷原を突き切り敵地に向かふありさま
戰術によらで演習判斷に戰勝《かち》を欲しがる指揮官口惜し
戰ひのさまは如何にと想はずに訓錬積めどただ虚しかる
山中の道べに咲ける淸らなるみやますみれの眼に染みぬ
師の君より演習中に屆きたる『軍神杉本中佐』の御本（西川氏）
熱きものこみ上げ來たり書棚より『大義』を取りて再び讀めば
中佐には遠く及ばぬ身なるとも我も大義に生きて死ぬべし

靖國神社創立記念祭獻詠　兼題「明」

明日ありと思ふ心をうち捨てて戰ひの技今し錬るべし

梅雨明け

長梅雨《ながつゆ》の明けてうれしや朝明けの空に響かふ蟬時雨《せみしぐれ》よし

太刀《たち》が嶺《ね》歌會入會の御許しを請はむ

師の君の歌風に惹かれ二十年《はたとせ》餘りみ教請はむと筆執りにけり

みいくさの名殘もあらぬ自衛隊に我みいくさと仕へ奉らむ

地に壁に拳打ちつけ迸《ほとばし》る紅き血潮の涙に霞む

師の君の賜ひし太刀を朝なさな拔きて祓の太刀と振りたり

仇敵《きうてき》は我が内にあり今宵また讀み返すなり『維新者の信條』

八月十五日　靖國神社部隊參拜

大臣《おとど》らは何恐るるか日の本の民の務めを確《しか》と果たせよ

行樂に現《うつつ》を拔かす自衛官《つはもの》の蔓延《はびこ》る中を五十人《いそたり》集ふ

かゝる世に稀なる幹部現はれて共にまゐるは心强しも（宮本帆眞三佐）

廣前《ひろまへ》に額《ぬか》づき我ら國護る決意あらたに誓ひ奉りぬ

海陸《うみくが》に空にし淸く散りましゝ人の心をしづかに思ふ

國護る陸上自衛官《りくのつはもの》うち集ひ御遺志繼がむと誓ひ合ひたり

夕さりて我らの他に制服の自衛官《つはもの》あらず家路につきぬ

行樂に現《うつつ》を拔かす自衛官《つはもの》も悔い改めて額突《ぬかづ》かせまし

神州の不滅信じてやまぬ身の現《うつつ》の闇に噎《むせ》ぶ夜もあり

御民《みたみ》われ大詔《おほみことのり》に沿ひ奉り臣《おみ》の正道踐《ふ》み行かむとぞ思ふ

豫備自衛官招集訓錬

豫備役《よびえき》も我が國守る大事なる防衛力なりいざや鍛へむ

實戰に適《かな》ふ戰技《わざ》をば授けむと心を鬼に鍛へ上げたり

還暦を越えて今なほ銃《つつ》執りて勵む人こそたふとかりけれ

盤石《ばんじやく》の守り堅めむ我が爲《な》せるこれの訓錬四方《よも》に廣めよ

父の命日に

ちちのみの父の命《みこと》の奥津城《おくつき》に妹背《いもせ》揃ひてまゐる今日かな

五年祭を迎へたる今日しみじみと父の在《いま》せし時を懐《おも》ひぬ

颱風十九號に伴ふ秩父災害派遣

ひときはに大き野分《のわき》のまたの日に發《た》ちて向かひぬ孤立の村に

住む家の埋もれたる場に佇《たたず》める嫗《おうな》の肩を強く抱きぬ

住まひをば土砂に埋もれて失ひし媼に母を重ねて思ふ
如何ならむ任務も遂げて宸襟《しんきん》を安んじ奉らむ我が隊こそは
「御大典記念」の碑《いしぶみ》秩父なる山邊《やまべ》に建ちて苔生《む》しにけり

災害派遣任務を了へ、久方振りに
歸省叶ひて母と一日過ごしぬ

秋風に搖れてたのしや軒下の風船葛《ふうせんかづら》母と眺めつ
今年また石蕗《つはぶき》の花あまた咲き古屋の門を彩りにけり

新兵教育を正さむ

この頃の新兵教育手溫《ぬる》きをいと口惜しく眉を顰《ひそ》めぬ
腑抜《ふぬ》けたる教育體制正さむと訓鍊教官引き受けにけり
實戰を想ひて爲せる訓鍊に八十《やそ》のつはもの目を覺ましたり
我が國と外《と》つ國々の境さへ識《し》らで國防語る幹部は
樺太も千島も知らぬ若きらに地圖を擴《ひろ》げて史實を傳ふ
憤る思ひやまぬも妻作る夕食《ゆふけ》に心安きを得たり

第四十九回　國學院大學戰歿先輩學徒慰靈祭

國學の實踐期して立ちましゝ我が先輩の尊きを思《も》ふ

即位禮正殿の儀　期日發表

瑞雲《ずいうん》の大内山《おほうちやま》に棚引きて萬歳の聲國中《くぬち》に轟く

奉祝歌詠進

しづかなる夜にし聽こゆる蟲の音にわがしきしまのさきはひを思ふ

即位禮正殿の儀　當日祭

新妻の手長《てなが》となりて震へつゝ御饌御酒《みけみき》運ぶ姿さやけし

令和元年十月廿二日

即位禮正殿の儀を拜す

御帳《みとばり》を褰《かか》ぐるときを膝折りて控へ奉れば胸の高鳴る

高御座《たかみくら》昇らせ給ふ天皇《すめらぎ》を膝折り伏して拜みまつる

高御座に昇らせ給ふすめらぎのいともまばゆき大御光《おほみひかり》は
あな奇《く》しや忽《たちま》ち霽《は》れて七色の光都の空を彩る
忽ちにみ光差して七色に都の空を彩りにけり
すめらぎは天津日嗣《あまつひつぎ》と高御座に坐《ま》して食《を》す國知らしめすなり
高御座に昇らせ給ふすめらぎの大御稜威《おほみいつ》こそ畏《かしこ》みまつれ
天の下四方《よも》の國民《くにたみ》いや擧《こぞ》りすめらみことを仰ぎ奉らむ
大君の醜《しこ》の御楯《みたて》とこの身をば鋼《はがね》と鍛へ護り奉らむ

祝賀御列の儀に際し赤坂御所前
にて奉迎の堵列隊の諸兵に

高御座にのぼらせ給ふ大君を心一つに迎へ奉れや
沿道に堵列《とれつ》隊とて御卽位を祝ひ奉るは譽《ほま》れなりけり
事しあらば躊躇《ためら》ふ勿《なか》れ躬《みづか》らを楯と輦下《れんか》を護り奉れよ

東京元赤坂なる舊赤坂離宮「迎賓館」にて
大日章旗を捧持し堵列せしかの日を偲びぬ

御楯《みたて》とぞ昭和陛下の御出坐《おでま》しに覺悟を決めしかの日思ほゆ

令和元年十一月十日

祝賀御列の儀に際し、赤坂見附沿道
にて鳳輦の渡らせ給ふを拜し奉る

あなたふと錦《にしき》の御旗《みはた》はためかせ我が大君は渡らせ給ふ

御民《みたみ》われ生ける驗《しるし》と聲あげて唱へ奉りぬ聖壽萬歳

萬歳の聲轟けり大君の渡らせ給ふ道の八衢《やちまた》

百雷《ひやくらい》の轟くがごと萬歳の聲沿道に滿ちにけるかも

沿道のひとりびとりにゑみゑみて我が大君は御手《みて》振り給ふ

ゑみゑみて御手振り給ふ大君の大御姿《おほみすがた》に眼潤みぬ

鳳輦《ほうれん》の渡らせ給ふ沿道に聖壽萬歳の聲やまぬかも

ひとひらの雲なき空に誰彼も天津日嗣《あまつひつぎ》の尊きを知る

その夜に

すめらぎの大御稜威《おほみいつ》に照らされていとも明《さや》けし今宵の月は

大嘗祭

大嘗祭《おほにへのまつり》近みて恙《つつが》なく護らせ給へと祈り重ぬる
若きころ祈り凝らし、平成の御代の始めを懐かしく思ふ
み祭に供へ奉らむ鮮《あたら》しき青菜果物妻と選みぬ
賤《しづ》の家《や》も御饌御酒《みけみき》山と獻《たてまつ》り大きみ祭仕へ奉らむ
あなさやけ今宵しづかに大嘗《おほにへ》の祭の庭を祈り奉るも
あなかしこ遠つ御祖《みおや》と御心を通はせ給ふ我が大君は
嚴《おごそ》かに仕へさせ給ふこの夜を畏みまつり夕食《ゆふげ》賜ふも
夜もすがら祈らせ給ふすめらぎの御身《おんみ》思ほゆ夜氣《やき》の冷ゆれば

家族と共に

母と姉姪を招きて賤《しづ》の家《や》に語らふ今日をうれしく思ふ

大詔奉戴日に當たり神前にて
開戰の詔書を奉讀せり

つはものと「忠誠勇武」をきはめねば役に立たずといよよ燃ゆるも

歌鉾乃會發會六周年

大君に仕へ奉りて悔いなしと堂々述ぶる友の増しなむ

冬　至

平成の御代偲びつゝ小夜中《さよなか》にひとり湯に入り柚子《ゆずか》の香を聴く

秩父行

秩父なる小鹿野《をがの》の里の兩神《りやうがみ》の溫泉《いでゆ》に浸かりこの年を思ふ
兩神の溫泉《いでゆ》に浸かり奉公の足らざる身をば省みにけり
女性《をみな》らの肌美しくするといふ溫泉と知りて妻喜べり
そば處多《さは》にあれども秩父なる「入船《いりふね》」のそば群を抜くなり
名物の胡桃《ごま》だれ蕎麥《そば》に舌鼓打ちて晝餉《ひるげ》をたのしみにけり
妻連れて秩父神社の神職《はふり》なる友訪ひて語り合ひたり
愼ましく參道をゆく花嫁に妹背《いもせ》契れるかの日思ほゆ

大晦日の早朝より武蔵野に
陣風の吹けば
いよいよに科戸《しなと》の風の吹き捲きて憂きことなべてうち祓へませ

令和二年

宮中歌會始勅題「望」詠進歌

ただ一つ望み叶はば若えつゝ國護る技磨かむものを

歳旦

ひむがしにかゝれる雲を別けていま昇る初日のいとも目映《まばゆ》し
眞榊《まさかき》に木綿四手《ゆふしで》着けて供へたる我の手振りを妻は見入るも
白米を高盛にして目通《めどほり》に捧げ持ちたり手長《てなが》の妻は
大御代《おほみよ》の萬歳寶祚《ほうそ》の無窮をば膝折り伏して祈り奉るも
今年また年の始めに筆執りて謹みしるす聖壽萬歳
大君に命捧げて悔ゆるなし皇御軍《すめらみくさ》のつはものぞ我

新年宮城參賀

壽《ことほ》ぎの言の葉添へて人々に日の御旗《みはた》をば手渡しにけり
自衛官《つはもの》の若き友らも加はりて萬歳の聲ひときは高し

廣前《ひろまへ》に不動の姿勢貫きて聲高らかに國歌唱ひぬ

災ひに遭ひし人らの生活《たつき》をも案じ給へり我が大君は

一月七日

七草の粥啜りつゝ大きなる昭和の帝《みかど》を偲び奉るも

宮川貢士朗兄の長女誕生

益荒雄《ますらを》が玉の女《め》の子を授かりぬ嬉しく思ふ吾がことのごと

子は國の寶《たから》なりせば手力《たぢから》の力合はせて育て上ぐべし

家庭のまつり

朝なさな露怠らず三十年《みそとせ》を禊ぎてきたり訓《をし》へのまにま

ただ一人禊ぐときこそ易《やす》からねと川田班長宣《のたま》ひにけり

澁谷《しぶや》なる丘の上《へ》に立つ學び舍に神をまつるの基《もとゐ》据ゑたり

幼兒《をさなご》の手長《てなが》となりて小《ち》さき手にりんご運びしかの日を偲ぶ

子ら二人我を眞似してかしはでを打ちし昔を遙かに思ふ

神まつる手ぶり守りて賤《しづ》の家《や》も家庭のまつり疎《おろそ》かにせじ
修理固成光華明彩念誦の聲は朝々官舍に響く
神樂《かぐら》にはほど遠けれど妻の舞ふ「菊の宴」をば見そなはすらし
世俗には染まるも朝に禊ぎして神のみ前に膝折るは恆《つね》

日本舞踊子供教室發表會拜觀

白粉《おしろい》を塗りて紅差し髮結ひて帶締め晴れの舞臺に立てり
膝折りて伏して禮《ゐやま》ふ日の本の手ぶりを子らは身につけてをり
愼ましく振る舞ひてみよ日の本のをみなと生くる基《もとゐ》とならむ
幼子の波立たすがに膝繰りて進む振りこそ雅やかなれ（潮來出島）
少女《をとめ》らの振り向く姿《さま》の色めきて京の舞妓《まひこ》に劣らざるかも（祇園小唄）
教へ子の踊る姿に氣を揉みて妻は舞臺の袖に見守る
はにかみて踊る幼子愛《かな》しくて我客席に見守りてをり
幼きゆ十年《ととせ》習ひて今日の日に舞ふとふ乙女の美しきかな
晴れ姿撮らむとレンズ覗《のぞ》くより今し輝く愛子《まなご》見るべし
傳統を守る心のたふとさを子らも聽《やが》ては思ひ知るべし

北方領土といふ言葉さへ識らぬ若き隊員たちに、その島々の位置と我が領土たる所以を説くべく書を讀み返し勉めけり

我が國の姿いかにと描けども覺束《おぼつか》なきに心恥ぢたり

「氷雪の門」に畫《ゑが》き切らずけむ露助《ろすけ》の非道に拳を握る

二月七日、早朝に出勤し、部隊教場の白板に占守島《しむしゆたう》に至る全千島列島及び南樺太を具《つぶさ》に描けり

我が國の領《し》るべき島はこれなりと聲あげ説きぬ老兵われは

紀元節

あなたふと肇國《はつくに》知ろしめししより二千六百八十年とは

肇國ゆ二千六百八十年悠久の歴史をしづかに思ふ

神日本磐餘彦《かむやまといはれびこ》のすめらみこと尊き神を仰ぐ今日かな

祈年祭

田植ゑして稲刈るだけのかりそめのわざに喜ぶ我が身恥ぢをり
農業《たつくりのわざ》のいろはも知らざれど豊けき秋を伏して祈りぬ
わざはひに遭はず豊かにむくさかに稔らせ給へと禱《いの》るのみなり

天長節

今日の日はいともめでたき美《うま》し日と日の御旗門《みはたかど》に高く掲げつ
還暦を迎へ給ひし大君の御賀《みほぎ》の御祭仕へ奉らむ
この年は參賀叶はず賤《しづ》の家《や》に妻と君が代歌ひまつりぬ

西川泰彦氏より御芳翰を賜はり
我が身を省みて詠める歌二首

眼前に聳ゆる不二の雄々しくて時に卑小の心恥ぢらる
賜はれる文讀み返しこの道に生き死なむとぞ心を燃やす

我が友見澤昌孝兄の新居に妻と招かれ饗應を受く

熊本ゆ妻子呼び寄せ新室《にひむろ》を建てて都を護るとふ友
新室に似つかぬ舊《ふる》き机あり落書あまたも思ひ出といふ
三階の君が書齋に塾長の書《ふみ》を見つけて心躍りぬ
逸品の備前燒なるぐい飲みに酒酌み交はす今宵たのしも

三月十日　陸軍記念日

遙かなる明治の御代におろしやを打ち負かしける軍士《いくさびと》はも
陸軍の戰捷記念日今日こそは譽《ほまれ》なる日と聲上げにけれ
我もまた陸の兵《つはもの》なればこそかの陸戰の激しさ思へ
再びに憎き露助《ろすけ》と戰ひて擊ち滅ぼさむ力備へよ
米製の自衛隊なれど皇軍《みいくさ》の心承け繼ぎ勤めとほさむ

自衛隊有志を以て靖國神社早朝清掃奉仕を實施すべく、平成十一年三月十日陸軍記念日に「みたま奉仕會」なるを發會し活動を開始してより廿一年、二百七十四回を數へり。その間に參加せし隊員數二百六十七名延べ二千七百六十六名に至れども、目標參加隊員千人には遠く及ばず、我が力の足らざるを覺ゆ

御奉仕を戰ひとみてこの日をば選び定めて掃き初めたり

師の君の仰《おほ》せのまにま二十年《はたとせ》を逸《はや》らず露も怠らざりき（西川氏）

結婚一周年

千早振《ちはやぶ》る神に誓ひ奉れるを一年經《ふ》りてしみじみ思ふ

後輩隊員・今村大輔君の訃報

胸裂くる思ひなるかも我が友の悲しき報せ俄《にはか》に聴きぬ

妻君の泣き崩るゝを支ふれど慰めらるゝ言の葉もなし

我が子をば失ひたるも母刀自《とじ》はなほも氣丈に振る舞はれたり

我にしか懷かざりける騂馬《あらうま》の永久《とは》の眠りの安らけき顏
レンジヤーの教へ子にしてこの頃は我が賴みなる友となれるも
敷島の大和櫻の咲き滿てる中をしづかに逝き給ひたり
通夜祭を畢《を》へて御靈《みたま》のみ前には山と積まるる玉串かなし
つはものの君なればこそ制服を死に裝束と黃泉路《よみぢ》ゆきませ
慕はしき君が御靈は武藏野の天つみ空を天翔《あまがけ》るらむ
悲しみに眩《く》るる閒もなく戰ひの技磨かむと曉に發《た》つ

尙　武

菖蒲湯《しやうぶゆ》に入りて誠の武勇とは如何なるものか思ひ囘せり
血氣なる勇を武勇と誤りて逸りしころを顧みにけり
兵《つはもの》と身を立ててしより三十五年戰はずして時は經《へ》にけり
體制の中に浴して體制に諍《あらが》ふ身をば責めし日もあり
來む年の五月を限り軍職を退くといふは定めなりけり
奉公の足らざる思ひやまずあり今し若えて勵まむものを
支那產の疫病《えやみ》ごときに負けじとて菖蒲刀《しやうぶがたな》に身を淸めたり

一時も無駄にはせじと若きらに兵《つはもの》の道說ける日々はも
褌《ふんどし》の紐締め直し皇軍《みいくさ》の軍士《いくさびと》とて勤めとほさむ
ただただに己が天職盡くさむと誠の武勇身に具《そな》へつつ

憎き支那

惡疫《あくえき》の元兇こそは支那《しな》なるを涼しき顏に蟲唾《むしづ》走りぬ
戰《いくさ》なき世をこそ祈る我なれど支那と一戰交へたく思ふ

母を思ふ

獨り住む母を訪ねてゆきたくも疫病流行《えやみはや》りて適はざりけり
種々《くさぐさ》の色の紫陽花《あぢさゐ》咲けりとふ受話器の聲の彈《はづ》みたるかも
今朝早く鐵線《てつせん》十輪花咲きて庭彩るを愛《め》づる母はも
庭に咲く花たのしみて暮します母に一鉢贈らむと思ふ
柞葉《ははそは》の母のたつきを案ずるに野菜果物かへりて屆く

忠義一途の人、高山彦九郎を偲び奉る

橋の上《へ》に膝折り涙はらはらと溢《こぼ》しましけむ人に惚れたり
東山《ひがしやま》に詠みましし歌 東雄《あづまを》に「今に見よ」とぞ詠ましめにけむ
徳川の世に討幕の心をば貫きし人たふときろかも
諸國を廻《めぐ》り尊皇の大義說きまし、人の精神《こころ》を今に繼ぐべし
不義不忠不正許さぬ彦九郎《ひこくらう》の生き方をこそ手本となさめ
狂へりとつひに久留米に果てまし、彦九の歳を疾《と》うに越えたり
この夏は上野國《かうづけのくに》の新田なる高山神社に詣らむと思ふ
村正の刀心に取り佩《は》きて今が幕府を睨《にら》まふ我は
講習會に彦九郎東雄說き給《た》びし川田班長の御顔偲はゆ

防禦訓錬に際し鐵壁の守備を期す

攻勢の鋭氣を内に燃やしつゝ、防禦《ばうぎよ》せよとぞ聲あげにける
我が隊は諸兵心を一にして鐵壁《てつぺき》の陣築けと告げたり
岩碎《くだ》き樹の根うち斷ち掘れや掘れ歩兵の本領今し觀《しめ》さむ
岩盤を鑿《のみ》もて穿《うが》ち造りけむ摺鉢山《すりばちやま》の陣地思ほゆ

亞米利加《あめりか》の兵《つはもの》どもが恐れけむかの防備をば手本とすべし
陣を成す資材乏しとな嘆きそ創意凝らして力を盡くせ
倒木《たうぼく》を集めて組めば忽《たちま》ちに敵をば禦《ふせ》ぐ鹿砦《ろくさい》となる
種々《くさぐさ》の障碍設《ま》けてたぢろがせ機關銃もて殲滅《せんめつ》すべし
砲撃に耐へて悉《ことごと》敵兵を撃ち滅ぼして守りとほさむ
敵もまた命懸けなり必ずも勝つ實力を涵養すべし

明年自衛隊を退職後、願はくは神明奉仕に専心せむと、各地神社を巡拜して其處に奉仕せる神職に「敬神尊皇」を旨とする神職の心構へなどについて伺ひにけり

師の君の侮《あなづ》るままに神職《はふり》らの「輕神損皇」愚かしき哉《かな》
上邊《うはべ》なる「先神後他」の口惜しく涙堪《こら》へて家路につきぬ
訪《おとな》ひし宮居《みやゐ》の神職悉《ことごと》に商魂ありて溜め息出でぬ
櫻園《あうゑん》大人《うし》憂ひし如くぐうたら神職後絶たざれば國彌《いや》亂る
神社こそ頼みの綱と訪《おとな》へどぐうたら神主蔓延《はびこ》りてをり

無學なる我の仕へ奉らむを神おぎろなく許し給はむ
願はくは鄙《ひな》の里なるみ社に獨りしづかに神を祈らむ

西川泰彦氏より御指導を賜はりて

何をもて君に仕へ奉らむと師のみ諭《さと》しに道求めをり

學び舍の友

學び舍の友の病に臥《ふ》せりとふ風の便りに愕《おどろ》きにけり
いにしへの不治の病も現《うつつ》なる醫師《くすりし》ありて必ず癒えむ
御祖《みおや》より繼がれしみ社守らむと神職《はふり》となりて努め來し友
今はまだ生きてあるべき生命《いのち》さへ神に託すと書ける文かな
如何ばかり時を費やし綴れるか涙こらへて讀み返したり
今すぐに會ひにゆきたく思ふにも心鎮めて留《とど》まりにけり
痩せ細る姿見せたくなしといふ乙女心を悟りて留《とど》む
勵ましの術《すべ》もなければただただに祈りを籠めて鶴を折りたり
硝煙《せうえん》の着きしままなる指先に鶴折にけり友思ひつつ

短冊に友のみ病癒えませと認《したた》め祈る七夕の夜

秩父行軍

我が隊に御札《おふだ》百枚給ひたる秩父神社の神職《はふり》の友よ

素戔嗚尊《すさのをのみこと》の靈威賜はりて六根清淨《ろくこんせいじやう》惡疫退散《あくえきたいさん》

この年の川瀬祭はひときはに齋主《いはひぬし》なる友の禱らむ

石灰《いしばひ》を採りて久しや武甲山《ぶかふさん》の形壊れてゆくぞ切なき

あなかしこ趣くたびに山肌の削られゆくを見るに堪《た》へざる

遠き日に伯父《をぢ》の描《か》きける武甲山は緑滴《したた》り聳えしものを

霞立つ兩神《りやうがみ》村を出で發てば翁嫗《おきなおうな》の寄りて笑みたり

村人の手を振り給びし眞心に我らは應ふ擧手の敬禮

去年《こぞ》の秋野分《のわ》きに家を失ひし媼健氣《おうなけなげ》にあるはうれしも

災ひの時は驅けつけ秩父なる町の人らの助けとならむ

『富山縣のおほみうたのいしぶみ』拜讀

土を盛り石を築きて彌高《いやたか》にいしぶみ建てたる民の心は

審《つまび》らかに御製碑のゆゑ説きてなほ民の心得諭します書《ふみ》

若きらのためにと敢へて新字體を用ゐし師《きみ》の御心を知る

巷《ちまた》なる大正帝の俗説を拂拭せむの文明らけし

平戸島《ひらどしま》ゆ大橋渡り生月島《いきつきしま》を訪《と》ひて御製碑仰ぐともがら（田中貴之兄）

賜はれる書《ふみ》の返しにおのおのの歌を高志《こし》なる大人《うし》に贈らむ

文法の覺束《おぼつか》無きに目を瞑《つむ》り収めて給《た》ぶを祈るのみなり

戀闕《れんけつ》の思ひ著《あらは》すこの書《ふみ》を讀めばいよいよ心燃ゆるも

八月十五日　靖國神社部隊參拜

國のためと口の先には語るともこの日浮かれて遊ぶ奴ばら

自虐史觀に囚はれたるは直さるるも無關心なる隊員手強し

自衛官《つはもの》の我らこそ先づ英靈のみ前に伏して誓ふべきものを

千萬《ちよろづ》の兵《つはもの》率ゐ參らむと嘯《うそぶ》きたるを恥づるのみなり

三十年《みそとせ》をかけて百人《ももたり》足らずとは鈴木大人《うし》にぞ顏向けできぬ

この年は數尠《すく》なけれど軍と民心一つにをろがみにけり

露營の朝

目覺ましの代はりなるかも頬白《ほほじろ》の聲に始まる露營の朝は
朝光《あさかげ》にひときは艶《いろ》ふ赤富士の雄々しき姿《さま》を仰ぐうれしさ

大東塾十四烈士七十五年祭　獻詠

眼前に迫る雄々しき神富士をただに見つむるみ祭の朝

昭和三十七年、第三十二普通科聯隊が市ヶ谷臺に創設されし頃より、聯隊玄關に『近衛兵《このゑへい》の精神』と題して「近衛兵は常に輦下《れんか》を護衛し千軍萬馬の中を整々獨歩するの膽勇を有し又平常にありては信義を本とし先進を敬ひ後進を善導し以て全國諸兵の模範たるを期すべし」と揮毫《きがう》されし一尋大《ひとひろだい》の額高らかに掲げられたり

我が部隊は、皇居に最も近き市ヶ谷臺に駐屯する實働部隊（歩兵聯隊）として一朝事ある秋に逸早く

參上仕り、命を賭して陛下を守護し奉るべき存在なれば、編成完結當初から自づと「近衛聯隊」と稱せられ、また、諸兵にその自覺を促すべく『近衛兵の精神』を高く掲げけむ

然れど、諸兵は「輦下」の讀みさへ識らず、上官もまたその教導を等閑《なほざり》にして、「全國諸兵の模範たるを期すべし」との結句のみを取り上げ喧傳《けんでん》しをり敢へて自ら「近衛聯隊」と稱し、自ら「近衛兵」を名告る以上、皇城守護に關はる歷史を學び、その精神を承け繼ぎ、而して『近衛兵の精神』を實踐すべしと思ふ次第

尊皇の心もあらで近衛兵を名告《の》る奴ばら口惜しきかな
國體《こくたい》を護る心の無きままに戰技磨ける似非《えせ》近衛兵よ
御東征に隨《したが》ひし大伴物部《おほとももののべ》の功《いさを》讚へて手本となさむ
遠つ世に内舎人《うどねり》兵衛府《つはものとねり》もてすめらみことを護りけりとふ
靫負《ゆきお》ひて宮城門を守りける靫負《ゆげひ》のさまに憧るるかも
帝《みかど》をば護る勤めの授刀舎人《じゆたうとねり》名を近衛府と改めにけり

六衛府《ろくゑふ》を設《ま》けて隙なくすめらぎを護りし御代こそたふとかりけれ

薩長土佐獻兵《けんぺい》をもて御親兵《ごしんぺい》の編まれたまひし明治の御代

時置かず近衛條例定まりて近衛兵の堂々成りけむ

近衛なる歩兵聯隊次々に成りし明治に思ひ馳せぬる

禁闕守護《きんけつしゆご》鳳輦供奉《ほうれんぐぶ》こそ任なれと聲高くして告げたきものを

終戰の大詔賜はり慟哭の中に爲《な》されし軍旗奉焼

埼玉に都落ちして二十年《はたとせ》餘りなほも近衛の魂繼がむ

『富山縣のおほみうたのいしぶみ』の表紙の圖柄選定の故を說かるる御文章を拝讀

上つ代に帝《みかど》を虻《あぶ》より守りけむ蜻蛉《あきつ》に倣《なら》ひて仕へ奉らむ

蜻蛉《あきつ》こそすめらみことに仕へ奉る猛きもののふの徴《しるし》と識りぬ

我もまた蜻蛉となりて大君に仇なす蟲を食ひ千切りたし

害蟲を悉《ことごと》食らひ宸襟《しんきん》を安んじ奉る蜻蛉とならむ

願はくはひとときは大き蜻蛉なる鬼蜻蜓《おにやんま》にぞ生まれ變はらむ

北齋《ほくさい》の「菊に虻」こそ相應しと膝打ちまし、君を思ひぬ

隊員教導

文化防衛説きて久しくこの頃は正假名《かな》遣ふ若きらの増ゆ

尊皇の心のあらぬ若きらも國柄識《し》りて一歩進みぬ

徒《いたづ》らに讃ふる勿《なか》れ自衛隊の實《まこと》の態《すがた》は空しきものぞ

仲　秋

ちちのみの父の年祭仕《つかまつ》る朝に緋色《ひいろ》の彼岸花咲く

漂へる金木犀《きんもくせい》の花の香に幼きころの思ほゆるかも

ひむがしに今し昇れる月夜見《つくよみ》の大き姿に歩を止めにけり

三方《さんぱう》に山と團子《だんご》を獻《たてまつ》り妻と望月をろがみにけり

小夜《さよ》更けて鈴蟲《すずむし》の音《ね》の透きとほり恆《つね》には飲まぬ酒を欲《ほ》りせり

秋風の透る夜空に十六夜《いざよひ》の月皓々《かうかう》と照りにけるかも

草叢《くさむら》に屈《かが》みて聽けばこほろぎの澄み透る聲心に沁みぬ

昭和三十五年十月十二日、社會黨委員長

淺沼稲次郎を誅しけむ山口二矢《おとや》烈士の義

擧を思ふ

代々木なる宮居《みやゐ》に參り國のため蹶《た》ち給ひしは十七歳《とをまりななとせ》

今こそと小太刀《こだち》構へて眞つ直ぐに刺して本懷遂げにけるかも

三十年餘掩殺《えんさつ》の技磨きしが二矢《おとや》烈士に露も及ばず

齒磨粉を溶《と》きて指もて獄舍《ひとや》なる壁に記せし辭世かなしも

明治節を穢《けが》さじとして霜月《しもつき》の二日に果てし御心に泣く

六十年《むそとせ》を經《ふ》りていよいよ蔓延《はびこ》れる國賊どもを燒き盡くすべし

國賊の世に蔓延るを知りながら未だこの手に誅せぬを恥づ

第五十回　國學院大學戰歿先輩學徒慰靈祭

書《ふみ》納め戰《いくさ》の場《には》に國學を實踐しましゝ我が先輩はも

國學の奥義窮めし先輩の御心今に繫げるみ祭

節目なる今日のみ祭參列の人尠なくも仕《つかまつ》るべし

山口二矢烈士義擧六十年

事遂げて果てましにけり今日の日の夜半《よは》に冷たき雨の降りつぐ

明治神宮御鎮座百年

人々の念《おも》ひの凝りて大正の御代の九年に鎮まりましぬ
鎮座祭の執り行なはれしその日には五十萬《いそよろづ》の民參りけり
空襲のさ中にありて御靈代《みたましろ》を守り奉りし心に泣かゆ
復興の軌跡辿りて人々の深き心をしみじみ思ふ
先人の熱き心と荊《いばら》なる道を偲びて祝ひ奉りぬ
復興の歩みに思ひ馳せながら百年《ももとせ》經《へ》たる今日を祝へり

大東神社例大祭「新」獻詠

新た代にいかに仕へ奉らむと夜ごと祈《うけ》ひて天啓を俟《ま》つ

奉祝　立皇嗣の禮

大禮《たいれい》の結びにあらむ錦《にしき》なる秋の今日こそめでたかりけれ
あなめでた錦織《にしきお》り成す秋の日に小旗うち振り祝ひ奉れり
笑みませる皇嗣《くわうし》殿下の御顔《おん》に我が敬禮の手に力入る
御車の遠く見えぬもなほ友は頭《かうべ》を垂れて送り奉るも（福永代表）

諸々の愚論暴論ものかはと皇位の行方祈り奉るも

歸　郷

今年また古屋の庭に石蕗《つはぶき》の花咲きたるに心休みぬ

入隊の記念に植ゑし眞榊の苗は育ちて繁《し》みさび立てり

季《とき》違へ鐵線の花咲きたるは國の亂れの證《あかし》なるかな

老い母の手打ち饂飩を啜りつつ昔語りを聞くはたのしき

母校國學院大學を訪ふ

み戰に果てましし我が先輩を祀る碑《いしぶみ》今しをろがむ

身を正し細《いささ》小川のせせらぎに心清めてをろがみにけり

母校なる大學神社にまゐりては宮居《みやゐ》の傍《そば》に石蕗《つは》の咲きをり

人事記録簿閲覧により嘗て處
されし種々の懲戒を追想せり

昭和帝を蔑《なみ》し奉れる隊長の襟首摑みて叩き付けにけり

上官の聞き捨てならぬ謗《そし》り口《ぐち》に我慢ならずて顎砕きけり
上官を毆れば軍紀亂るとも不敬不忠は斷乎許さじ
誓《いまし》めの拳骨さへも暴力と見做さるるこそ甚《いと》も口惜し
心得よ軍統率にあるべきは忠の心と正義の鐵拳
反省の一文此處《ここ》に書けと急く調査官をば突き飛ばしたり
要あらば再び拳振るはむと供述調書に錄《しる》せと告げたり
勲章のただの一つもあらざるも懲戒の數は片手超えたり
毆ること毆らるること一度もなしとふ若きつはもの多し
男《をのこ》らは毆り毆られおのづから強くなるてふ理《ことわり》を知れ
營門を去るその日までひ弱なる部隊の風を正してゆかむ

學友　荒舩初代君逝く

胸裂くる思ひなるかも我が友の悲しき報せつひに屆きぬ
七月に屆きたる文讀み返し「神に託す」の言葉に泣きぬ
醫師《くすりし》の勸むる術《すべ》を好まずに心決めけむ學び舍の友
國學の子なれば神に身を委ね祈りの中に逝きまし丶かな

み病と闘ひましゝ証しかも御身細りていとも痛まし

窶《やつ》るれど共に學びしかの時と露も變はらぬやさしき御顔

千羽には届かぬ鶴を枕邊《まくらべ》に供へて頭《かしら》撫でては泣けり

歸り路に友の守りし横瀬《よこぜ》なる織姫《おりひめ》神社に面影偲ぶ

冬枯れの秩父の山のひとときはに寂しく見ゆる晝《ひる》下がりなり

岳父の命日に

師走なる岳父《ちち》の命日奥津城《おくつき》に義母《はは》打ち連れて訪《おとな》ひにけり

極上の鰻食はすと名の知れる橋の袂《たもと》の老舗に寄れり

東《あづま》なる一の大川利根川に因む鰻《うなぎ》は坂東太郎

淺草の老舗駒形前川の坂東太郎に舌鼓打つ

令和三年

宮中歌會始勅題「實」詠進歌

日の本の田の實《み》は軈《やが》て禍《わざはひ》の晴れて豊けき幸齎《もたら》さむ

歳　旦

曇りなく豊榮昇《とよさかのぼ》る初日をばをろがみまつりかしはでを打つ

差し昇る初日の光すめらぎの御稜威《みいつ》と仰ぎ奉る時はも

謹みて皇位の行方祈りつゝ御賀《みほぎ》の壽詞《よごとまを》奏す今日かも

若水《わかみづ》を汲みて我妹《わぎも》の作りたる筑紫《つくし》仕込みの雑煮の味よし

大御言謹聽

新玉《あらたま》の年の始めにすめらぎの大御言《おほみこと》をば謹みて聽く

禍《わざはひ》に遭ひし人らの悲しみは如何ばかりかとのたまひにけり

この年の民の暮らしを案じ坐《ま》す我が大君の畏《かしこ》きろかも

日進神社初詣

初春《はつはる》ののどけき朝に鎮守なる神の宮居《みやゐ》に妻と參りぬ

福永眞由美先生より御著書『風に聽こゆる母の聲』を賜はりて

涙なく讀まれざりけりかなしみの中に生まるる文の深しも

ちちははの祈りのままに生きませる師《きみ》のみ姿我を泣かしむ

再びに「母とさくらんぼ」を讀み返せば昨夜《きぞ》にも增して涙出で來ぬ

かなしみが人の心を深むてふ言の葉胸に刻みて生きむ

鼻をかむ振りに涙を拭ひつついざ勵まむと銃《つつ》執りにけり

母の聲聽きたくなりて今朝早く電話かけたり何用もなく

次女の成人式（惡疫蔓延により會場開催中止）

式場に友らと會ふは適はぬも吾子は晴れ着を着《つ》けてゐむらむ

日本舞踊子供教室發表會

膝折りて愼《つつ》ましやかに御辭儀《おじぎ》する立ち居振る舞ひ教へて久し

禮《ゐや》をもて人と交はる尊さを諭しますかな家元賴もし

家元の言の葉軈《やが》て少女《をとめ》らの心に深く沁みとほらなむ

髪に挿す藤の花房ゆらゆらと京の舞妓《まひこ》の思ほゆるかも　（祇園小唄）

舞姫のひとりびとりの振りにこそ習ひの効《しるし》果表はれにけれ　（繪日傘）

神代なる天宇受賣《あまのうずめ》の御神樂《みかぐら》に思ひ馳せねば舞ふ甲斐《かひ》もなし

樂しまするだけの舞踊に墮《だ》するこそ邪《よこしま》なれと妻を諭しぬ

今の世の舞踊にあれど神樂《かぐら》とふ神に捧ぐる心持たなむ

追儺

悪疫《あくえき》の露収まらぬ日々なれば祈り凝らして豆打ちにけり

道を行く人の悉《ことごと》歩を止むる我が有り丈《たけ》の鬼遣《や》らふ聲

紀元節

差し昇る旭《あさひ》をろがみ朝霞なる錬兵場に肇國《はつくに》偲ぶ

振武臺《しんぶたい》に花咲き滿てる紅白《あかしろ》の梅にひときはめでたさを思ふ

建國を祝ふこの日に國のため戰ひの技錬るはたのしも

夕されば家に歸りてすぐさまに禊ぎて白き衣褌《きぬはかま》着《は》く

我が友の妻の里なる維和《ゐわ》島のぽん柑《かん》山と獻《たてまつ》りたり

紀元節のみ祭なればなみなみと「八咫烏《やたがらす》」こそ獻《たてまつ》りけれ

祈年祭

文武農いづれも我に足らざるに農をひときは思ふ今日かも

天長節

賤《しづ》の家《や》も御賀《みほぎ》のみ祭仕へ奉り妻と君が代歌ひまつりぬ

惡疫《あくえき》に苦しび萎《な》ゆる國民《くにたみ》を勵まし給ふ大御言《おほみこと》はも

喜びも憂ひも分かち合はむとぞ宣《の》り給ひける大御心《おほみこころ》は

御眞影奉齋

待ち待ちし御眞影こそ頒《わか》たれて齋《ゆ》まはり高く掲げ奉りぬ

黄櫨染《くわうろぜん》の御袍《ごはう》召さるる大君の大御姿《おほみすがた》のいともまばゆし

雛祭る今日なればこそ大御稜威《おほみいつ》ただ畏《かしこ》みて額《ぬか》づきにけれ

橋本遼平兄の妻君御懐妊

遠き日の泣き蟲乙女ゑみゑみと子らを育てて凛と坐《いま》せり

新たなる命を今し授かりていよいよ美《くは》し逞しくあれ

春花

神門の開きて忽《たちま》ち漂へる九段櫻の香をば愛でをり

九段なる花の盛りのみ社に同志《とも》と塵掃くときぞたのしき

朝光《あさかげ》に艶《いろ》ふ櫻のゆかしくて掃く手を止めて一休みせり

自衛官《つはもの》と花咲き満つる境内に塵を掃くのも終《しま》ひなるかな

神池のほとりに咲けるくれなゐの芍薬《しやくやく》の花ひとときはに映ゆ

都にはさやけく花の咲き満ちて心うれしく一日過ごしぬ

たらちねの庭に育てる石楠花《しやくなげ》の今朝咲きたりと聞けばうれしも

むらさきの苧環《をだまき》の花咲けりとふ母の便りを嬉しく思ふ

八重咲きの花の手鞠《てまり》の春風にたゆたふすがたゆかしかるかも

春の日のうららに照らす大宮の部隊の櫻見納めとなる

結婚二周年

ゆとりある生活《たつき》のありて自衛官《つはもの》の務めに専《もは》ら打ち込む我は

引越荷造り

定年を間近に控へ住み慣れたる官舎去らむと荷造り始む

押入れの奥に見出づる菓子箱に「古き書翰」とあれば開けたり

今は亡き人の賜ひし文ありて勵ましの聲心に沁みぬ

小野田少尉の賜ひし文の結びなる不撓不屈の文字いや重し

軍に入りて程無く届きし母からの文の言の葉今も泣かしむ

數多《あまた》なる文をふたたび菓子箱に納めて「心の聲」と記せり

荷造りのつゆ捗《はかど》らぬ小夜《さよ》にして心嬉しき時を過ごしぬ

自衛隊を定年退官するに當たり靖國神社に鎭まり坐す英靈の御前に祭文を奏上し、「みたま奉仕會」存續の誓ひと我が進退を奉告せり。

平成の十一年ゆ靖國のみ社の境内《には》掃き續け來つ
三十人《みそたり》が心一つに君が代を唱へば神や聞こし召すらむ
拙くも報謝の心捧げむと御靈の御前に祭文《さいもん》奏す
自衛官《つはもの》の醜《しこ》の御楯《みたて》と踏みゆかむ導き給へとひたに禱《いの》れり
一人といへど横さの道に迷ふなく守り給へとただ祈るなり
二十二年に僅か二百五十八名延べ三千名の參加なりけり
現職が舵《かぢ》取るべきと軍を去る我代表の職を辭するも
入紐《いりひも》の一つ心に仕へ奉り感謝の心盡くせと告ぐる
容易《たはやす》くなき道なりき友たちのやさしき言葉に眼潤みぬ
頼みなる自衛官《つはもの》たちに將來《ゆくさき》を總《なべ》て託して野に下る我

軍務奉公最後の日に

大君に命捧げて悔いなしと心に決めしかの日思ほゆ
皇軍《みいくさ》の兵《つはもの》としてひたすらに務むる心貫き徹《とほ》せり
己が身を鋼《はがね》と鍛へ戰ひのために三十六年《みそまりむつとせ》經《へ》にけり
一死もて國に報ゆる軍人の本懐未だ遂げぬままなり
一度《ひとたび》も戰はずして軍籍を離るる今日の思ひ知れかし
願はくは十歳《ととせ》二十歳《はたとせ》若返り戰ひの技磨かむものを
定年を祝ふ聲々斥《しりぞ》けて心の中を諸兵に告げたり
戰禍なき御代なればこそめでたけれ大御心に適ふうれしさ
泣き濡れて我を見送る若きらの姿に涙噛みて別れぬ
降る雨に眼濡るるを悟られず嚴《いか》しきままに營門を出づ
軍服を脱ぎて今日より草莽《さうまう》の臣《おみ》となりては仕へ奉らむ
野に下り神に祈りてまごころを盡くして大君《きみ》に仕《つかまつ》るべし
軍服を架けて夕《ゆふべ》は青梅なる今井の丘に思ひを馳せり

（影山正治大人之命四十二年祭獻詠）

事しあらば遲れを取らず參ぜむと白刃《しらは》見澄まし誓ひ奉るも

歌評一覧

平成九年

調査學校入校中の靖國神社參拜の連作（四二頁）

現職自衛官原口正雄氏の詠に注目されたい。小といへど靖國神社への部隊での正式參拜である。御靈たちがいかに喜ばれたことであらうか。毎年つづけられることを望む。そして、その數が年々増えることを祈るものである。

（鈴木正男）

八月十五日靖國神社部隊參拜の連作（四五頁）

自衛官原口正雄の悲憤の烈詠に注目されたい。これは信教の自由のあきらかなる壓迫ではないか。憲法違反である。事勿れ主義はここまで及んでゐるのである。

（鈴木正男）

平成十一年

自虐史観唯一色の上官を蹴散《けち》らしてゆく九段の宮居（六三頁）

先月號に自衛隊員原口正雄氏の有志自衛隊員の靖國神社清掃奉仕竝びに八月十五日部隊參拜の詠があるが、本號にもそれの續詠が出詠されてゐる。士氣凛々と漲るものあり、頼母しき限りである。

（鈴木正男）

平成十二年

ひとすぢにやまと國風《くにぶり》守りゐる桃の心にこころ惹《ひ》かるる（八六頁）

「國風」は「くにぶり」と讀みます。作者は最近入會された方と思ひますが、「桃」に寄せる氣持ちのよくわかる、ありがたくうれしい歌です。

（山本春子）


涙なく讀まれざるかなされどまた勇氣を賜ふ書簡集はも（八七頁）

弘至命の書簡集を歌はれたのですが、一首の中に、涙と勇氣といふ讀後の感銘がこめられ、これも共感を誘ふ、ありがたい歌です。作者の今後を期待いたします。

（山本春子）


いや清くいや哀しかる人びとの祈り思ほゆしづかなる夜に（八七頁）

國家國體の護持に、身も心も公も私も捧げてをられる、「桃」でははじめての新人です。神風連の悲壯な行動に共感し熱涙を注ぐ若者の存在は嬉しい限りです。

（山川京子）

平成十三年

春立つも水の冷たさ身にしみて怠け心と今朝も闘ふ（九六頁）

既に十年朝の禊をつづけてをられるとのこと、敬服の至りです。この歌でかかる豪傑でも怠け心が兆すことはあるのだと、その當然さにほつとしました。さう言へば、克己心といふ言葉も絶えて聞きません。（山川京子）

防人の道に進むを歡びて母は九段の宮に詣でし（九九頁）

自衛隊を志された時のことです。泰平の世なのに何も、と反對する親もあるでせうに、この母君は戰歿者を祭る靖國の宮に參拜されました。獨立國なら自衛は必要です。無關心な國民が多いのに作者は愛國の情止みがたく、嚴しいこの道を選ばれました。それにはかかる毅然たる情の篤い母の存在がありました。（山川京子）

見上ぐれば富士の傾斜《なぞへ》に月夜見《つくよみ》のいとどさやけくかゝりをるかな（一〇一頁）

廣大な富士の裾をかけめぐつての演習でせうか。徒らに仰ぐだけの旅行者とは違ふ美しい景色だと思ひます。妙なことで私は富士の裾野の病院に數日をり、折りから月のよい晩がつづき、言葉も出ない感動でした。夜の富士が見たいと今も切に思つてゐます。この歌强ひて言へば「見上ぐれば」が要りません。入れたところで的確な説明にはなりません。
（山川京子）

呼びかけの文に應ふる同志《とも》たちと隊伍整へ九段に向かふ（一〇三頁）

「八月十五日前後」の連作の中の一首です。同志の方達と、靖國神社參拜に向かはれる歌で、「隊伍整へ」に作者の肅々たる氣持が伺はれます。連作にみなぎるお志、ありがたく讀ませていただきました。

「神前に大臣獻《おとどささ》げし花あれどまゐることなき十五日かな」國民に約束した十五日の參拜を前倒しした大臣に對して、さうさせたもろもろの力に對して、作者の憤りと嘆きの、よくわかる歌です。
（山本春子）

稱讚に終らず精神《こころ》承け繼ぎてゆくが眞《まこと》の慰靈と思ふ（一〇四頁）

純粋な若者の至誠があふれてゐます。悲憤慷慨のお氣持には同感しますが、固い熟語が多く檄文のやうです。かういふ内容も優しい言葉で唯美的に表現するのが敷島の道です。
（山川京子）

誰彼も妻に似たりと言ひけるも居ざる姿は吾《わ》に瓜二つ（一〇五頁）

「居ざる」はすわつたままで進む、膝や尻を地につけたままで進むの意味で膝行のこと。這はずに居ざり、つかまり立ちから、歩行へと成長するのもお嬢様さくらちやんの個性でせう。

（星原二郎）


朝なさなまゐる翁とこのごろは親しく語る仲となりたり（一〇九頁）

ひよつとするとその翁といふのは『おじいちやん戦争のことを教えて』の著者中條高徳氏ではありませんか。中條さんは陸軍士官學校の在學中に終戰を迎へ、大學に進んでアサヒビールに就職し、退職した今も名譽顧問の肩書を持つ、一流の企業家ですが、戰死した英靈を思ひ、九段に居を定め、靖國神社に毎朝雨の日も風の日も日參してをられると聞きました。作者は清掃の奉仕にやはり日參してをられるよしですから、多分翁はこの方だらうと思ふのです。素晴らしい交友です。

（山川京子）

平成十四年

建國を祝ふ集ひに列《つら》なれる同志《とも》と旨酒飲むは愉しも（一一七頁）

無關心の人の多い紀元節、殘念です。作者は肇國の日を祝ふ集ひに出席して、仲間と愉快に乾杯なさつたのでせう。連作は衷心からの叫びですが、昔の形通りです。その中でこの一首は人間らしく共感を得るでせう。悲憤を押へたところに感じ入りました。
（山川京子）

人知れず咲ける花こそ清らなれ三頭山《さんとうざん》の山さくらはも（一一九頁）

花の名所と言はれるほどの所のお花見の風景は、私も上野や小金井公園など、少し見たことがありますが、まことに騒がしく亂《らう》がはしく、花も色褪せて見えます。櫻に一番迷惑なのは、あのビニールシートだとか、櫻が可哀さうです。とはいへ櫻の季節になると胸さわぎがするほど、花に憧れる人のおもひを可憐にも思ふのです。三頭山はどこか知りませんが、それだけにお花見に集まる人もない靜かな山ざくらなのでせう。見る人がなくても生命のかぎり咲く、しかも格調の高い山櫻です。人もかくありたいものと作者は見てゐます。この心で現實に負けずに生きたいものです。
（山川京子）

けふけふと郵便受をのぞけども返事はあらず溜め息つけり（一二三頁）
思はぬにちらしの中に參るとふ葉書見つけてよろこびにけり（　仝　）

八月十五日に、靖國の宮にこぞつてお參りしようとの呼びかけの文を出された作者です。とりあげたはじめの歌は、その返事がなかなか來ない、いらだちの氣持を歌つて居られます。郵便受を毎日のぞき、ため息をつく作者が浮び、具體的で氣持がよくわかります。

あとの歌は、郵便受を見たら、廣告のちらししか入つてゐない。今日も駄目だとがつかりし、それでもちらしを片づけようと取り出すと、中に混ざつてゐる「參るとふ葉書」(出席葉書)を發見。思ひがけぬことで「ああよかつた」と喜びが自然に沸き上がつた歌です。一句に「思はぬに」を持つて來られ、二、三、四句で葉書發見の經緯を語られ、五句を「よろこびにけり」で、結ばれてゐます。反故にならなくてよかつた、大切な葉書が無事作者の許に着いてと、讀者もほつとし、作者と一緒によろこぶことができます。あるがまま、思ふままを素直に歌はれた、よい歌です。

忌まはしき謀りごとをば祓ふがに歩武堂々と我らゆくなり(一二四頁)(山本春子)

聲をかけても應じない仲間もありました。同志は何人だつたでせう。歩武堂々が泣かせます。一、二句は靖國神社に代る國立追悼施設のことでせう。「忌まはしき謀りごと」とは言ひ得てゐます。斷乎退けねばなりません。

なにゆゑか心の内を語らぬも涙の雨にすべて知らるる(一二八頁)(山川京子)

その非道な行爲の事實を知りながら、被害者を二十四年もの間救出出來ませんでした。その間祖國で安穩に暮らしてゐたわれわれは、後めたい思ひにかられます。歸國された五人の固い表情は、むつかしい立場を思はせましたが、父母兄妹と抱き合つて、涙涙の姿は、心の奥底から湧き出るものでした。拉致問題解決の道を阻んだ日本の政治家が、平然としてゐるのには、今更ながら憤りを覚えます。拉致された人々を、家族ぐるみ引き取つて、何とか澤山の困難を越えて、日本人としてしあはせに生きて頂きたい、と願ふものです。心熱く行動的な作者のこの連作には、心を打たれました。（山川京子）

叱られて泣きたるあとに俯《うつぶ》きて神のみ前に子は坐してをり（一三一頁）

何と素晴らしい家庭教育でせう。羨しいけれどもう手遅れだと思ふ人が、尠くないと思ひます。御立派な家庭をお築きになりました。神棚もない、床の間もない、父親の權威もないといふ家庭が壓倒的に多いのです。若い方は見習つて下さい。何より子供がしあはせです。國の未來にも望みが持てます。（山川京子）

平成十五年

七度もお立ちになりて大君はみ民われらに御手《みて》振りたまふ（一三四頁）

新年の一般の參賀をお受けになつて、御入院を前になさつた天皇陛下が、午前午後七度もお出ましになり、御手を振られたお姿に、國民ひとしく心を打たれました。（山川京子）

慰めの言の葉いかにかけむかと茶を啜りつゝ妻と語りぬ（一三七頁）

いいお父様ですね。今の世は知らず、こんな時慰めるのは母親でした。感心しましたが、一首の獨立性がありません。連作でも一首とり出して意味が通じるやうに心掛けたいものです。「嘆く子にいかなる言葉かけむかと」など考へてみました。なくてよい言葉は省き、なくてはならぬ言葉は省かぬことです。ままならぬことを知つて、子供は成長するのですが、五歳の純情美しく痛ましいです。（山川京子）

稀《まれ》にしか見られぬ鹿の群れ今し眼の前にゐて固唾《かたづ》を飲みぬ（一四一頁）

自衛隊演習最中の矚目詠《しよくもくえい》。きびしい訓錬の緊張感と粛然たる自然界への詠嘆とが綯《な》ひ交ぜとなつて詠はれ印象鮮烈です。動と靜の接點を瞬時に截《き》り取り一氣に詠ひ上げてゐます。結句の表現が事實に卽しまことに鮮烈です。（棚橋正明）

羆《ひぐま》にも敵《てむか》ふ力備へむと富士の原野にひた勵むなり（一四一頁）

富士の原野には、今もいろいろな動物がゐるのですね。しかしここにもアメリカ産の毛蟲が入り込んでゐることを知り、身の毛のよだつ思ひです。この歌、何とも賴もしいますらをぶり。自衛隊にもこんな意氣高い人は、さうさうゐないのではないでせうか。演習の御苦労が思はれます。神代の昔から、日本の武人は抒情歌を詠んでゐます。作者はまさしくその系譜につらなる、もののあはれを知る武人です。それにしてもお體を大切になさつて防人のお役を全うして下さいますやう。（山川京子）

如何ならむ思惑あるも軍命は絶對なりと唇噛みぬ（一四四頁）

歩兵部隊十八年の所屬を離れ、卒然の募集業務への轉屬命令。作者の打撃の深さを歌はれた連作ですが、この歌は、その打撃に耐へて、命令をうべなはねばと、おのれに言ひ聞かせてゐる一首です。結句の「唇噛みぬ」に作者の思ひが、よくあらはれてゐます。作者の心の落着を祈る氣持で、この連作を讀みましたが、九月號には「轉屬命令解除」の一連が載り、ほつとしたのは、私だけではないと思ひます。作者の一途な切ない思ひが、上層部の方達にも通つたのでせう。まづは、おめでたうございます。ますます任務に御精勵なさいますやう、祈り上げます。（山本春子）

銃執りてつとめらるるも今日までと聲嗄《か》るるまで若子鍛へぬ（一四四頁）

自衛隊員である作者の生活に心打たれる。だが事情を知らないと判り難い。原文四句目の「聲を嗄れさせ」に疑問が出る。若者の聲を嗄れさせるとも解釋される。「聲嗄るるまで」とすればはつきりする。（石田圭介）

一反《たん》の晒《さらし》を八つに裁ちて縫ふ手際よろしも八年經《ふ》れば（一四八頁）

珍しい歌材といふより、珍しいおくらしです。この一首では獨立してゐませんが、前後でわかり、古來の衣生活の合理性を教へられました。ここにも武士の魂があるのでした。（山川京子）

子の姿撮らむとレンズ覗《のぞ》くより今し輝く子らを見るべし（一四九頁）

同感です。私も幼稚園小學校の運動會で、撮影に熱中する多勢の親の姿に驚いたことがあります。異常な親心が壓倒的に多いのです。觀光地でも、眼と心で見ずに、景色と人物をカメラに収める光景が、屡々《しばしば》見られます。（山川京子）

平成十六年

眼の前に迫る大富士雄々しくて時に卑小の心恥ぢらる（一五四頁）

或は力を與へ、或は諭し、或は慈母の如く慰める富士山。日本の象徵であり誇です。作者はこの山麓でしばしば演習をなさつたやうですから、そのかかはりは格別でせう。正義感の強い清廉を尊ぶ作者にして、この下句に、惻々として同感します。（山川京子）

修了証を賜はる番の近づけば吾子《あこ》の面持《おもも》ち緊《かた》くなりぬる（一五七頁）

父兄席から子供の姿や表情を、ひたすら見守る親ごころが歌はれました。おめでたうございます。國歌を唱ふ慣らはしを作られた、園長さんはたのもしいです。（山川京子）

相聞《さうもん》の調べ哀しく我が胸に沁《し》むる二枚の色紙飾りぬ（一五九頁）

二枚の色紙とは、全國歌會でいただいた、棟方志功畫伯の畫かれた、弘至命と京子先生のお歌の色紙のことです。都での全國歌會が終り、家に歸つた皆がさうしたやうに、作者もその二枚の色紙を飾られました。まことに、お二人の「相聞の調べ」が、人々に心に哀しく沁みとほるみごとな色紙です。作者の、色紙にむかふ思ひが、美しく、調べ正しく詠まれてゐます。聲に出して誦すれば、一層深い感銘を覚えます。（山本春子）

この花を留守居《るすゐ》の妻子《めこ》に見せたしと思ひつゝゆく富士の原野を（一六一頁）

國を護る自衛隊員として、富士の裾野の演習での作です。嚴しい訓錬の最中にあつて、野の花々をめで、家族に思ひを寄せる心やさしき作者です。家を離れ、演習は何日ぐらゐ續くのでせうか。萬葉集の東歌に見る防人の時代から、このやうな場面で抱く思ひは不變です。（星原二郎）

參拜を終へたる三軍幕僚長に思はず驅け寄り禮《ゐや》を示しぬ（一六五頁）

八月十五日に仲間と靖國神社に參拜しようと呼びかけたのに、隊長に妨げられたとは、理解に苦しみます。誰が如何なる理由で參拜を憚らうとも、自衞隊の隊員こそ堂々と參拜されて當然と思ひますのに。參拜された三軍の幕僚長に驅け寄つた作者の姿に、涙ぐましいものを覺えます。挫けないで下さい。（山川京子）

いよいよに科戸《しなと》の風の吹き捲きて憂きことなべてうち祓へなむ（一七三頁）

力強い一首です。人間の力の及ばない恐怖のあることを、皆知りました。人間の生き方の怖しさも見ました。今は人事を盡くして神の力を頼むほかなく、謙虚に祈りませう。（山川京子）

憂き年の大晦日《おほつごもり》に降る雪のいや重け《し》吉事《よごと》とただに祈りぬ（一七三頁）

萬葉集全二十巻の巻尾を飾る大伴家持の名歌「新しき年の始の初春の今日降る雪のいや重け吉事」を念頭に置いての本歌取りの歌です。本歌より措辭を變へたにとどまらず、初句に一年間の感慨があり、作者の眞情が込められた歌になつてゐます。（星原一郎）

雪を踏む音たのしみて行く子らの後《あと》に残れる小《ち》さき足跡（一七四頁）

情緒がある。原作「後《しりへ》に小さき足跡のあり」で、その子の足跡が残るのか、小さい子が後からついていくのか解りづらい。「しりへ」が誤解されるので改作。（石田圭介）

平成十七年

今日の日は先《さき》つ帝《みかど》を偲び奉る昭和の日ぞと國旗掲げぬ（一八一頁）

昭和の日が決まりました。當然のことと思ひますが十七年かかつてゐます。昭和と共に人生を生きて來た私共の世代は、昭和に格別の思ひがあります。素晴らしい天皇でいらつしやいました。まことに御苦勞な御一代であつたことを思つても、「昭和の日」でなければ。（山川京子）

釣り上げて魚籠《びく》に収めし岩魚をば嬉しき餘りに幾十度《いくそたび》見ぬ（一八九頁）

釣りの醍醐味はここにもありました。下句の無邪氣なしぐさを、よく歌になさいました。岩魚は山深い岩場の多い危險な清流に棲むと聞きます。調子に乗らないで下さい。（山川京子）

自らの釣りし岩魚の鹽燒を食みつつ瀬音聽くはたのしも（一八九頁）
劔持愛子さんが「國思ふ心の深きさきもりは野べの草木や花をいとしむ」と詠じた益良雄原口兄の歌は岩魚釣りの迫力のある一連、鹽燒が美味しさうです。（中澤伸弘）

去年《こぞ》よりも餅を丸むる手際よく手振りは子らに受け繼がれたり（一九二頁）
家で餅を搗くこと、それも家族揃つてなさることに感激しました。表現も具體的かつ的確で、お子達の成長と家風繼承を喜ぶお氣持ちが讀者の胸に沁み入つて來ます。「子らに受け繼がれたり」に萬感の思ひが籠つてゐます。（棚橋正明）

平成十八年

聲嗄《か》るる我を助けむと「君が代」を子ら聲高《こわだか》に唱ひ奉りぬ（一九三頁）
聲嗄るるは言ひすぎだと思ひますが、そこに子供の成長をたのもしく嬉しく思ふ、作者の氣持ちが溢れてゐます。立派に育てていらつしやいますね。（山川京子）

初春《はつはる》の晴れたる空にいや高く凧《たこ》あげて安き御代《みよ》を祈りぬ（一九四頁）

最近は見ることも稀になつた風景で、天高く上つた凧に込めた祈りが良い。原作の「美空」の表記を訂正。「凧上げ安き」は「凧上げ易き」と聞き違へるのを避けて「て」を挿入した。

（石田圭介）

悪戯《いたづら》の過ぎて懲《こ》りざる我が頬を平手に打ちて戒めし母（一九九頁）

御立派な御兩親があつてこそ今日の作者です。

（山川京子）

手花火《てはなび》の火玉《ひだま》太りてちりちりと闇に黄金《こがね》の松葉放てり（二〇一頁）

線香花火のなつかしさとその描寫に共感が集まる。ことに二句が巧み。原作初句の「手牡丹の」は線香花火の開き初めを牡丹と見てだが、無理があるので直す。「ちりちりと」の擬音が花火の様を活寫してゐるとの評もあるが、如何かと。

（山川京子）

日の本の榮《さか》ゆくきざし祝ひつゝなほも皇位のゆくへ祈れり（二〇三頁）

作者は演習の地で知られたやうです。一首目の眞心に敬服しました。最後の一首、よく歌になさいました。下句の思ひはおそらく誰しもの祈りですが、餘り歌はれてゐません。

（山川京子）

未だ見ぬ郡上高鷲の美しき村を想ひて夜はふけにけり（二〇四頁）

私も原口兄と同じく仕事の都合でなかなか高鷲へ行く機會を得ずにゐる。皆様のお歌から弘至命のお生まれになつた「美しき村」に思ひをはせる事しきりである。私は中秋の名月、この美しい月を見るたびにかぐや姫同様に心によぎる思ひがある。

（中澤伸弘）

平成十九年

襟章の線なほ一つ増して今燃えて立つ身に春の風吹く（二〇八頁）

文武両道への高い志が素直に詠まれ祝意と共感を呼ぶ。原作「襟章の線なほ一つ増してこそ」の「こそ」では「それがなければしない」やうで、「増したので一層勵む」の表現を邪魔してゐる。虚子の句に「春風や闘志抱きて丘に立つ」あり。

（山川京子）

今年また妻子ら連れて宮城にまゐるこの日のたのしかりけり（二〇八頁）

年の始めに當つて、作者の眞心を眞直に歌はれ、素直な美しい歌になつてゐます。

（山本春子）

父母と初春《はつはる》共に祝ひ得ることのひときはうれしかりけり（二〇八頁）

素直に、御兩親と共に初春を祝ふことのできる喜びを歌はれ、讀者の胸を打ちます。（山本春子）

防衛省となりていよいよ御軍《みいくさ》の建てらるる日を切に祈れり（二〇九頁）

防衛廳が防衛省に昇格したことは、遲きに過ぎるとは言へよかつたです。「御軍」とは何を意味するのかわかりませんが、平和の爲の防衛であり、攻撃の爲ではありません。四海波穩やかならぬ今日、無手で核の攻擊を阻む事は出來ません。口先だけの平和主義では、國の安全を護ることは出來ないでせう。最前線にあられる作者の決意に聲援を送ります。國民の支持なくして祖國の防衛が出來るでせうか。「切に祈れり」には、現在の狀況に對する焦立ちが窺へるやうに思ひます。我々もこの問題から逃げてはゐられません。（山川京子）

山里に舊《ふ》りたる分校見つけたり冬のさびしさひときは增しぬ（二一〇頁）

秩父行の一連。行軍演習の山行でせうか。高齢化と過疎が進んだ集落や人々の生活に思ひを馳せる作者の目差しの暖かさが讀む者の胸に沁み入つて來ます。「道の邊に學童多

しと記さるる古き立札傾きてをり」も印象的。（棚橋正明）

聲高く呼べば忽ち應へくる山のこだまのたのしかりけり（二一一頁）

谺《こだま》の歌は自然の中で童心に返つて叫ぶ作者の姿がうかがへる。これに似た歌が幕末の歌人、大隈言道にあつた。言道は谺に興ずる童べの姿をよく把へた歌を残した。（中澤伸弘）

雲間より今し現はるる神不二のま白き嶺に朝光《あさかげ》の差す（二一二頁）

烈しい訓錬のさ中に風雅の眼を失はぬ作者です。日本の自然の美しさ豊かさを思ひます。イラクのやうな砂漠でなくても、島國の日本のやうに山水の美しさに惠まれたところはないでせう。勇猛果敢な武人の優雅な心を、今作者のやうにゆたかに持つてゐる人ばかりではないかも知れません。「衣のたてはほころびにけり」「年を經し糸の亂れの苦しさに」といふ、源義家と安倍貞任《あべのさだたふ》の應酬のやうに、歌心が武人の人情を育てるとも言へませう。作者の歌心が隊員の皆に擴つてほしいです。（山川京子）

戀敵《こひがたき》となりて訣《わか》れしかの時ゆ逢ふこともなく二十年《はたとせ》經ちぬ（二一七頁）

歌にかかはつて何十年、「戀敵」といふことばをはじめて見ました。はげしい性格の作者です。さぞ堂々と渡り合はれた事でせう。思はず笑ひました。歳月の力です。その「友」もおしあはせでゐてほしいと思ひます。（山川京子）

親よりも友と遊ぶを好むらし子らの成長漫《そぞ》ろさびしも（二一七頁）

掌中の珠と育むわが子もあつといふ間に成長し、親の知り得ぬ世界を持つていきます。嬉しくもあり淋しくもあり……ですが、これが反對だつたら本當に困りもの。親はとびたつ子をじつと見守りながら、何かのときの支へとなる役目なのでせう。共感を覚えます。（神尾暉子）

平成廿年

自らに足らざるものを記さむと一つ選みて瘦せ我慢と書く（二一九頁）

お書初めにまづ聖壽萬歳と書いて二つ目の言葉です。思案の末決定したのが「瘦せ我慢」とは。相當我慢をしてをられると思ひますが。足らざるものではなくて身についたもの、ではないかしらん、と思ひました。とかく浮世は儘ならず、殊に御職掌から考へても、精神的、肉體的に我慢は習ひ性となつてをられると思ひます。なほ「誠をせめる」精神が、作者の志向してをられるところでせう。しかしそれがわからず反省しない輩も必ず

あつて、怒るより歎くよりアホらしくなる事もあるでせう。頑張つて下さい。お國の爲です。（山川京子）

朝光《あさかげ》の射していよいよ銀《しろかね》の上毛《じやうもう》三山艶《いろ》ひたるかな（二一二頁）

雪被く山々に朝日が射して白銀の嶺が美しく映える。雄大な光景を詠んで格調高い作です。神々しさに打たれて仰ぎ見る作者です。上毛三山は群馬縣の赤城・榛名・妙義の峰々。（棚橋正明）

島中の岩とふ岩に殘りたる敵彈の痕見れば虚しき（二一三頁）

名越二荒之助氏の寫眞集を取り出して、硫黄島の記事を改めて讀みました。折口信夫先生に、御養子の春洋先生を亡くされた作品が殘つてゐます。この歌の結句「悲しき」などでなく「虚しき」といふ所に、深い思ひがあるのです。これからも行かれると伺ひました。（山川京子）

七月號（桃）で深い感銘を受けたのは原口兄の硫黄島慰靈の一連の作である。渡島の時を得た作者の實感を歌ひあげてゐる。（中澤伸弘）

敵艦を撃ち沈めしとふ大砲《おほづつ》の錆びて今なほ海睨みをり（二一三頁）

海を睨んでゐるのは大砲ではなく、作者自身ではないか。（石田圭介）

賜はりし文の言の葉ゆかしくて夜半《よは》にしみじみ讀み返しけり（二二六頁）

桃の會にあつて、まさに益荒男ぶりの一擧手一投足をしめされる作者の、なんとも清々しくも純情な一連に、こちらも素直に心打たれました。ところどころに、日本の良き傳統や習慣が散見され、なつかしくも心あたたまる思ひがしました。作者も公務多忙でなかなか歌會には出られないながら、毎月歌會用の歌を缺かされることはありません。まさに思ひが傳はつてきます。（鷲野和弘）

月光《つきかげ》に道の邊の花も照らされて艶《いろ》ふ夜にこそ君偲ばるれ（二二七頁）

冴えわたる月光の中では、見なれた日常の世界も異次元の世界のやうに思はれることがあります。神秘的ともいへるそのやうな世界に佇つ作者に偲ばれる「君」、美しいかぎりです。ただ二句目の「道の邊の花も」は字餘り、語調もととのはないので、前のお歌の「姫紫苑」かとも思ひ、次のやうにしてみましたがどうでせう。「月光に野の花々も照らされて艶ふ夜にこそ君偲ばるれ」透きとほつた思ひが傳はつてきます。（神尾暉子）

平成廿一年

我妹子の今ここにあらば茜さす富士の姿をいかに描かむ（二三三頁）

お國の爲に日夜精進して下さるますらをも、些かお疲れが出たのでせうか。奥様の御上も心配です。どうかお元氣でお二人揃つて富士の朝焼けをごらんになる日をお待ち下さい。はげしい御任務の中で三十一文字の研鑽を怠らぬ作者に敬服してゐます。武人と歌は古の日本武尊の絶唱から、新學社の「大東亞戰爭詩文集」の作者たちに至るまで、生命をかけた歌が連綿と歌はれてゐます。至尊から草かげの民に至まで。こんな國がどこにあるでせうか。さて今日の防人たちはいかに。作者に是非とも頑張つて頂きたいところです。お二方様の御健康をお祈り致します。（山川京子）

平成廿二年

荻窪に通ふ小路《こみち》の懷かしく深山《みやま》にひとり歌を詠みをり（二三九頁）

文武兩道の作者ですが、きびしい武の世界は重く、後顧の憂ひなきにあらず、その間にあつて風雅を忘れない作者に何と言つたらよいでせう。頭を垂れるのみです。お繰合はせのつく時は歌會にお越し下さい。私は小學生のころ、母と一つづつの駕籠に乘つて富士山のどこまでだつたでせう。登つた事があるのです。子供の眼にも美しい風景でした。知つてゐるのは山百合だけでしたが。ああいふ山野をこの作者は演習で驅けてをられるのです。想像は浪曼的ですが、無茶をなさいませんやうに。お國のため、家族のためです。そして私どもも御健康を心配してゐます。

（山川京子）

平成廿四年

さみどりの美《うるは》しからむかの丘を眼を閉ぢて遙かに思ふ（二四九頁）

「影山正治大人之命三十三年祭」に捧げられたお歌です。作者は福永代表の國學院大學時代の同級生。影山・長谷川兩塾長亡きあとの靑梅大東農場に於ける大東塾夏期講習會に參加され、「禊廿年」と題して詠まれた他の連作にあるやうに、この折、川田貞一訓育班長より學ばれた朝々の禊を、それ以來一日も缺かさず實踐してをられます。影山塾長歿後の門人であられる作者が、「大き師の遺稿《みふみ》手にとり今年また夜の明くるまで讀み耽りたり」と詠まれ、更に大き師の自刃の跡所をしのび、かくも淸明にみづみづしく詠まれたお心に、しみじみと胸打たれます。

（福永眞由美）

椎《しひ》の花咲き滿つ土佐の故鄉《ふるさと》を思《おぼ》し召《め》しけむ辭世《うた》に泣きぬる（二五〇頁）

「川田貞一大人之命を偲びて」の詞書で詠まれた連作の一首。「不二」八月號の選後評でもご紹介いたしましたが、作者は福永代表の國學院大學時代の同級生で自衛官。影山・長谷川兩塾長亡きあとの大東塾夏期講習會に參加され、川田貞一訓育班長よりのご指導を受けました。連作の他のお歌からも、この折、川田先生より如何にふかく強い薫陶を受け、今も作者のご人格をにほひ立たせてゐるかがしのばれます。

川田貞一之命辭世の歌。

「椎の花咲き滿つ頃となりにけり白一面の故郷の山」

（福永眞由美）

窗開けて望月いともさやけしと我をいざなふ病の妻は（二五三頁）

自衛隊員として若き隊員に與つてをられる作者は、福永代表の國學院大學時代の同級生でもあられます。皇居參賀の折には、お子様と共に日の丸小旗配りの御奉仕を下さる作者。「病の妻」との詞書で、長年作者を支へ續けられ、良いお子様をお育て下さり、今病を養つてをられる奥様への、ふかいいたはりと優しさ溢れる連作を詠まれました。特にこの一首は胸に沁み入る絶唱であります。御恢復を心よりお祈りいたしてをります。

（福永眞由美）

平成廿五年

御出座《おでま》しのとき近づきていよいよに胸高鳴りて身震ひのする（二六四頁）

天長節參賀の折、日の丸の小旗配りのご奉仕を下さり、代表と共に不二歌道會一團と自衛隊の制服姿で二重橋を渡られた作者。代表と竝んで凛々と聖壽萬歳の先導をされました。今月號のお歌で千葉縣支部長の竹内孝彦氏が、この折の情景をいきいきと連作に詠んでをられます。

竹内孝彦氏のお歌。

「代表と陸曹長の先導の我が一團のめづらしきかも」

「大君は我が一團をみそなはす聲の限りに唱ふ我等を」

（福永眞由美）

平成廿六年

大君の賜へる瑞寶雙光章《ずいほうさうくわうしやう》高く掲げて父を送らむ（二七一頁）

「父逝く」の詞書にて、父君逝去のふかきかなしみを連作十首にこめて詠まれました。父君逝去の報を受け、朝霞駐屯地を飛び出し驛を目指してひた驅ける作者。連作のどのお歌も、今ある作者を嚴しく導かれた父君への深き感謝がこめられ、「ちちのみの父の命に額づきてみこともちたる心誓ひぬ」と共に魂に沁み入る絶唱であります。

（福永眞由美）

平成廿七年

三島大人よ嘆き給ふなみいくさのこころうけつぐ我らここにあり（二八一頁）

「不二」に原口大兄の歌を讀みて感あり。

「いまはなきすめらみいくさそのこころうけつぐといふともよわがとも」

（西川泰彦）

令和元年

「太刀が嶺歌會入會」の連作（三三二頁）

憂憤慷慨の詠。名と實との乖離は豈自衛隊のみならんや。神社界も同様「輕神損皇」の愚駄羅が時を得顔にのさばつてゐます。南洲大人は詠はずや「若し運開くなきも意は誠を推す」「願はくは魂魄を留めて皇城を護らむ」と。

仇敵《きうてき》は我が内にあり今宵また讀み返すなり『維新者の信條』

原作「仇敵は我が内にあり今宵また『維新者の信條』讀み返しぬる」の「ぬる」は完了の助動詞「ぬ」の連體形であらう。意味は「…た。…てしまつた」。「今宵また」とあるが『維新者の信條』はさう簡單に讀み返せるやうな小册子ではないので違和感は免れない。推敲例、…今宵また讀み返すなり『維新者の信條』。

（西川泰彦）

大臣《おとど》らは何恐るるか日の本の民の務めを確《しか》と果たせよ（三三二頁）

「確と果たせ」の具體的内容は詠まれてゐませんが、即位禮の傳統尊重、靖國神社參拜、憲法改正等々、安倍晋三首相には些か期待外れです。大嘗宮の屋根の簡素化の美名に隱れた傳統破壞、支那朝鮮に屈して靖國神社に參拜せず、現政權に帝國憲法復元までは求めざるも、現憲法の改正すら成否不明。正に「何恐るるか」です。

（西川泰彦）

御民《みたみ》われ大詔《おほみことのり》に沿ひ奉り臣《おみ》の正道踐《ふ》み行かむとぞ思ふ（三三三頁）

喋々の駄評を許さざるの作。當方も身の引き締まる思ひ。結句、普通ならば其の字餘りの過ぎたるを指摘する處ですが、竝々ならぬ決意がさう詠ませたのです。此處を「踐まんとぞ思ふ」と正調に詠み納めた場合と比較すれば、「字餘り」の効果、歴然たる事が分かります。

（西川泰彦）

「即位禮正殿の儀を拜す」の連作（三三五頁）

尊皇純忠の歌、大御稜威鑽仰の作、共に心打つものあり。

大君の醜《しこ》の御楯《みたて》とこの身をば鋼《はがね》と鍛へ護り奉らむ（三三六頁）

烈々たる武人の覺悟、切に囑するものがあります。

（西川泰彦）

平成の御代偲びつゝ小夜中《さよなか》にひとり湯に入り柚子《ゆず》の香《か》を聽く（三三九頁）

聞香は有りますが「聽香」は無いでせう。併し此の歌からすれば「聞」ではなく「聽」を用ゐた造語は十分に首肯されます。

（西川泰彦）

令和二年

「家庭のまつり」の連作（三四二頁）

其の眞摯懸命なる生き方に期待する處大なるもの有之。歌を裏付ける文法も語彙も衆に範たるものです。

（西川泰彦）

「陸軍記念日」の連作（三四六頁）

陸軍記念日の連作五首、闘志烈々たる原口軍曹の面目躍如たる秀歌。原作「遙かなる明治の御代におろしやを打ち負かしける戰人はも」の「戰人」を「いくさびと」と訓むのは間違ひにあらざるも、古事記に「軍士―いくさびと」と言ふ立派な言葉があります。生物學上の人間の「人」よりも、能力・人格をより評價する意味の強い「士」の方が「いくさびと」には斷然相應しい。「軍士勅諭」よりも「軍人勅諭」の方が聞き慣れてゐる所爲もあり、語呂も良いと思はれますが、内容は變へずに名稱のみ「軍士勅諭」を「いくさびとへのおほみさとし」と和訓にすればと、個人的には思はぬでもありません。

（西川泰彦）

「靖國神社早朝清掃奉仕」の連作（三四七頁）

小生が大東塾に居た頃、原口兄より靖國神社早朝清掃奉仕への思ひを聞いた、あの時の貴兄の眼の輝きが今も思ひ浮かびます。

（西川泰彦）

「憎き支那」の連作の一首

戰《いくさ》なき世をこそ祈る我なれど支那と一戰交へたく思ふ（三四九頁）

「など波風の立ち騒ぐらむ」のおほみなげきを思ひ奉れば恐れ多いことですが、正に「憎き支那」です。小生の父は生前よく言つてゐました「露助どもともう一度戰爭や。今度こそ負けんぞ」と。それこそ眞顔で言ふのです。富士の裾野で支那を假想敵とした訓錬の由、御苦勞さんです。頼りにしてゐます。マスコミは、國民の多くは支那の頻繁なる領海、領空の侵犯に餘りにも危機感が無さ過ぎます。暴支膺懲は今現在の喫緊の大事なのです。

（西川泰彦）

「母を思ふ」の連作（三四九頁）

四首目の原作「庭に咲く花たのしみて暮したる母に一鉢贈らむと思ふ」の第三句助動詞「たる」は存在、繼續の意味もあり、誤りとは言へないが、何か引掛かる。對象は御母堂なれば尊敬の意を籠めて「暮します」。

正に「親思ふ心にまさる親心」。「母を思ふ」の一連五作、慈母に寄せる孝子の思ひ、思はず溫かい涙を覺えさせられる連作です。

（西川泰彦）

「高山彦九郎を偲び奉る」の連作の一首

村正《むらまさ》の刀心に取り佩《は》きて今が幕府を睨《にら》まふ我は（三五〇頁）

醇乎烈々たる志士の精神仰慕繼承の連作。評の言葉を要しません。

「村正」は主に戰國時代を中心として活躍した伊勢、桑名邊りの地方鍛冶の一派である。地方鍛冶とは言へ時代を反映してと言ふか、所謂優美さに缺けはするが、眞に迫る切味がおのづから漂ひ、持つ者をして「斬つてみたい」といふ衝動を覺えさせるやうな凄みがある由。これを「妖刀―妖《あや》しい（人の心をまよはす）刀」などと貶める評言は單なる徳川幕府的觀方に過ぎない。卽ち此の村正に徹底的に祟られたのが他ならぬ德川家康である。（中略）朝敵に天誅を加へるに用ゐるに相應しい天下の名刀と、尊皇の志士達が求めたのも宜なるかな。

（西川泰彦）

「神明奉仕」の連作（三五一頁）

心の底からの憂ひ、憤り、悲しみの歌。歌としての完成度も相當に高い。恰も嘗ての私自身に會ひたるかの感を覺えて歌評以前に心穩やかではありません。神主であれ、浪人であれ、敬神尊皇の途を貫かんとすれば「志世と相容れず」は覺悟しなければなりません。其の上で「後の世に語り繼がれず祀られず草生す屍」となるのです。其れも亦良き哉。葦津珍彥大人の西川への忠告「有名神社、大きな神社に奉職したなら、神社界に對して抱いてゐる君の理想は幻滅に終はるかも知れない。」は貴君への忠告でもあるのではありませんか。

（西川泰彦）

「『富山縣のおほみうたのいしぶみ』拝讀」の連作

文法の覺束《おぼつか》無きに目を瞑《つむ》り収めて給《た》ぶを祈るのみなり（三五四頁）

「給ぶ」に續くので「をさめて」の主語は、西川でせう。「をさめる・をさまる」の同訓は「納―先方に入れをさめる」。「収―納められた方が取入れる（収める）」。「藏―見えないやうに、隱しをさめる。轉じて、外から見えないやうに収納する→貯藏」。比の場合は漢字では「収」でせう。私は歌の友に機會ある度に强調してゐます。「文語文法を學ぶだけでは、駄目だ。あの日本國憲法も、作られた年代からも分かるやうに原文は文語文法で書かれてゐる。要は、日本の心の裏付けとする爲の文語文法を學ぶか否かである。」軍務への精勵と歌學びの勵行、劍魂歌心、歌鉾一如。いざ共に勵まんかな。（西川泰彦）

「近衛兵の精神」の連作（三五五頁）

「舍人《とねり》」の語源は「殿侍《とのはべり》」「殿入《とのいり》」等の說があります。連作には近衛兵の歴史が略述されてゐますが、個人であれ、組織であれ、歲月と共に理想と現實が乖離して行くのは殆ど避くる能はざる宿命です。端的な例が神社本廳制定の「敬神生活の綱領」と神社界の實狀です。自衛隊も、殘念乍ら「近衛」も其の例外ではありません。

「近衛府」の職務は、作者の連作にもある通り宮城の諸門の警衛、行幸の際の警固等、天皇の側近の重要な武官でした。其れを構成する舍人の出身地もさう偏在はしてゐませんでした。しかし年と共に上級官人は榮譽職的となり、下級官人や舍人の職務は馬術や樂舞のやうな末梢的なものに變遷、と言ふより墮落して言つたのです。

作者の小論文の如き詞書と連作を讀み、自衛隊の現状を思へば歴史は繰返すかと深い憤り、悲しみを覺えざるを得ません。『影山正治全集』第十四卷、第二十九卷、第三十二卷に警察豫備隊、自衛隊に關する重要な論考が有ります。既に讀まれた事と思ひますが比の際再讀されん事をお奬めします。

（西川泰彦）

「明治神宮御鎭座百年」の連作（三六〇頁）

「明治神宮御鎭座百年」といふ廉有る年に當り、これに關する懇切な記事を書いたのは商業新聞では產經新聞ただ一紙だけでした。明治神宮當局が「明治神宮御鎭座百年」を奉祝する詩歌を公募したか否か知りませんが、和紙に淸書の上、明治神宮の御賽錢箱にお入れするのも作者の至誠を捧げ奉る一方法かと思ひます

（西川泰彦）

「歸鄕」の連作（三六一頁）

季違《とき》へ鐵線の花たるは國の亂れの證《あかし》なるかな

原作「証しなるかな」の「証」が「證」の新字體のやうに扱はれ、思はれてゐますが、

比の二字は本來別義、別字なのです。「証」は「いさめる。忠告する―証諫」但し第二義に「あかし」の意味もあり誤用とは言へません。「證」は「あかし。證據。證明」。但し「告げる・質《ただ》す・諫める」等の意味もあります。比處は「證《あかし》なるかな」がより良い用字でせう。

　老い母の手打ち饂飩を啜りつつ昔語りを聞くはたのしき

母と子の沁々とした情愛に心打たれます。原口さん、呉々も御母堂との時間を大切になさつて下さい。

（西川泰彦）

「人事記錄簿閲覽による懲戒追想」の連作（三六一頁）

　上官の聞き捨てならぬ謗《そし》り口《ぐち》に我慢ならずて顎砕きけり

原作「上官の聞き捨てならぬ謗言《ばうげん》に我慢ならずて顎砕きけり」

和歌は基本的には「耳」で聞いて理解されるべきもの。「妄言《ばうげん》―みだりにいふ。でたらめ」「暴言《ばうげん》―亂暴なことば」「謗言《ばうげん》―謗《そし》り口《ぐち》（非難の言葉。悪口）」。和歌に於ける漢語使用の難しさの典型例とでも言ふべき作品です。比處は「謗り口に」が宜しいかと思はれます。

　勲章のただの一つもあらざるも懲戒の數は片手超えたり

「片手」の中に營倉入りも懲戒免職も無かつたとは、これぞ自衛隊墮落の象徴か。三島由紀夫蹶起の時、影山塾長は要旨「斷乎三島由紀夫を射殺する事こそ、三島由紀夫を、そして自衛隊をも活かす途であつた。」と仰つたが、實に其の通りであつたのです。

（西川泰彦）

令和三年

「紀元節」の連作の一首

差し昇る旭《あさひ》をろがみ朝霞なる錬兵場に肇國《はつくに》偲ぶ（三六六頁）

「錬」と「練」は字義には大差は無い。ただ偏の「金」と「糸」の聯想から特に「嚴しくきたへる」を強調する爲に「錬」を用ゐる事が武道の世界では多く見受けられる。私の通つてゐた劍道場は「高岡南錬成館」であり「練成館」ではない。俗に萬回鍛へるのを「錬」と言ひ、千回鍛へるのを「練」と言ふなどと言はれてゐる。矢張「れんぺい」には「錬兵」が相應しい。

（西川泰彦）

「引越荷造り」の連作の一首

定年を間近に控へ住み慣れたる官舍去らむと荷造り始む（三六九頁）

永年に亙る軍務御奉公、御苦勞樣でした。比の連作は感慨溢るる佳作揃ひです。ただ一首目の原作「住み慣れし」の助動詞「き」(「し」は其の連體形)には「過去」の意味しかありません。從つて、引越間近とは言へ現に今も居住してゐるのですから「住み慣れたる」です。(西川泰彦)

「軍務奉公最後の日に」の連作(三七一頁)

人生の大きな區切りを迎へての感慨に胸打たれます。在野草莽にての御奉公も、御奉公に變りありません。軍籍に在つた時とは又別の遣り方もあれば、樂しみも有るでせう。此れから後の日々こそ、明治天皇の御製「軍の場《には》にたつもたたぬも」を噛みしめての奮勵努力を重ねられむ事を。(西川泰彦)

あとがき

昭和六十年の春、命を懸けて皇國を守護し奉らむとの燃ゆる思ひで私は自衛隊に入隊した。萬葉集巻第二十に収められてゐる火長《くわちやう》今奉部與曾布《いままつりべのよそふ》の歌「今日よりはかへり見なくて大君の醜《しこ》の御楯《みたて》と出で立つ我は」の思ひその儘にであつた。占領憲法下の米國製自衛隊であるとは言へ、その實質においては必ず帝國陸軍の精神を繼承してをり、軍人勅諭巻頭にあるが如く、飽く迄「我國の軍隊は世々天皇の統率し給ふ所にぞある」ことを大本として、全隊員が「忠節を盡すを本分とすべし」との報國の心を堅持してゐるに相違ないと信じてゐた私は、今これから教育を受けむとする新隊員教育隊の隊舎入口に掲げられた「明るく、仲良く、樂しく」といふ小學校の標語の如き歡迎の横斷幕に惘《あき》れ、軈《やが》て自衛隊の墮落した實態を眼の當たりにして幻滅した。

それでも、一朝事ある秋《とき》に直に御奉公申し上げられるのは軍に在ればこそと覺悟を決め、然《さ》れば如何なる敵にも劣らぬ戰鬪技術と不撓不屈の精神を身に着けむと、入隊一年後の夏、レンジャー訓錬を志願してその教育を履修した。凡俗を超絶する體力・氣力を要する訓錬ではあつたが、そこにさへ皇國軍人としての精神を涵養する教育は皆無であつた。私は悲しくも憤ろしき現實を突き付けられ、假令《たとひ》將來國軍が再建されようともその内實が今の儘である限り、隊員たちが命を懸けて國體を護ることは斷じてないと覺つたのである。

それからは、墮落した組織との戰ひの聯續であつた。殊に、昭和六十二年の八月十五日に有志を募り國旗を捧持して靖國神社に參拜したことへの批難は甚だしく、それは、自虐史觀に基づく我々への彈壓そのものであつた。實は、この八月十五日の部隊參拜の樣子を、當時神社新報社の記者をなさつてゐた稻葉稔氏が寫眞に收めてゐる。稻葉氏は、神道思想家・葦津珍彥大人に師事され、また、鹿島神流・國井善彌翁に師事された武人であり、後に明治神宮至誠館館長を務められたが、この八月十五日の參拜が御緣となり、私は氏から神道の基礎知識をはじめ多くのことを學ばせて戴いたのである。そして、その敎への隨に「敬神尊皇」の節義を堅守し、また、隊員たちの意識の改革を必達せむと努めてはきたが、三十六年を經て、形として何一つ殘すことができぬまま今年五月に定年を迎へ、虛しい限りである。併し、私は信じたい。共に汗を流した隊員たちの心の中に無形の何かが滲透してゐることを。

私が初めて歌を詠んだのは、高校の授業を除けば、確か昭和六十一年八月十五日の中曾根首相（當時）の靖國神社參拜拒否に激しい怒りを覺えたその夜のことである。不二歌道會の歌誌『不二』に掲載されてゐたお歌を參考に一首詠んだのを記憶してゐるが、それは歌といふより檄文そのものであり、認めた紙片は今も行方不明のままである。また、平成二年の神宮參拜の折のものであらうか、「奉祝・皇紀二千六百五十年」と詞書して「すめらぎの國に生まれし喜びを身にかみしめてこの年を生きむ」「神代より受け繼ぎ給ふすめらぎのこの大御代をことほぎまつる」の二首が古い雜記帳に記されてゐるが、これが果たして自身の歌なのか、何方かの歌を書き寫したものなのか定かではない。

私が歌といふものに眞劍に向き合ひ初めて詠んだのは、恐らく平成四年の夏、大東塾の夏期講習會に參加した時のことであらう。當時訓育班長を務められてゐた川田貞一氏の御指導の下に詠んだ一首が私の敷島の道への第一歩となつた。川田班長は拙詠「ただ〱にすめらみことのいやさかを祈りまつらむひとすぢの道」を褒めて下さった。爲に私は今日まで歌を續けてゐるのかも知れない。毅然たる態度で敬神尊皇の精神を說き、而《しか》もそれを躬ら徹底して具現實踐していらつしやる御仁に初めてお目にかかり、その方から初めて詠んだ歌を褒めて戴いたのであるから。ただ今思へば、何の御奉公もしてをらぬ若造の標語のやうな歌など評價に値しなかつたであらうが、それを「よい」と言つて下さつた川田班長の後進に對する深い愛情を感ぜずにはゐられないのである。不二歌道會への投稿はこの夏以降今日に至る。

青山の大東塾本部を訪れるたびに、御多忙にも拘はらず、鈴木代表は筆を止めて、墮落した自衞隊に對する私の怒りと嘆きの聲に耳を傾けて下さつた。特に、昭和六十二年から私が主導してゐる「八月十五日の靖國神社部隊參拜」には種々御指導下さり、また每年勵ましの御言葉をかけて下さつた。そして、神屋事務局長もまた、自衞隊の實態に愚痴を零してばかりの幼く淺い私を誡め、また優しく導いて下さつた。皇軍にあらざる自衞隊の中にあつて、愛國心の缺けらもなき隊員が蔓延り孤立無援の毎日であつた私には、兩氏の御言葉一つ一つが四面楚歌の中で戰ふ唯一の原動力であつたことを今も忘れることはない。今は坐《いま》さぬ鈴木正男大人、神屋二郎大人の御靈の御前に、そして、現し世に見《まみ》ゆることの適はなかつた大東塾塾長影山正治大人の御靈の御前に、皇國軍人としての我が歩みを記した『御楯《みたて》の露《つゆ》』を捧げ奉りたい。

鈴木代表、次いで神屋代表が神上がりまして後、大東塾・不二歌道會の代表を務められてゐる福永武氏に初めてお目にかかつたのは、今から三十年程前の大東塾の夏期講習會に參加した時のことである。福永氏は、ひとときは若くまた優しいお顔立ちであつたが、頗る志が高く、衆に範たる存在であつた。その後、國學院大學の神職課程履修のための神宮實習でも御一緒させて戴いたが、その時の氏の言葉を忘れることができない。

嘗て神風連の師林櫻園《はやしあうゑん》が、基督教の傳來を危惧する一神官の發した「神道はどうなるのか。」といふ不安の問ひに對し、「よき神官が出れば榮えるが、つまらぬ神官が出れば衰へる。」と諭したといふ。この林櫻園の示唆的な問答は神職にとつて必ず心中に深く留めて置かねばならない言葉であると私は肝に銘じて神宮實習に臨んだ譯であるが、實習に參加した學生の殆どが社家の子弟でありながら、信仰の缺片もなく、實に愼み無き輩ばかりであつた。私はその醜態に眉を顰《ひそ》めたが、福永氏は實習中の懇談會に於て、憤然として立ち上がり、「我々は浮かれてゐるのではないか。」と實習生たちの不心得を鋭く指摘し、速やかなる反省を促したのである。この言葉は、軈て神職となり全國の神社で神を祀るべき實習生たちへの警《いまし》めとしてその心に深く刻まれたことであらう。その時から私の福永氏への尊敬は已まない。そして、この度の歌集『御楯の露』の刊行にあたり御多忙にも拘はらず玉稿を賜り深く感謝申し上げる次第である。

平成十二年の秋であつたと記憶してゐるが、不二歌道會千葉縣支部の拔穗祭に參列した歸り路、中澤伸弘氏から感動的なお話を伺つた。それは、終戰を閒近にして戰陣に斃れた夫君山川弘至氏の遺志を繼ぎ、山川京子夫人が戰後の歌壇の時流に阿《おもね》ることなく、肇國《はつくに》以來の民族の傳統精神に基づき「國風《くにぶり》の守護」を心として歌ひ繼がれてゐるといふ感泣禁じ得ぬものであつた。そして、その後中澤氏から拜借した『山川弘至書簡集』に、私は深い感動を覺えるのである。

中澤氏にお誘ひ戴き、早速山川京子先生主宰の「桃の會」に入會させて戴き、その道に繫がらせて戴いた。山川先生からは、常々「美しい言葉で歌ふこと」「歌は連作であつても一首一首獨立してゐること」を御指導戴いたが、改めてこれまでの歌を見直してみると、漢語が多く、心がけてゐた心算《つもり》ではあるが大和言葉が尠なく貧しさを感じる。そして、詞書や連作であることに賴り、一首の獨立性を缺いた歌が多く、山川先生の御指導に應へることができてをらず忸怩《ぢくぢ》たる思ひである。

「桃の會」發足當初の山川先生の記文に、「（前略）歌は誰にでも出來るのである。しかして徹するには難い。われわれが父祖傳承のなつかしい祖國の言葉で、耳なれた韻律で、しかもこの生身の情感を歌ひ上げようとするとき、生やさしくない勉强が必要だといふ事を、改めて思ひみるべきである。そしてその道順としてやはり、作歌してゆかねばならぬ。我まゝな制作は、何れの場においても、少數の天才か達人のみに許されるものであらう。われわれには、はづかしい情けない歌を、たゆみなく重ねてよんでゆく努力が必要である。改めて作歌する者の反省と覺悟をたしかめ自負と希望をよびさましたい。」とある。今茲に、山川先生の御言葉を肝に銘じて一層勉めねばと思ふ次第である。

嚴しいながらも優しく導いて下さつた山川先生も、平成二十六年三月に神上がりまして、弘至命の御許に御出でになられた。山川先生の嚴しい歌評の最後には時として「頑張つて下さい。お國の爲です。」「挫けないで下さい。」といふ勵ましの言葉が添へられてをり、私はその御言葉に何度も勇氣づけられ、また涙した。山川先生から御指導を戴いた十年餘りは本當にありがたく貴重なものであつたと今更ながら思ふのである。幽界から酷評が聽こえてきさうだが、謹んで靈前に一本を捧げたいと思ふ。

平成九年の歳末、大東塾本部の二階「時計の間」で催された月曜研究會の忘年會で西川泰彦氏に初めてお目にかかつたのだが、豫《かね》てより「不二歌壇」でお歌を拝見してをり、その歌風に惹かれてゐた私は、お聲をかけて戴いたことが何より嬉しかつた。そしてまた、西川氏が私に銘刀「包清《かねきよ》」を授けて下さつたことは身に餘る光榮であり、またその意味を深く噛み締め覺悟をあらたにした。

平成十一年三月、天皇陛下（現在の上皇陛下）御在位十年、そして靖國神社御創建百三十年の奉祝行事の一環として、靖國神社の早朝清掃奉仕を淸行せむと自衞隊の有志を募り、「敬神尊皇の精神に基づき英靈の奉慰顯彰に務める」ことを目的とする「みたま奉仕會」を發足したが、その當初に大東塾を訪ねて、西川氏に色々と御指導を賜はり、また、勵ましの御言葉を戴いた。そして、「焦らず、逸らず、怠らず」との教へのままに今日まで靖國神社の早朝清掃奉仕を繼續してゐる。この奉仕活動は、今年五月の私の定年退官時で、二十二年、二百八十一回を數へ、これに參加した隊員は二百五十八名、延べ二千九百三十二名である。「みたま奉仕會」は、そこに集ふ自衞官が英靈の御遺志を繼承し皇御軍《すめらみいくさ》の軍士《いくさびと》として天皇陛下に御奉公申し上げむとする精神を涵養することを活動の主眼としてゐる。從つて、飽くまでその主導が現職自衞官によるものでなければ存在意義を缺くため、私は定年の日を境に、心頼みなる後輩隊員に總《すべ》てを託して代表の職を辭し、今は一草莽として彼らを見守りながら御奉仕を續けてゐる。

このやうな御縁に導かれ、西川氏には二十年以上に亙り變はらぬ御指導を戴いてゐるが、令和元年からは、改めて歌の指導を賜はるべく西川氏主宰の「太刀が嶺歌會」にて勉強させて戴いてゐる。この度、歌集を編纂する旨を申し上げたところ、「一日も早い實現を期待する。」との御言葉を賜はり、また、拙い歌集に序文を頂戴した。心から御禮を申し上げる次第である。

平成二十五年十二月、部隊内に同志を募り、歌の勉强會「歌鉾乃會」を發足した。この會は忽然と誕生した譯ではなく、寧《むし》ろその根底を爲す精神が歳月をかけて熟成され、正に機熟したるが故に結成されたものである。卽ち「歌鉾乃會」は、先に述べた「みたま奉仕會」を母體として誕生したのであり、微力乍ら國風を護るべく、そして皇國武人の眞姿を體現すべく、月に一回ではあるが歌會を催し共に學んでゐる。

素戔嗚尊《すさのをのみこと》が、その御妃《おきさき》に坐します奇稲田《くしなだ》媛命《ひめのみこと》と出雲國に住み給ふときに、「八雲立つ出雲八重垣妻《つま》隠《ご》みに八重垣つくるその八重垣を」といふ御歌を詠み給ひ、それが日本の歌の最初であると傳へられてゐる。素戔嗚尊は獰猛なる八岐《やまた》の大蛇《をろち》を寸斷され、討ち平らげまし勇猛果敢なる武勇の神に坐します。そしてこの勇猛なる英雄神、卽ち武神が最も優しい歌を歌ひ給ひ、而《しか》もそれが我國の歌の初めであるといふ事實こそ、日本の歌の本質をなすものではないかと思ふのである。

歌は劍と一如。歌は劍の心と恆に一如に相卽して歌ひ繼がれてきた。「歌鉾乃會」は、この「劍魂歌心」を信條とする武人の集ひである。我らは學淺く、その信條とは裏腹に拙く恥づかしい限りではあるが、その歩みを止めてはならないと思ふのである。故に、定年退官後は駐屯地に程近い所に居を構へ、有志隊員の學びの場としてゐる。

人生の一つの區切りを迎へ、これまで詠んだ歌を一巻に纏めたいとの思ひに至り、身の程を辨へず歌集を出版することにしたが、拙き歌々を讀み返すと、發想が乏しく毎年同じ様な歌を詠んでゐることに氣づく。また、語彙の尠なさと文法の誤りは、才能の無さと不勉强さを露呈してゐると言はざるを得ない。この點は、私の尊敬する先輩で現在教職にあり、且つ神道、國學に造詣が深い中澤伸弘氏に御指導を賜はつた。新學期前といふことで、お勤めの高校での業務が大變お忙しい中、三千首以上の拙詠をご覽戴き、文法の誤りや誤字を御指摘戴くなど詳細にわたり御指導を賜はり、また、序文まで頂戴した。心より感謝申し上げる次第である。

自衛隊在籍三十六年の間、様々な訓錬を通じて、或ひは私的な訪問により、陸上自衛隊のみならず海上・航空の各部隊の隊員たちと多く關はつてきた。その中には、智力・體力共に優れ、また戰技戰術の向上に情熱を傾ける者も稀にゐたが、結局、自らを皇御軍の防人と自覺し命を懸けて皇國を守護し奉らむとする者は殆ど皆無に等しかつた。これは私の經驗による所見ではあるが、一事が萬事であらう。自衛隊の現狀は三島由紀夫の檄文にあるやうに「魂の死んだ巨大な武器庫」そのものであり、隊員たちは皇國守護の使命を微塵も感じてゐないのである。併し、私は密かに期待してゐる。そのやうな中で默して語らず獨り思ひを内に秘め、また、熱情溢るるままに言擧げをし、それがために周圍から嘲罵嘲笑され、或ひは上官から非情なる彈壓を受け、孤立無援となつて惱み苦しむ有志隊員たちの許《もと》に何時しか本書が渡り、彼らが自らの信念こそが正しいといふことを自覺する助けとなり、また、勵みとならむことを。私は、限りない言靈の力を信じたいのである。

本書の表記は國語の正格に隨ひ、正字體正假名遣ひ縱書を原則とし、寫眞の解説文等「横書」とする場合は、一行一字書（縱書）とした。但し、正字體については、印刷所の活字所藏の範圍内に依る。その點を御諒承戴きたい。

本書を出版するにあたり、展轉社の荒岩宏奬社長には、出版社として些かも利益の見込めない個人歌集の制作を快諾して戴き、心から感謝申し上げたい。拙き歌集乍らも微衷を示す本書の制作を、志の無き編輯者に委ねるに忍びなく、敢へて荒岩社長にお願ひした次第である。そして、荒岩社長には、正字、正假名遣ひの使用をはじめ種々の要望にも快く對應して戴き、私の拙い歌集を立派に仕上げて戴いた。茲に厚く御禮を申し上げたい。

軍籍を離れ、野に下つた今こそ兜の緒を締め御奉公してまゐる所存。

令和三年　仲秋　ただ〳〵にすめらみことのいやさかを祈りまつらむ

微臣　原口正雄識

原口正雄（はらぐち　まさを）

昭和四十一年、埼玉縣草加市に生まる。

國學院大學文學部神道學科卒業。神職階位「明階」を取得。

昭和六十年三月、一般陸曹候補學生として陸上自衛隊に入隊。第三十二普通科聯隊に配屬後、六十一年八月、レンジャー教育を修了。

爾後、各種訓錬の助教・教官を歴任。

昭和六十二年から、現職自衛官による八月十五日の靖國神社部隊參拜を主導。平成十一年、英靈奉慰顯彰を目的として、隊内に「みたま奉仕會」を發足し毎月靖國神社の早朝清掃奉仕を實施。平成廿五年、國風の守護と皇國武人の眞姿體現のため「歌鉾乃會」を發足し毎月歌會を開催。

令和三年五月、自衛隊を陸曹長で定年退官し、浪人となる。

「不二歌道會」「桃の會」「太刀が嶺歌會」所屬。

御楯の露

令和四年二月十一日　第一刷発行
著　者　原口　正雄
発行人　荒岩　宏奨
発　行　展　転　社
〒101-0051 東京都千代田区神田神保町2-46-402
TEL　〇三（五三一四）九四七〇
FAX　〇三（五三一四）九四八〇
振替〇〇一四〇―六―七九九九二
印刷製本　中央精版印刷

乱丁・落丁本は送料小社負担にてお取り替え致します。

定価［本体＋税］はカバーに表示してあります。

ISBN978-4-88656-537-2